Karl Valentin

Arschlings heißt von hintenherwärts

PIPER

Zu diesem Buch

Seit über hundert Jahren ist der Name Karl Valentin untrennbar mit genialer Wortakrobatik und grotesken Sprachclownerien verbunden. In seinem Werk treibt der begnadete Bühnenkünstler aus Bayern die Wörtlichkeit auf die Spitze, deckt nahezu jede Absurdität auf, die die deutsche Sprache zu bieten hat, und lotet mit geradezu diabolischer Freude die Grenzen menschlicher Verständigung aus. Die sprachlichen Wirrungen, die dabei entstehen, sind sein herausragendstes Markenzeichen und der Grundstein seines Erfolgs. Herausgeber Gunter Fette hat seine bekanntesten Irrläufe durch die deutsche Sprache ausgewählt und in diesem Band zusammengestellt. Unbedingt lesenswert, wunderbar witzig und oft mit einer verblüffenden Wahrheit verbunden.

Karl Valentin, geboren am 4. Juni 1882 in München, hatte nach dem Besuch einer Varietéschule 1908 erste öffentliche Erfolge mit selbstverfassten Monologen und Couplets. 1911 heiratete Valentin die Mutter seiner zwei Töchter, Gisela Royes. Gleichzeitig lernte er aber Elisabeth Wellano kennen, in die er sich verliebte und die dann als Liesl Karlstadt in München seine kongeniale Bühnenpartnerin wurde. Bald gastierten die beiden mit großem Erfolg in ganz Deutschland, Österreich und der Schweiz. Während des Krieges trat Valentin nicht mehr öffentlich auf. Er starb am 9. Februar 1948, einem Rosenmontag.

Gunter Fette, geboren 1941, arbeitet als Rechtsanwalt in München und verwaltet seit 1970 im Auftrag der Erben den Nachlass von Karl Valentin. Darüber hinaus hat er Buchbeiträge über den Künstler veröffentlicht, eine Ausstellung über Aufführungen seiner Werke auf den Bühnen in aller Welt konzipiert und unter dem Titel »Karl Valentin im Besonderen« eine CD-Edition mit Originaltonaufnahmen von Karl Valentin und Liesl Karlstadt herausgegeben. Dieses Buch ist eine Fortsetzung der von ihm mit »Gar ned krank is a ned g'sund« begonnenen Themen-Buchreihe zu Karl Valentin.

Karl Valentin

ARSCHLINGS HEISST VON HINTENHERWÄRTS

Sprachliche Wirrungen und Wahrheiten

Herausgegeben von Gunter Fette
Mit 44 Abbildungen

Piper München Zürich

Mehr über unsere Autoren und Bücher:
www.piper.de

Von Karl Valentin liegen bei Piper vor:
Das Beste von Karl Valentin
Mein komisches Wörterbuch
Der große Karl Valentin
Gar ned krank is a ned g'sund
Arschlings heißt von hintenherwärts

MIX
Papier aus verantwortungsvollen Quellen
FSC® C083411
FSC
www.fsc.org

Originalausgabe
1. Auflage April 2013
4. Auflage Januar 2015

Umschlaggestaltung: semper smile, München
Umschlagmotiv: Karl Valentin Erben, © Rechtsanwalt Gunter Fette
Satz: Kösel, Krugzell
Gesetzt aus der Adobe Garamond
Papier: Munken Print von Arctic Paper Munkedals AB, Schweden
Druck und Bindung: CPI books GmbH, Leck
Printed in Germany ISBN 978-3-492-30117-6

Inhalt

Karl Valentins sprachliche Wirrungen und Wahrheiten – eine Einführung

von Gunter Fette

Über keinen Aspekt von Karl Valentins Komik ist so viel geschrieben und gesagt worden wie über seinen besonderen Umgang mit der Sprache – und dies ist tatsächlich das beherrschende Element seiner komischen Darstellungen auf der Bühne, in seinen Filmen, Tonaufnahmen und Texten. Die von Valentin-Kennern vielfach getroffene Feststellung, niemand habe die Sprache so beim Wort genommen wie er, ist inzwischen Allgemeingut. Ludwig Wittgenstein, der österreichische Philosoph (1889–1951), der sich viel mit sprachanalytischer Philosophie beschäftigt hat, sprach von Karl Valentins »Anrennen gegen die Grenzen der Sprache«, und Helmut Bachmaier, der Herausgeber der Gesamtausgabe aller Werke Valentins in neun Bänden, stellt in seiner Abhandlung über Karl Valentins »Sprachclownerie« zutreffend fest: »Daß wir uns über den Unsinn unserer Sprache nicht verwundern, genau darüber wundert sich Karl Valentin, der sich nun seinerseits über unsere üblichen Sprachgebräuche (oftmals wörtlicher Unsinn) mit der Rechtfertigung ›Man sagt halt so‹ lustig macht.«

Schon in seinem ersten Solovortrag *Das Aquarium*, der 1908 Karl Valentin zu seinem Durchbruch verholfen hat, seziert er die gewohnheitsmäßige Aussage, dass er in der Sendlinger Straße wohnt, dahingehend, »… dass er natürlich nicht *in* der Sendlinger Straße wohnt, wie man so sagt, denn da fährt ja immer die Straßenbahn durch, sondern in einem Haus in der Sendlinger Straße. Dort wohnt er aber natürlich nicht im ganzen Haus, sondern nur im ersten Stock. Und da geht eine Treppe hinauf, die aber auch wieder heruntergeht, natürlich aber nicht die Treppe, sondern wir – aber man sagt halt so …«.

Kürzlich fasste Alfons Schweiggert, ein profunder Valentin-Kenner, in seinem Buch *Karl Valentin, der Münchnerischste aller Münchner* die vielen Aussagen über Karl Valentins Sprachvirtuosität zusammen und schrieb dazu: »Karl Valentin spürte allem nach, was die Sprache an Absurditäten und Widersprüchen birgt. Seine Sprache zerdenkt, zerfragt, zerredet alles.«

Und er stellt zu Recht fest, dass Karl Valentin mit seinen virtuosen Wortspielereien, seinem hartnäckigen und exzessiven »die Sprache beim Wort nehmen«, mit seiner Salto schlagenden bizarren Logik, seinem Denken in Widersprüchen und seinem fortwährenden Infragestellen regelrechte sprachliche Labyrinthe entwickelt, in denen kein normaler Mensch sich noch zurechtfindet (so auch schon Johannes R. Becher, der spätere DDR-Staatsdichter, zu Aufführungen von Valentins *Raubrittern vor München* in den Zwanzigerjahren). Seine oftmals grotesken Körperverrenkungen korrespondierten dann oft mit seinen abenteuerlichen Sprachverrenkungen. Wie Schweiggert schreibt, verstrickt sich Karl Valentin ständig mit seiner Sprache unentrinnbar in Tief-, Stumpf- und Unsinn, wobei letztendlich Blödsinn herauskommt.

Es ist aber kein Blödsinn, was Karl Valentin seine Figuren reden lässt, sondern ein immerwährendes Missverstehen, das in der von ihm praktizierten Naivität und der Wahrhaftigkeit gegenüber der Sprache begründet ist. Was nach sprachlicher Sabotage und Unverständnis aussieht, ist in Wirklichkeit die auf die Spitze getriebene Logik der Wörtlichkeit, ebenjener »Höllentanz der Vernunft um beide Pole des Irrsinns«, wie es Kurt Tucholsky ausdrückte. Deshalb ist bei Karl Valentin die Sprache kein Verständigungsmittel, sondern »andauernder Stolperstein«, wie Barbara Damm in einem kürzlich veröffentlichten Essay zu Karl Valentins Wortakrobatik schrieb.

Michael Schulte, der erste Valentin-Biograf und Herausgeber des zweiten Bandes, *Sturzflüge im Zuschauerraum*, der Gesammelten Werke im Jahr 1969 (womit die Karl Valentin Renaissance begann), spricht von Karl Valentin als einem Charlie Chaplin des Wortes: »... so wie sich Chaplin hoffnungslos in der Technik einer Drehtür verfängt, so verheddert sich Valentin ebenso hoffnungslos in den Tücken der Sprache, indem er sich in deren Ungereimtheiten verbohrt.«

Besonders ausgeprägt war allerdings Karl Valentins geradezu diabolische Freude an der Herbeiführung sprachlicher Konfusion, wenn jeder Gesprächspartner etwas anderes versteht, als der andere meint, und daran jegliche Kommunikation scheitert. Dies sind dann die »sprachlichen Wirrungen«, die Karl Valentin meisterhaft entstehen lassen konnte. Erneut kann hierzu Helmut Bachmaier zitiert werden mit seiner Feststellung, dass von Karl Valentin die üblichen Regeln eines funktionierenden Dialogs außer Kraft gesetzt werden. Die Gesprächspartner reden nicht nur aneinander vorbei, sondern haben jeweils ganz andere Vorstellungen vom Gegenstand des Gesprächs. So laufen die Gespräche einfach in die Irre, und es kommt keine Verständigung zustande. Auf diese Weise wurde von Valentin auch jeder noch so geduldige Versuch einer Kommunikation unterlaufen, und das Miteinanderreden endete regelmäßig im völligen gegenseitigen Unverständnis in den zwischenmenschlichen Beziehungen bis hin zum menschlichen Drama, wie durch das ausgewählte Foto auf der Rückseite dieser Buchedition dokumentiert werden soll.

So bekommt der Bauer in dem Dialog *Schwieriger Kuhhandel* eben nicht seine gewünschte Kuh zu kaufen, weil es ihm einfach nicht möglich ist, auf die ganz simple Frage, was die fragliche Kuh kosten soll, von der Bäuerin eine Antwort zu erhalten.

Gleichermaßen unlösbar gestaltet sich das Problem der Abholung von ein paar alten Kisten in dem Diskurs darüber zwischen dem Bauer und seinem Knecht in dem Dialog *Transportschwierigkeiten*. Den Text für diesen bäuerlichen Dialog zwischen dem Bichlbauer und seinem Knecht Michl hatte Karl Valentin 1944 geschrieben, wie auch den vorerwähnten Dialog *Schwieriger Kuhhandel.* Und auch hier geht es um ein dappiches Diskutieren darüber, wie es anzustellen ist, ein paar alte Kisten von einem anderen Bauern abzuholen, von dem man aber nicht weiß, ob er auch zu Hause ist. Die dazu nun vom Bauern und seinem Knecht angestellten Überlegungen, was zu tun ist, wenn … sind in ihrer – jeweils logisch begründeten – Unsinnigkeit schier zum Verzweifeln. Danach kann aus dem Vorhaben nichts werden. Dann gibt es zum Schluss dafür aber doch eine verblüffend einfache Lösung, die der Leser aber erst aus dem Originaltext erfahren soll.

Nicht besser ergeht es in dem Dialog *Zitherstunde* dem Zitherlehrer, der von seinem Schüler Maxl keine plausible Erklärung dafür erhält, warum er nicht lernen konnte, sondern er gerät stattdessen in eine endlose abwegige Diskussion darüber, wer bei ihm zu Hause einheizen müsste, sollte, könnte etc., bei der am Ende der Lehrer der unsinnigen Argumentation – und der gerade daraus sich ergebenden Logik – seines Schülers hoffnungslos unterliegt.

Ausgiebige Möglichkeiten sprachlicher Wirrnisse hat Karl Valentin auch im Telefonieren entdeckt. Er war ein Leben lang ein großer Freund des Telefonierens, hat aber von Anfang an auch diese Art der Kommunikation als besonderen Quell des Nichtverstehens wahrgenommen. So beschrieb er schon im Jahr 1902 unter dem programmatischen Titel *Telefonschmerzen* die Verständigungsschwierigkeiten bei einer telefonischen Unterredung. Ein Durcheinander konnte dabei – nach der Feststellung Valentins – schon durch die Angabe einer falschen Rufnummer entstehen. In der dann 1940 geschriebenen Variante, die als *Buchbinder Wanninger* geradezu zum Synonym fehlschlagender telefonischer Kommunikation geworden ist, versucht der Buchbinder in zunehmender Verzweiflung und Verwirrtheit eine Antwort auf seine ganz einfache Frage zu bekommen, wo er die fertig gebundenen Bücher nun hinbringen soll, darf und ob er die Rechnung auch gleich beigeben kann, möchte. Er endet dann im Nirwana, wo ihm sogar sein eigener Name abhandenkommt, und ihm bleibt am Ende nur die gleichermaßen resignierende wie wütende Feststellung »Saubande dreckerte«. Damit hat er die fertigen Bücher und seine Rechnung aber natürlich immer noch nicht losgebracht. Die heutige tagtägliche Erfahrung mit Callcentern und automatischen Ansagen mit der Aufforderung zur »Eingabe der Ziffer 3 und drücken Sie anschließend die Stern-Taste« bestätigt Karl Valentins Beschreibung des Telefonierens als »das Nützlichste auf unserer großen Welt, aber oft mit einem großen Durcheinander« als zutreffend noch nach hundert Jahren.

In der Szene *Im Schirmgeschäft* betreibt Karl Valentin regelrechte Verständigungsverhinderung, weil sich der Kunde mit dem Inhaber des Schirmgeschäfts partout nicht darüber einigen kann, wann der Schirm repariert werden soll, denn er braucht ihn ja erst wieder, wenn es regnet, beziehungsweise dann doch einen Tag zuvor. Doch dazu müsste man natürlich wissen, wann es denn nun wieder regnet. Die dazu getroffene Feststellung, dass, wenn es die nächste Woche nicht regnet, es nicht sicher ist, ob es in der übernächsten Woche bestimmt regnet, ist dabei natürlich wenig hilfreich. Das totale gegenseitige Unverständnis wird jedoch durch die Bemerkung des Kunden ausgelöst, dass ihm schönes Wetter auch viel lieber sei als so ein verdammtes Sauwetter, denn damit trifft er den Lebensnerv des Schirmladeninhabers. Wovon täten die Regenschirmverkäufer denn leben, wenn alleweil schönes Wetter wäre! Für einen solchen vom Ladeninhaber als impertinente Gemeinheit empfundenen Wunsch nach schönem Wetter wird der Kunde aus dem Laden geworfen – mitsamt seinem kaputten Schirm. Auch dies ein Musterfall von Karl Valentins Darstellung sprachlicher Wirrungen und verhinderter Verständigung.

In der Dialogszene *Die gestrige Zeitung* entwickelt Karl Valentin aus der einfachen Frage nach der gestrigen Zeitung einen Disput über die heutige Zeitung, die morgen die gestrige ist und die gestrige dann die vorgestrige ist, was nach Karl Valentins Weltbetrachtung ja auch noch viel besser ist, wenn jemand eine alte Zeitung sucht, da eine vorgestrige ja noch älter ist. Dies wäre wohl endlos so weitergegangen, wenn der nachfragende Kunde nicht zufällig vorbeigegangen wäre und erklärt hätte, dass er inzwischen auf einem Plakat gesehen habe, was er in der gestrigen Zeitung gesucht hat, und sie deshalb jetzt nicht mehr braucht. Dass diese gesuchte Information im Übrigen überhaupt nichts mit der heutigen, der gestrigen, der morgigen oder der vorgestrigen Zeitung zu tun hatte, ist eine für Karl Valentin typische Pointe sprachlicher Wirrungen.

Ein gutes Beispiel für das Scheitern menschlicher Kommunikation und die Unmöglichkeit eines sprachlich herzustellenden übereinstimmenden Wollens ist der Dialog über den möglichen Verkauf eines kleinen eisernen Ofens (»ungeheizt natürlich«). Diese Geschäftsanbahnung wird zu einem endlosen Monolog der Ofenbesitzerin, Frau Huber, die ausschweifend alle möglichen Geschichten erzählt (zum Beispiel, dass sie früher keine Zeit hatte, sich rote Fingernägel zu lackieren, und es immer noch kein Mittel gegen den Katarrh gibt, aber die allein interessierende Frage, was denn nun der Ofen kosten soll, nicht beantworten kann. Dazu müsse der Kaufinteressent ihren Mann fragen. Allerdings bekommt der potenzielle Ofenkäufer von ihr schon jetzt den Bescheid, dass er den Ofen natürlich nur für den Sommer haben könne, da sie ihn im Winter wieder selbst brauchen. Klar, dass auf diese Weise das Geschäft über den eisernen Ofen nicht zustande kommt – und schon gleich gar nicht *Kurz und bündig*, wie Karl Valentin diese Dialogszene ironischerweise überschrieben hat).

Als regelrechten Exzess sprachlichen Irrsinns haben Karl Valentin und Liesl Karlstadt in der bekannten Bühnenszene *Der Firmling* die simple Essenbestellung im Restaurant gestaltet. Aus der Bestellung von zweimal Makkaroni mit Schinken – für jeden eine Portion – wird eine Portion für zwei, also eine Doppelportion? aber nein, nur eine halbe Doppelportion – worauf der Kellner immer noch nicht weiß, ob er nun eine oder zwei Portionen bringen soll, und wütend davonrennt. So schwierig kann Verständigung bei Valentins sprachlichen Wirrungen werden!

In dem Dialog *Der Sprachforscher* widmet sich Karl Valentin in besonderer Weise seinem Lieblingsthema: der sprachlichen Logik bzw. Unlogik, wenn man die Wörter beim Wort nimmt. Deshalb folgen in diesem Text nach der eingangs getroffenen Feststellung, dass die deutsche Sprache sehr verzwickt sei, anschließend diverse Beispiele für die Doppeldeutigkeit sprachlicher Ausdrücke, aus denen sich dann Missverständnisse, eben »sprachliche Wirrnisse«, ergeben. Andererseits treibt Karl Valentin die von ihm propagierte sprachliche Systematik auf die Spitze, wenn er meint, dass »wenn der Schmied schmiedet, dann der Dienstmann dienstmanndeln muss«. Logisch und konsequent ist für ihn auch, dass sich die Reichen die Hände reichen, die Armen jedoch die Arme. Abschließend trifft Valentin dazu aber dann die resignierende Feststellung, dass die deutsche Sprache eben doch sehr unvollkommen ist.

Dass außer sprachlichen Doppeldeutigkeiten auch unterschiedliche inhaltliche Vorstellungen von einem Begriff zu Unverständnis und Scheitern menschlicher Kommunikation führen können, wird mit der Passage aus der Bühnenszene *Tingeltangel/Die Orchesterprobe* demonstriert, in der ein Musiker versucht, einen Zufall zu schildern. Die Vorstellungen davon, was ein Zufall ist, gehen aber so weit und unvereinbar auseinander, dass zum Schluss gegenüber dem offenbar völlig begriffsstutzigen Kapellmeister, der in dem geschilderten Vorfall absolut keinen Zufall erkennen will, nur die resignierende Feststellung bleibt, dass er eben eine eigene Weltanschauung hat.

Etwas anders geartet sind die Verständigungsschwierigkeiten dann in dem Dialog *Zeuge Winkler*, die allerdings ebenso eine sprachliche Wirrnis bewirken. Hier geht es um die Vernehmung eines urbayerischen Zeugen durch einen Richter norddeutscher Herkunft. Gegenstands des Gerichtsaktes ist eine Beleidigungsklage, die ihren Ursprung in einem bayerischen Wirtshausstreit hat. So etwas als Prozessgegenstand ist dem norddeutschen Richter natürlich ziemlich fremd – und die ihm auf Bayerisch gegebenen Aussagen des Zeugen Winkler dazu bewirken bei dem Richter mehr Unverständnis als Aufklärung. Die sprachliche Wirrnis ist in diesem Fall ausnahmsweise einmal nicht im valentin'schen Sprachgebrauch, sondern im Unverständnis der bayerischen Dialektausdrücke seitens des norddeutschen Richters begründet – und dies ist dann deutlich weniger komisch als die sonst üblichen sprachlichen Wirrungen Karl Valentins. Sehr plastisch ist allerdings die Zeugenbeschreibung einer bayerischen Wirtshausrauferei mit der Erklärung, dass die Gastwirtschaft »danach nicht mehr splitterfrei ist und Sanitäter gebraucht werden, wenn der Wimmerhans in Stimmung kommt«. Dass er deswegen gleich ein Raufbold sein soll, wie der norddeutsche Richter meint, versteht nun allerdings der bayerische Zeuge wiederum nicht, denn für ihn ist dies doch eine ganz normale Ausdrucksweise: mit Taten statt mit Worten.

Das von Karl Valentin dargestellte Unvermögen einer sprachlichen Verständigung erstreckt sich natürlich auch auf die – gerade den kleinen Leuten, die Valentin meistens darstellte – ungewohnte Schriftform. So gelingt es dem Briefeschreiber in *Des Freundes Brief* einfach nicht, schlicht seine menschliche Enttäuschung gegenüber einem langjährigen engen Freund zum Ausdruck zu bringen. Die Formulierungsversuche gestalten sich als eine einzige sprachliche und emotionale Achterbahn, und sie bewegen sich schon in der Anrede zwischen »Sie hundsgemeiner Sauhund« und »mein lieber guter alter Freund«, den er auch noch »mit einem Strauß himmelblauer Vergißmeinnicht« bedenken möchte. Anfangs ist der Adressat dem Briefschreiber allerdings noch nicht einmal das Datum wert. Tatsächlich erschöpft sich der Brief an den gewesenen Freund dann aber kurz und bündig in dem einzigen Satz, dass der Briefverfasser »die ganze Angelegenheit mit den Familieneinmischungsdifferenzen zukünftigerseits für entwichen erachtet«. Mit dieser sprachlichen Monstrosität wollen die Briefschreiber dem Empfänger zeigen, dass sie sprachlich gebildet sind und keine gewöhnlichen Leut.

Sehr animiert wurde Karl Valentins Befassung mit den Abgründen der Sprache ersichtlich in den Dreißigerjahren durch die inhaltslosen und schwadronierenden – vor allem, aber nicht nur – politischen Reden. Besser als mit dem meisterlich zusammengestellten sprachlichen Nonsens der *Vereinsrede* aus dem Jahr 1937 kann man wohl die üblichen inhaltlosen Sprechblasen von jeglicher Art von Reden, sei es vor dem Kleingärtnerverein oder vor dem Parlament, nicht parodieren. Da wird für Nichtigkeiten Sokrates zitiert und die Parole ausgegeben »Selbst ist die Frau, meine Herren«. Wie so oft bei Valentin werden innerhalb dieser Unsinnsrede aber auch sehr ernsthafte Wahrheiten verkündet, wenn es beispielsweise heißt »Schauen Sie sich selbst ins Gesicht, und Sie sehen Ihre eigene

Maske« oder »Es wird die Zeit kommen, die wir zeitlebens nie vergessen werden«. Gerade diese miteinander verschachtelte Kombination von blankem Unsinn und ernsthaften Aussagen, die überhaupt nicht lustig sind, machen diese Vereinsrede von Karl Valentin zu einer genialen Persiflage auf die vielfältigen Reden von Politikern, Funktionären aller Art und Provinzpotentaten, die uns tagtäglich – bis zum heutigen Tag – mit dem Anspruch von Bedeutsamkeit und Richtigkeit zugemutet werden und die sich bei genauerem Hinhören oftmals nur als eine Ansammlung von leeren Worthülsen erweisen.

Auch der Dialog *Politische Ansichten* gehört zu den »Unsinns-Reden«, die Karl Valentin – aus gegebenem Anlass – verfasst hat. Der im Jahr 1940 geschriebene Text unterscheidet sich aber wiederum von dem reinen Nonsens ähnlicher Reden – und das hat wohl etwas mit dem Zeitpunkt der Entstehung zu tun. Sich im Jahr 1940 »zur heutigen politischen Lage« zu äußern war ein brisantes Unterfangen. Dessen war sich wohl auch zumindest Liesl Karlstadt bewusst, die in das Manuskript von Karl Valentin handschriftlich verschiedene Änderungen eingetragen hat, wie von Andreas Koll berichtet. Kabarettistische Texte, die sich zur politischen Lage äußerten, waren seinerzeit eine einzige Slalomfahrt um die Fallgruben staatsfeindlicher Äußerungen, die einen Künstler schnell ins KZ bringen konnten. Kritische Kommentierungen der Zeiterscheinungen konnten nur in der Verkleidung sprachlicher Wirrungen vorgetragen werden. So wird von Karl Valentin die Meinungsfreiheit, deren Wahrnehmung seinerzeit ein Spiel zwischen Leben und Tod war, mit dem sprachlich wirren Satz beschrieben, dass »die Lage derzeitiger Meinungen ein klares Verhältnis zwischen Sein und Nichtsein darstellt«. Der im ursprünglichen Text enthaltene Satz, dass im Falle einer Invasion eine friedliche Lage geschaffen werden könne, wurde von Liesl Karlstadt dadurch entschärft, dass Invasion durch das sprachliche Ungetüm »Internalisation« ersetzt wurde, das nur nach kabarettistischem Nonsens klang. Die abschließende anerkennende Feststellung nach all dem geäußerten Unsinn, dass der Redner tatsächlich etwas von Politik verstehe, war dann jedoch schon wieder eine hochgefährliche Ironie.

Karl Valentins Exkurs über *Die Fremden* gehört inzwischen wohl zu seinen bekanntesten Dialogszenen. Die Feststellung daraus, wonach der Fremde nur in der Fremde fremd ist, wird tausendfach zitiert und ist gerade in der letzten Zeit im Kampf gegen die Fremdenfeindlichkeit geradezu zur Parole geworden. Die Aussagen in diesem Dialog, etwa, dass ein Fremder in der Fremde durchaus heimisch werden kann und dann ein Unfremder ist oder ein Einheimischer in seiner Vaterstadt durchaus ein Fremder sein kann, sind ja auch exemplarische Beschreibungen, wie sich Menschen zu Hause und in der Fremde heimisch oder fremd fühlen können. Dementsprechend gibt es inzwischen auch kaum ein Schulbuch zur deutschen Sprache, in dem dieser Dialog nicht als Lehrstück benutzt wird.

Karl Valentins sprachliche Wirrungen enthalten eben immer wieder auch grundlegende, ernsthafte Wahrheiten, und es bestätigt sich auch bei dieser Betrachtung der Sprachwerke Karl Valentins und seiner kongenialen Partnerin Liesl Karlstadt, dass es bei ihnen nicht immer grad lustig ist und man sich auf die Schenkel klopfen kann, sondern dass die – oft leidvollen – Wirrnisse menschlicher Existenz und die Unvollkommenheit des Daseins aufgezeigt werden. Die Verkleidung dieser wahrhaftigen – betrüblichen – Erkenntnisse in vordergründig als Blödsinn erscheinenden Aussagen macht gerade das Besondere bei Karl Valentin aus – und zwar nicht nur seiner Kunst, sondern seiner ganzen – ewig an der Welt leidenden – Persönlichkeit.

Gunter Fette, München 2011

Das Aquarium

Eine botanozoologische Viecherei von Karl Valentin

Weil wir gerade von einem Aquarium reden: ich hab' nämlich früher in der Sendlingerstraße gewohnt. Das heißt, nicht *in* der Sendlingerstraße, das wäre ja lächersam – in der Sendlingerstraße könnte man ja gar nicht wohnen, weil immer die Straßenbahn durchfährt. Also, in den Häusern der Sendlingerstraße habe ich gewohnt. Nicht in allen, nur in einem davon. In dem, das zwischen den anderen so drinsteckt, ich weiß nicht, ob Sie das Haus kennen. Und da wohne ich. Aber nicht im ganzen Haus, sondern nur im ersten Stock. Der ist unterm zweiten Stock und da geht in den zweiten Stock eine Treppe hinauf. Das heißt – sie geht schon auch wieder herunter, vielmehr wir, nicht die Treppe, gehen hinauf, man sagt ja nur so.

Und da habe ich in dem Wohnzimmer, wo ich schlafe (ich habe extra ein Wohnzimmer, in dem ich schlafe, und im Schlafzimmer wohne ich), also da habe ich zu meinem Privatvergnügen ein Aquarium. Das steht so in der Ecke drin. Ich hätte ja so ein rundes Aquarium auch haben können, dann wäre aber die Ecke nicht ausgefüllt.

Das Aquarium hat ringsherum vier Glaswände, und unten hat es einen Boden, der das Wasser hält. Wenn Sie nämlich oben Wasser hineinschütten würden, und der Boden wäre nicht da, da könnten Sie ja oben zehn, zwanzig oder sogar dreißig Liter hineinschütten – das würde alles wieder unten hinauslaufen. Bei einem Vogelkäfig sind die Wände auch so ähnlich wie bei einem Aquarium, aber da ist alles ganz anders. Da sind die Wände nicht aus Glas, sondern aus Draht. Es wäre ja auch ein Riesenunsinn, wenn's beim Aquarium ebenso wäre, weil das Aquarium das Wasser nicht halten könnte. Da liefe ja das Wasser immer neben dem Draht heraus. Drum ist eben alles von der Natur so wunderbar eingerichtet.

Ja, und ich habe eben in meinem Aquarium Goldfische, und in meinem Vogelkäfig hab' ich einen Vogel. Jetzt hat mich neulich mal die Dummheit geplagt, da hab' ich die Goldfische ins Vogelhaus getan und den Kanarienvogel ins Aquarium! Natürlich sind die Goldfische im Käfig immer wieder von der Sitzstange runtergerutscht, und der Kanarienvogel wäre mir im Aquarium bald ersoffen. Dann hab' ich die Sache wieder richtiggestellt, und nun sind die Fische wieder lustig im Aquarium geschwommen, erst links, dann rechts, dann hinunter, dann wieder hinauf – die schwimmen fast jeden Tag anders.

Vorgestern ist mir ein Malheur passiert. Die Fische brauchten Wasser, und ich hab' einen Wassereimer voll nachgefüllt. Und nun ist das Wasser zwei Zentimeter hoch übers Aquarium hinausgestanden. Das hab' ich aber erst am andern Tag gemerkt, und ein Goldfisch ist über den Rand geschwommen und auf den Fußboden hinuntergefallen, weil wir in dem Zimmer, wo das Aquarium steht, einen Fußboden haben. Nun hat aber der Fisch am Boden kein Wasser gehabt, weil wir so, außer im Aquarium, kein Wasser im Zimmer haben. Da hab' ich den Fisch aufheben und wieder ins Aquarium zurücktun wollen, aber der Fisch war so glatt und ist mir immer wieder aus der Hand geglitscht. Ja, wenn er aus Eisen wäre, dann hätte ich einen Magnet genommen, und die Sache wäre erledigt gewesen.

Aber es ist ja wieder von der Natur so schön eingerichtet, daß die Fische nicht aus Eisen sind, sonst könnten sie ja erstens nicht schwimmen, und zweitens könnte man sie ja dann nicht essen.

Also, den Fisch, der da am Boden lag, den hätte ich nie gegessen! Erstens würde ich von einem Fisch nicht satt werden, und wenn ich die anderen auch alle essen täte, dann wäre ja das Aquarium leer! Ess' ich die Fische wirklich und verkaufe das leere Aquarium – hat der andere das Aquarium, und ich hab' die Fische.

Verkaufe ich die Fische – hat der andere die Fische und ich das leere Aquarium. Verkauf ich das Aquarium mit den Fischen – so wird das ein Transport, der einen zur Verzweiflung bringt. Denn geht man schnell mit dem fischgefüllten Aquarium, dann schwabbelt immer das Wasser raus und die Fische werden seekrank. Geht man langsam, macht man drei Stundenkilometer! Trägt man die Fische extra und das Aquarium auch extra – werden die Fische kaputt.

Kauft mir der andere nur das Aquarium ab, dann kann er zwar das Aquarium schnell heimtragen, aber er hat keine Fische dazu. Kauft er mir das Aquarium nicht ab und die Fische auch nicht – hat er gar nichts. Und das ist das einzig Richtige. Denn lieber gar nichts, als ein Aquarium, aus dem ein Fisch herausgestürzt ist, und der dann am Boden liegt, und den man nicht aufheben kann. Nicht, weil er so schwer, nein, weil er so glatt ist, wie ein Fisch!

Natürlich wäre der Fisch auf dem Fußboden bald hingewesen. Ich wollte ihn mit einem Browning erschießen, aber die Schießerei war mir zu unsicher, ich nahm den Fisch und warf ihn in die Isar, und er ertrank.
Gott sei Dank!

Ein komischer Liebesbrief

LIEBER ...!

(Hier nennt der Vortragende seinen Vornamen.)

Mit weinenden Händen nehme ich den Federhalter in meine Hände und schreibe Dir. – Warum hast Du so lange nicht geschrieben? – wo Du doch neulich geschrieben hast, daß Du mir schreibst, wenn ich Dir nicht schreibe!! – Mein Vater hat mir gestern auch geschrieben; er schreibt, daß er Dir geschrieben hätte. Du hast mir aber kein Wort davon geschrieben, daß Dir mein Vater geschrieben hat. – Hättest Du mir geschrieben, daß Dir mein Vater geschrieben hat, so hätte ich meinem Vater geschrieben, daß Du ihm schon schreiben hättest wollen, hättest aber leider keine Zeit gehabt zum Schreiben, sonst hättest Du ihm schon geschrieben.

Mit unserer Schreiberei ist es sehr traurig, weil Du mir auf kein einziges Schreiben, welches ich Dir geschrieben habe, geschrieben hast. – Wenn Du nicht schreiben könntest, wär es was anderes, dann tät ich Dir überhaupt nicht schreiben, weil dann die Schreiberei keinen Wert hätte, – *so kannst Du aber schreiben* und schreibst doch nicht, wenn ich Dir schreibe!

Ich schließe mein Schreiben und hoffe, daß Du mir nun endlich schreibst, sonst ist das mein letztes Schreiben, welches ich Dir geschrieben habe. – – Solltest Du aber wieder nicht schreiben, so sage wenigstens dem Ueberbringer dieses Schreibens, wann und wo wir uns heute noch treffen. *(Vortragender übergibt den Brief wieder dem Ueberbringer mit den Worten:)* Sag'ns eine schöne Empfehlung von mir und ich wart ihr heut Nacht um 2 Uhr – Ecke Dachauerstraß' und Isartorplatz.

(Vortragender bläst oder singt hierauf den letzten Ton seines Liedes und geht dann ab.)

Romanze in c-Moll – Lied vom Sonntag

Originalvortrag von Komiker Karl Valentin

Es war ein Sonntag hell und klar,
Ein Sonntag, wirklich wunderbar,
Der Sonntag war so einzig schön,
Ich hab' nicht leicht an schöner'n g'sehn,
Er geht ei'm wirklich durch's Gemüt,
Wenn man an solchen Sonntag sieht.
Doch dauerte es gar nicht lang,
Weil bald der Abend kam heran,
Stockfinster wurd' es um mich her
Und ich sah keinen Sonntag mehr.

Ein Auto stand an einem Eck
Und fuhr von seinem Platz nicht weg;
Ich tat's betrachten hin und her
Und wie von Stein war der Chauffeur.
Es roch auch gar nicht nach Benzin,
Ich griff dann mit dem Finger hin,
Da wurd' mir erst die Sache klar,
Daß das nur hingemalen war.
Das Auto, das stand immer stad,
's war nur ein großes Wandplakat.

An der elektrischen Straßenbahn,
Da hängt oft hint' ein Wagen dran,
Der Wagen, der da hängt daran,

Anhängewagen heißt er dann.
Er hängt daran nur dann und wann
An der elektrischen Straßenbahn,
Doch hängt er einmal nicht daran,
Was auch sehr oft stattfinden kann,
Dann kann es doch nicht anders sein,
Dann fährt der vord're Wagen »allein«.

Im Gärtnertheater – Ausschnitt: »Fragt der, wo wir hinwollen«

Nach dem vierten Akt war's dann beim Schluß gar, jetzt hat's uns erst int'ressiert, wie das Theaterstück heißt, wo wir grad g'sehen hab'n. Wir hab'n schon an Theaterzettel dabei g'habt, aber einen alten, vom Hoftheater, aus Lohengrün, den hab'n wir uns nur mitgenommen, daß wir uns im Gärtnertheater nicht extra einen kaufen müssen, d'rum hat nix g'stimmt d'rauf, weil das Stück wo wir grad g'sehen haben, hat der Herr neben uns g'sagt, heißt »Bruder Straubinger«. – – Drum ist auch kein Schwan daher gekommen, anstatt dem Schwan is' eben dann der Bruder komma, da Straubinger. – Wir wär'n dann schon noch sitzen geblieben, aber die andern Leut sind schon alle drauß' gewesen, haben wir uns denkt, geh'n wir auch, und weil wir so müd war'n, wär'n wir gleich gefahren, weil grad wie wir zum Theater 'naus sind, is a Auto drauß' g'standen – drauß' gestanden sind ja mehr, jetzt wir wär'n bloß mit einem gefahr'n weil wir nicht mehr Geld dabei gehabt haben. – Wie wir an das Auto hinkommen, fragt der Chauffeur, wo wir hinfahren woll'n – da sind wir nicht gefahren, grad weil er so neugierig gewesen ist, und zweitens hätt' sich's Fahren bei uns so nicht recht rentiert, weil wir vis-à-vis vom Theater wohnen.

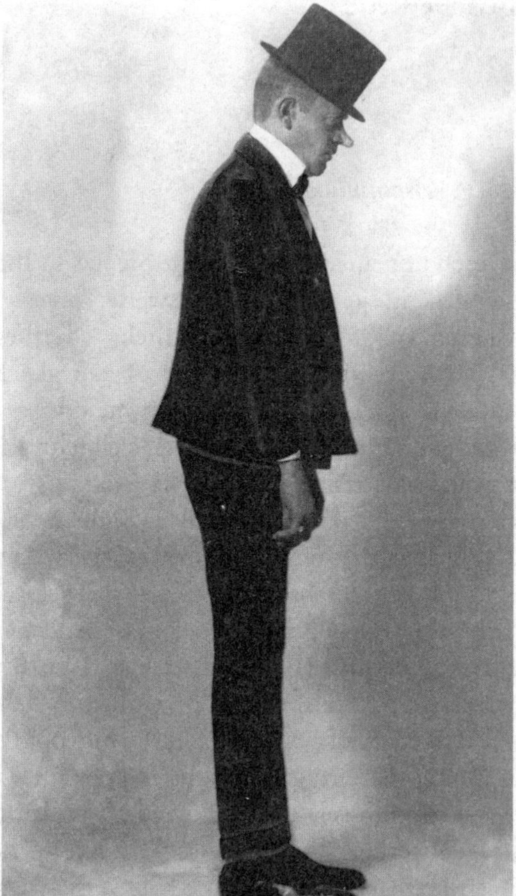

Karl Valentin als »Salonkomiker« (1918), Foto: Hilbinger

Unpolitische Rede

Hochgeehrte Versammlung!

Es freut mich ungemein, daß Sie, wie Sie, wenn Ihnen das sozusagen irgend jemand beispielsweise, oder daß Sie gewußt hätten, widrigenfalls ohne direkt, oder besser gesagt inwiefern, nachdem naturgemäß es ganz gleichwertig erscheint, ob so oder so, im Falle es könnte oder es ist, wie erklärlicher Weise in Anbetracht oder vielmehr warum es so gekommen sein kann oder muß, so ist kurz gesagt kein Beweis vorhanden, daß es selbstverständlich erscheint, ohne jedoch darauf zurückzukommen, in welcher zur Zeit ein oder mehrere in unabsehbarer Weise sich selbst ab und zu zur Erleichterung beitragen werden, ohnedem es wie ja unmöglich erscheint in bis jetzt noch nie, in dieser Art wiederzugebender Weise, ein einigermaßen in sich selbst, angrenzend der Verhältnisse, die Sie wie Sie, ob Sie gegen sie oder für sie nutzbringend in sich selbst von vorne als gänzlich ausgeschlossen erachtet werden wird, und daß ohnehin einer ferngehaltenen Verschlimmerung ein, oder ein in irgend einen einigermaßen einzig verschwiegen ist.

Dennoch treten eine insgesamt wie sich zeigende, weniger oder einschließlich von unabsehbarer Weite sich kreuzende Meinungsverschiedenheiten die in unbestimmt einschneidende Zirkulationshemmungen auftretenden Gesichtspunkte auf. Gegebenenfalls erscheinen also nie wiederkehrende Emanzipationen, welche einer dringenden Abhilfe, insofern gegenüber zu stehen erscheinen wenn beiderseits die interessenlose Resignation widerspenstiger Auftritte seitens der Gedankenhalluzination beiderlei Geschlechtes sich in mehrheitigen Gesinnungsvibriationen durch Kontrapunkte in nichts verwandeln, und eine parteilose, hochprozentige Stimmungsmehrheit vorläufig zu Tage treten wird.

Gerade die machtlose Erscheinungsmöglichkeit ob und wie, jetzt oder später, ist die Grundessenz der lageveränderten Zeitpunkte, welche keinerlei maßgebende eventuelle Aktualitäten in sich bringt und der zeitweiligen Vernichtung von Privatexistenzen zugrunde liegt, obwohl Europa nie Anteil daran genommen hat.

Ich beschließe die heutige Versammlung und heiße Sie zum Schluße herzlich willkommen und begrüße Sie

Hochachtungsvollst
im Namen sämtlicher Zuhörer,
habe die Ehre!
Karl Valentin

Theater in der Vorstadt – Ausschnitt: »Der Zufall«

KAPELLMEISTER: Sie haben immer eine gute Ausrede –. So, jetzt fangen wir an.

VALENTIN: Hat's Ihnen der Anderl schon erzählt?

KAPELLMEISTER: Warum, was will er denn noch?

VALENTIN: Nein, wir zwei haben gestern einen Zufall erlebt. Ich und er sind gestern in der Kaufingerstraße gegangen und haben von einem Radfahrer gesprochen und im selben Moment, wo wir von dem Radfahrer gesprochen haben, ist einer dahergekommen, Zufall –.

KAPELLMEISTER: Was war das alles – das hab ich jetzt nicht verstanden.

VALENTIN: Wir sind in der Kaufingerstraße gegangen und haben von einem Radfahrer gesprochen und im selben Moment ist einer dahergekommen.

KAPELLMEISTER: Ja, weiter, was war dann mit dem Radfahrer – was hat denn der getan?

VALENTIN: Nichts weiter, gefahren ist er – ich sag doch nur vom Zufall.

KAPELLMEISTER: Aber das ist doch kein Zufall, wenn der sonst nichts getan hat – in der Kaufingerstraße ist das wirklich kein Zufall, wenn da ein Radfahrer kommt, da fahren doch im Tag ein paar tausend Radfahrer umeinander.

VALENTIN: Ach, tausend – – einer ist daher gekommen.

KAPELLMEISTER: Auf einmal kommen freilich keine

tausend Radfahrer daher, die kommen so nach und nach – alle Meter – alle Sekunden – jeden Moment kommt wieder ein anderer.

VALENTIN: Ja, aber nicht, wenn man davon redt – das ist der Zufall.

KAPELLMEISTER: Das ist ganz egal, ob man da spricht oder nicht – in der Kaufingerstraße kommt immer wieder ein Radfahrer – das ist kein Zufall.

VALENTIN: Sie haben halt eigene Weltanschauungen.

KAPELLMEISTER: Da hätten Sie schon von ganz etwas anderem reden müssen, wenn das ein Zufall sein soll. Von was Seltenerem, von was Interessanterem. Ja, wenn Sie statt von diesem Radfahrer von einem Flieger gesprochen hätten, das wär' was anderes.

VALENTIN: Ham wir nicht, wir haben nur von einem Radfahrer gesprochen.

KAPELLMEISTER: Das weiß ich schon, ich meine, *wenn* Sie von einem Flieger gesprochen hätten, und im selben Moment wär' da oben einer dahergekommen, dann wär's eher ein Zufall gewesen.

VALENTIN: Naufgeschaut ham doch wir nicht, wir sind bloß so dahingangen.

KAPELLMEISTER: Aber ich mein doch nur so zum Beispiel –, wenn Sie statt von einem Radfahrer von einem Flieger gesprochen hätten!

VALENTIN: Wieso???? Wie kann ich von einem Flieger sprechen, wenn ich von einem Radfahrer spreche?

KAPELLMEISTER: Ich mein doch nur – genau so gut, wie Sie von diesem Radfahrer gesprochen haben, genau so gut hätten Sie doch auch von einem Flieger sprechen können.

VALENTIN: Ausgeschlossen?!

Kapellmeister: Ja, haben Sie noch nie in Ihrem Leben von einem Flieger gesprochen?

Valentin: Schon oft, aber da nicht, da ham wir nur von einem Radfahrer g'redt.

Kapellmeister: Ach, meinetwegen reden Sie, von was Sie woll'n – erzähln S' mir nichts mehr, dann brauch' ich mich nicht mehr zu ärgern.

Valentin: Also morgen gehn wir wieder spazieren, dann reden wir von einem Flieger. Aber – wehe –, wenn dann ein Radfahrer daherkommt.

Karl Valentin und Liesl Karlstadt in dem Theaterstück »Theater in der Vorstadt«, Foto: Hans Holdt

Das futuristische Couplet

Ein Gegenstück zu der modernen Malerei
Original-Couplet

In Nürnberg kam das Ganze,
Es sind ja mal er recht,
Doch als es mir ganz falsch war,
Ist es ohnedies zu schlecht.
Mit wessen ich grad dachte,
Von ohne sie berührt,

So sind sie denn von vorne rein
Ganz ohne diszipliert.

Karl Valentin und Liesl Karlstadt in dem Film
»Die Erbschaft« (1936)

Wer allzulange sind ist,
Ob arm, geht sich bei dem,
Das einmal es oft lieber sein,
Drum wird ja ohnedem,
Mitsammen, ja denn so kann,
Bei Deinen nicht schon sein,
Sobald man kann es bleiben soll,
Zusammen fein zu sein.

Wenn einmal in der Nase,
Hast manchmal Du in Ruh,
Die Plattform in der Tasche hast,
Und treibst in allem zu,
So wittert aus den Mitteln,
In Spanien aus und ab,
Der Blumen Augenbrauen senkt,
Mit Asien und in Trapp.

Der Weltuntergang

(Sehr schnell zu sprechen.)

Gestern nachmittags um neun Uhr sitz ich im Restaurant »zur verfaulten Blutorange« und weil ich am Tag vorher meine goldene Uhr zum Konditor trag'n hab', zum reparieren, hab' ich einen solchen Heißhunger kriegt, daß ich mir zwei Portionen Senftgefrorenes und an g'sott'nen Radi als Abendessen zum Frühstück bestellt hab'. Nachdem ich aber Hausbesitzer bin und in jeder Wohnung eine wanzenreiche Familie hab', hab' ich trotz meines 87jährigen Halsleidens mit den Kindern von mei'm Nachbarn »Fürchtet ihr den weißen Mann« gespielt. Im selben Moment haute der Photograph im Rückgebäude 's Fenster ein. I laß in der Angst an Zitherlehrer komma, und der gemeine Kerl von einer Kellnerin behaupt't, sie hätt' im Eiskasten scho' Feuer g'macht; währenddem mein jüngster Sohn sich mit dem Magneteisen d'Hühneraugen aus'm Ellbogen herauszieht, hab'ns in der Volksküche a Staudn Nißlsalat mit dem neuen Trambahntarif verwechselt, der Bürgermeister will im hintern Anhängewagen vom Telephonautomat einsteig'n, kann aber leider nicht schwimmen und stößt mit seiner Battikkrawatte a Loch in a neugebackene Schlagrahmtorte. In der Verwirrung führt der Turmwächter von St. Emeram einen Bismarckhäring in's Hundebad, der Nürnberger Schnellzug is in's Nymphenburger Trambahngeleis neig'fahrn; sämtliche Droschkenkutscher von München sind zum Beichten ganga und wenn nicht zufälligerweis' auf dem Wendelstein drob'n ein Schutzmann seinen Wecker ablaufen läßt, verlangt die Obsthausiererin für zwei Pfund Kinderhemden einen Freundschaftskuß. Trotz allen Bemühungen, auf der rechten Kuppel des Frauenkirchturmes ein Männerfreibad für Damen zu errichten, bleibt die Kanzlei vom Brunnenbuaberl vorläufig geschlossen, und auf allgemeinen Wunsch wird unter Kindern mit zehn Jahren die Zuchthausstrafe auf lebenslänglich abgeschafft. Sollten dagegen die Münchner Schlittschuhläufer wegen dem eingetretenen Weißbrotmangel vor Ablauf vorigen Jahres ihre Schlittschuhe nicht doppeln lassen, so sind auf Kosten des Fremdenverkehrs starke, gewitterartige Niederschläge zu erwarten. Leider aber hat sich der Bürgermeister im Finstern verlaufen, weil am Zeppelin-Luftschiff keine Hausnummer dort war; er läßt unglücklicherweise die Türe auf, und im Zeitraum von fünf Minuten sind ihm schon 40 Mitesser auskemma. Er läuft ihnen nach, stolpert mit die Gummischuh' über der Frau ihre Giselafransen und schreit: »Wer will unter die Soldaten?« Alles war vergeben und vergessen, sei' Frau hat ihre Krampfadern als Ringelnattern verkauft, die Köchin hat sich verlobt mit'm Papagei, der Hausherr hat sich mit de Hypotheken gurgelt und in der Maikäferschachtel is die Maul- und Klauenseuche ausbrocha. »Wehe, wehe«, sprach der Oberlehrer von der Gasanstalt: »Richtet nicht, sonst werdet Ihr gerichtet.« Da öffneten sich die Wolken und mit blinzelnden Augen treten 18 Packträger hervor und verkündeten das Ende der Welt. Links und rechts stehen je vier goldene Jungfrauen mit Semmelbrösel bepappt und hielten ein vernickeltes Butterbrot in der Hand. Die

Luft zitterte wie Schweinssulz, die Erde wühlte sich auf, die Vesuve speiten Honig und Sauerkraut. Nacht- und Tageulen, Junikäfer und Lämmergeier schwirrten gespensterhaft auf dem Fußboden umher, panikartig zerplatzte ein alter Leberkäs und am Ende des Vortrags trat plötzlich der Schluß ein.

Brief aus Bad Aibling

Hochwohlgeborne Anni,
liebe Ehefrau und Zuckerschneckerl!
Liebe Frau, teile Dir mit, daß ich in Bad Aibling gut angekommen bin. Bei Ankunft stiegte ich aus demselben Zug aus, in dem ich am Bahnhof zu München einstug. Ich wollte absichtlich nicht weiterfahren, da mein Billet nur bis Aibling giltig war und hätte eine Weiterfahrt keinen Wert gehabt, da ich sonst über Bad Aibling hinausgefahren wäre. Die Eisenbahnfahrt ging sehr schnell, da es ein Schnellzug war; wäre es ein Güterzug gewesen, wäre die Fahrt natürlich nur Güter gewesen. Während der Fahrt aßte ich mein Butterbrot und trankte meinen roten Wein. Vis a vis von meinem Schnellzug sauste auf einmal ein anderer Schnellzug vorbei, und zwar so schnell, daß man die Leute, die in dem anderen Schnellzug saßten, kaum grüßen konnte, obwohl vielleicht ein guter Bekannter hätte drin' sitzen können, der dann am andern Tag zu mir gesagt hätte: Gestern waren Sie aber protzig, weil Sie mich nicht einmal gegrüßt haben. Die Fahrt ging dann weiter; auf einmal wurde es mir not, die Notkabine war aber besetzt; deshalb zogte ich die Notbremse und der Zug stund. Der Eisenbahnbesitzer stiegte zu mir in das Kouplet und schrub mich auf wegen Notzug. Die Gesellschaft im Eisenbahnwagen war sehr gemischt; es waren fast lauter Reisende, nur der eine Herr, der in München den Zug versäumte,

fuhr nicht mit, da er wahrscheinlich mit dem nächsten Zug hinter uns nachkommt, in welchem wir auch gefahren wären, wenn wir den Zug auch versäumt hätten. – In Aibling selbst ist es sehr schön, obwohl es, glaube ich, sehr wenig Weinkneipen dort gibt. Gestern hat mich der Kurarzt untersucht, er meint, ich müßte nicht im Bett liegen bleiben, nur bei Nacht müsse ich im Bett bleiben, was ich ja sowieso getan hätte. Sonst geht es mir gut; ich habe mein eigenes Zimmer, in welchem sechs Betten stehen, wovon aber nur vier besetzt sind von vier Patientinnen. – Ich schließe nun meinen Brief und hoffe, daß Du mir in München treu bleibst, wenigstens halbe treu, zum mindesten viertel über zwei. Meine Uhr habe ich vergessen, wir haben auch in unserem Schlafsaal keine Uhr.

Wen Du mir wieder schreibst, schreibe bitte in den Brief hinein, wieviel Uhr es ist. Ich weiß gar nicht, wie ich an der Zeit bin.

Es grüßt und küßt Dich
hochachtungsvollst
ergebenst
Nepermuk *Semmelmeier*; Patient,
z. Zt. Bad Aibling.

I. Narrenrede

Das war so! – Wie der moderne Maler malt, so kann der moderne Schriftsteller schreiben.

In Magdeburg am Rhein wohnte eine Verwandte, nämlich meiner Mutter ihre Braut, die gegenwärtig von Mexiko vorübergehend nach Rom reiste.

Dadurch ist das Privatvermögen der Sauerkrautverleihanstalt »Eldorado« in Konkurs geraten, weil die Pläne zur Grundsteinlegung des neuen Kreisrealschul-Projektes durch Prolongation des Innern nicht genehmigt worden sind.

Ich finde es übertrieben, deshalb meine Zimmer tapezieren zu lassen, denn in kurzer Zeit kommt die Sache ans Tageslicht, und wenn sich drei Schwestern heiraten, kann von einem Quartett keine Rede sein.

Mir ist die Sache furchtbar peinlich, denn wenn ich die Gummischuhe einmal getragen habe, faßt der Kanzleisekretär die Sache falsch auf, und statt daß ich für das Segelflugzeug zweihundert Mark Einsatz bekomme, muß ich von Frankfurt bis Köln zu Fuß heimfahren.

Mein Rechtsanwalt gab sich alle Mühe, in dreitausend Meter Höhe ein Zündholz aufzutreiben, aber deshalb ist nicht gesagt, ob das Filmdrama einem Lustspiel gleichkommt, denn mit einem bloßen Händedruck kann man heutzutage kein Stiegengeländer lackieren, – und warum? – Weil das Zutrauen fehlt! Obwohl kein Zeuge beweisen kann, daß man mit einem Freibillet eine Telephonstörung vermeiden kann. Die Hauptsache ist schließlich doch, daß der Schönschreibunterricht in den Volksschulen nicht mit dem Walchenseekraftwerk in Fühlung kommt, denn der städtische Knabenhort hat alle Hebel in Bewegung gesetzt, daß eine abermalige Erweiterung des Potsdamerplatzes nur dann zustande kommen darf, wenn sämtliche Kinos in Berlin in Freudenhäuser verwandelt werden. Was natürlich mit einer Verlängerung der Polizeistunde vor Mitternacht nichts zu tun hat. Im gegebenen Falle würde natürlich hygienischen Rücksichten entsprechend ein öffentliches Hausieren mit elektrischen Klavieren nur dann in Betracht kommen, wenn die Lederindustrie zur Erzeugung von Tabakprodukten die Grenze zwischen Ostern und Pfingsten nicht überschreitet. –

Karl Valentin und Liesl Karlstadt in dem Film »Die Erbschaft« (1936)

Hinsichtlich Paragraph Nummer Null könnte also die Erlaubnis, auf dem Plötzensee ein Trabrennen abzuhalten, nicht erteilt werden, was durch das Entgegenkommen der Kleinwohnungsgenossenschaft sehr in Frage gestellt ist. –

Ob die vier Könige unter den Tarockkarten dieses Jahr noch abdanken, ist ebenfalls fraglich, denn zehn Pfennig für eine Straßenbahnfahrt ohne Speisewagenbenützung ist eher zu teuer als notwendig.

Infolge dieser Preistreiberei können also Hypotheken auf Star- und Maikäferhäuser vor dem 0ten Dezember 1702 nicht gekündigt werden, ebenso wird Zusendung von Neujahrsenthebungskarten an den beiden Osterfeiertagen gerichtlich verfolgt. Halbamtlich, eigentlich viertelamtlich, sei noch mitgeteilt, daß farbiges Konfetti in den verehrlichen Apotheken nicht mehr als Kopfwehpulver verkauft werden darf, und deshalb rufe ich unter Tränen aus:

Nieder mit dem Aschermittwoch – nieder mit dem Karneval – Es lebe der erste April!!!

Volkus plumentus – ex!? – –

Die Schlacht bei Ringelberg

Im Zeichen des Krieges stand ein Flammenschwert, gebildet aus schneeweißen Wolken, am Abendhimmel. Gegen sechs Uhr am Morgen rückte ein Kriegsheer, bestehend aus vier Mann und siebenhundert Pferden, bis an die Zähne bewaffnet gegen Ringelberg vor.

Und es sei denn, daß es so kam. Da befahl König Pharao seinem Chauffeur: »Gehe hin und streue Rotzglocken unter das Volk.« – Und er tat es. Kriegsgeheul und Krankheiten verpesteten die Luft – die Glocken läuteten und verkündeten die nahe Mittagsstunde, und das Unheil war nicht mehr aufzuhalten. War es die Wachsamkeit, oder die Liebe zum Vaterlande, oder war es nur stolze Eitelkeit, die Ringelberger sahen die Zeit gekommen, denn sie sprachen gemeinsam: »Entweder – Oder.«

Die andern behaupteten Frankfurt an der Oder. – Kurzum in drei darauffolgenden Nächten stiftete man überall Brand, Ringelberg war nicht mehr die verhaßte Fremdenstadt, sondern ein Flammenmeer – Frauen und Fräuleins, Schwestern, Mädchen und Eltern flüchteten ins Unendliche und brachten den Hilfesuchenden Bier und Zigaretten. –

Kanonen, Sportwagen, Fallschirme und dergleichen Kriegsgeräte rasselten Tag und Nacht durch die Straßen Ringelbergs, und ehe man sich umsah, war die Stadtmauer umstellt. Aber leider waren die Stadttore mit einem Fixierschloß versperrt und guter Rat war nicht billig. –

Die Wut des bösen Feindes wuchs ins Aschlochgraue und zugleich stand durch die Belagerung ein zweiter böser Feind vor Ringelberg – das Hungergespenst. Ganz Ringelberg sollte nun spätestens in einigen Stunden ausgehungert werden, samt Hab und Gut – die Ringelberger trotzten aber dem Hunger, waren froh und heiter und aßen und tranken mehr als zuvor.

Der Feind hatte hier wieder einmal die Rechnung ohne den Wirt gemacht – – –. Die Stadt war verraten – ein fünfundsechzigjähriger Bursche, namens Hopfenzupfer, von Beruf Huber, hatte sich nächtlicher Weile in einem Grammophontrichter versteckt, somit das ganze Gespräch des Feindes belauscht und demselben wieder alles verheimlicht und erzählt.

Als am andern Morgen der warme Westwind föhnartig über die Dächer der alten Residenzstadt wehte, verkündete ein Husarenbläser die Übergabe der Stadt und zwar in schwäbischem Dialekt. Stolz und voll Ingrimm liefen die Bürger wirr durcheinander und am Vormittag des 15. Maies veranstaltete man zugunsten des Überfalles eine polizeiliche Razzia, bei der nicht weniger als eineinhalb Gefangene (Vater und Sohn) in unsere Hände fielen –. Der Jubel wollte keinen Anfang nehmen, als zehn Volksschulklassen (zusammen fünfzig Kinder) aus voller Kehle sangen: »Nun sei gedankt, mein lieber Schwan« – – – Als dieses Lied verklungen war, kam wieder Leben in die Bude, vielmehr in die Stadt. Viel Hundert Jahre später hatte die lange Zeit die Kriegswunden zugeheilt, und kein Mensch in ganz Ringelberg spricht heute mehr von diesen Tagen jener Zeit. – – –

Der Firmling –
Ausschnitt: »Maccaroni mit Schinken«

KELLNER: Und was speisen die Herrschaften? *(Liest die Speisenkarte ab)* Maccaroni mit Schinken sind noch da!

PEPPERL: Ja –

VATER: Magst solche – *(zum Kellner)* – na bringst oa!

KELLNER: Bitte sehr – also zweimal Maccaroni mit Schinken –

VATER: Nein, einmal …

Karl Valentin und Liesl Karlstadt in dem Theaterstück »Der Firmling« (1931)

KELLNER: So, nur einmal …
PEPPERL: Ja, für an jeden – eine –
KELLNER: Also, dann doch zwei Portionen –
VATER: Nein, eine – aber für zwei.
KELLNER: Ja wollen Sie jetzt eine oder zwei?
PEPPERL: Nein, ich möcht nur eine –
KELLNER: Ja, dann wollen Sie doch zwei …
VATER: Nein, *eine* für uns zwei.
KELLNER: Sie meinen eine Doppelportion.
VATER: Ja, eine einfache Doppelportion.
KELLNER: Zum Donnerwetter, soll ich jetzt eine oder zwei Portionen bringen?
VATER: Jetzt bringst oane und schwingst dich, sonst kann sein …
KELLNER: Ich bring Ihnen jetzt eine Portion *(geht schimpfend ab)* das ist eine nette Bagage, die wissen nicht was sie wollen, die sollen doch woanders hingehen in eine Bauernwirtschaft, das ist ja furchtbar.
VATER: Nur net nachbrummeln, dahinten. Tua fei ja net launenhaft sein, sonst zieh ich dich raus aus deim Cheviot. –

Bahnhofszene

(Nach der Abfahrt des Zuges)

Portier steht allein auf der Bühne und putzt sich die Brille.

FRAU *(kommt schwitzend, atemlos mit vielen Koffern gelaufen)*: Bitt schön, sagens mir schnell, ich hab höchste Zeit, wo muß ich einsteign nach Italien?

PORTIER: Grad is er weggfahrn.

FRAU: Jeß Marand Josef!!!!!

PORTIER: Wärns drei Minuten früher komma, hättens ihn noch erwischt.

FRAU: So, dann geh ich nochmal heim und komm drei Minuten früher.

PORTIER: Dann kommas ja noch später.

FRAU: Naa, sagns, warum ist denn der Zug grad ausgerechnet heut drei Minuten früher weggfahrn?

PORTIER: Naa, der Zug ist net drei Minuten früher weggfahrn, Sie san drei Minuten z'spät komma.

FRAU: Das kommt eben daher, wenn man nicht genau weiß, wenn der Zug abfährt.

PORTIER: Hättens ins Kursbuch neigschaut, dann hätten Sie 's g'wußt.

FRAU: Da hab ich ja neigschaut, aber da stehts nicht drin.

PORTIER: Freilich stehts drin.

FRAU: Ja, wissens, ich hab eben kein Kursbuch daheim,

jetzt hab ich in mein Kochbuch neigschaut. Und da stehts nicht drin.

Portier: Ja, im Kochbuch steht freilich kein italienischer Zug, höchstens der italienische Salat.

Frau: Drum hab ich ihn auch nicht g'funden, ja nicht einmal im Telephonbuch ist er drin gstanden.

Portier: Sie kunnten ja glei im Katechismus nachschaun.

Frau: Meinas?

Portier: Nein, ich mein nur.

Frau: Ja, ich mein auch nur. Aber ich kanns nicht glauben, daß der Zug schon weggfahrn ist.

Portier: Freilich ist er weggfahrn.

Frau: Ist der einfach weggfahrn und hat die Reisenden alle da gelassen?

Portier: Nein, die sind alle mitgfahrn.

Frau: Ja, warum ham denn die den Zug nicht versäumt?

Portier: Weil die nicht zu spät komma sind.

Frau: Wenn aber die auch zu spät kommen wärn, wär dann der Zug auch weggfahrn?

Portier: Ja, aber rentiert hätte er sich dann nicht.

Frau: Was hätten dann die Reisenden alle gemacht, wenn sie alle den Zug versäumt hätten?

Portier: Auch so dumm dreigschaut hättens wie Sie.

Frau: Kann ich jetzt gar nichts machen?

Portier: Das müssen Sie wissen.

Frau: Ich mein, was ich jetzt tun soll? Denn wenn ich noch a Zeitlang wart, dann versäum ich ihn immer noch mehr.

Portier: Fahrns halt mit dem nächsten Zug.

Frau: Wann geht denn der?

Karl Valentin und Liesl Karlstadt in der Theaterszene
»Am Bahnhof« (1925), Foto: Hilbinger

Portier: Morgen früh.

Frau: Ja, das nutzt mich nichts – morgen um die Zeit bin ich ja gar nimmer hier, da bin ich ja schon lange in Italien.

Portier: Ja, wie könnens denn da morgen in Italien sein, wenns heut den Zug versäumt haben?

Frau: Ja, da fahr ich ihm halt nach mit der Trambahn.

Portier: Da geht keine Trambahn hin.

Frau: Dann lauf ich ihm zu Fuß nach, das geht auch, das hab ich schon einmal in einem Kino gsehn.

Portier: So schnell wie der Zug fahrt, glaub ich, können Sie nicht laufen, außerdem Sie schicken sich recht.

Frau: Ja, ich muß nach Italien, ich freu mich schon darauf, warn Sie schon in Italien? Da muß es doch wunderschön sein. Sie, da ist doch der große Vatikan, der immer so speibt?

Portier: Verschonens mich mit Ihrer Lava. – Sie sind da im Irrtum, der Vatikan kann doch unmöglich speibn, das ist ja ein Gebäude, und ein Gebäude kann doch nicht speibn.

Frau: Nein, das ist bestimmt der Vatikan, denn mit V geht er an und dann hab ich ihn schon auf Ansichtskarten gesehn, der ist so groß und oben geht der Dampf naus.

Portier: Dann meinen Sie wahrscheinlich den Vesuv.

Frau *(geht der Koffer auf und fällt ihr alles Unmögliche heraus):* Jessas, jessas, so ein Pech wie ich heut habe, zuerst versäum ich den Zug und jetzt fallen mir meine ganzen Reiseutensilien heraus, wenn das jemand sieht, Sie glauben gar net wie ich mich geniere.

Portier: Ja, mit *dem* Zeug derfens Ihna freili genieren.

Frau *(alles einpackend):* Ich reise nämlich so selten, Sie glauben gar nicht, wie unbeholfen ich bin.

Portier: Dös seh ich schon, jetzt schauns, daß mit dera Brockensammlung bald zum Teufel komma.

Frau: Mein Gott, der Wecker ist, glaub ich, auch kaputt. Horchens amal.

Portier: *Horcht (wirft ihn dann am Boden).*

Frau: Ja, wenn Sie's so machen, dann muß er ja hin werden *(wirft ihn auch hin).*

Portier: Ja, mei Frau, je öfters daß'n nunter werfen, desto hiher wird er.

Frau: Ach Gott, wenn man keinen Menschen hat, ich reis' nämlich ganz allein.

Portier: Sie ham doch vier Koffern dabei.

Frau: Nein, ich mein, wenn eine Frau allein reist, ist es überhaupt nichts, wissens ich bin eine Witwe, ich stehe jetzt dreißig Jahre ganz allein am Bahnhof – – ah auf der Welt wollt ich sagen.

Portier: Mir waars ja gnua, wenn Sie dreißig Jahre am Bahnhof stehen würden, mir glanga schon die 3 Minuten.

Frau: Wissens, ich war auch verheiratet, aber mein Mann ist als Bub mit 14 Jahren nach Südamerika ausgewandert und ist seit der Zeit nie mehr zurückgekommen. Ich hab ihn nie wieder gesehn – – – Verschollen, aber nicht vergessen.

Portier: So fangas ma 's weina auch noch an, tröstens Ihna nur, schauns ich war auch dreißig Jahre in Südamerika, bin auch wieder zurückgekommen, der kommt schon wieder, wenns a G'scheidter ist.

Frau: Oh, das war ein braver Mann, aber ein böser Mann – – aber kommen tut er nicht mehr mein Xaver.

PORTIER: So, Xaver hat er g'hoaßen, ich heiß auch Xaver.

FRAU: So – ja, mein Xaver hat immer zu mir g'sagt: Wally ich komm wieder, aber gekommen ist er nicht mehr.

PORTIER: Was, Sie heißen Wally?

FRAU: Ja, Wally Rembremerdeng –

PORTIER: Und ich heiß Xaver Rembremerdeng.

FRAU: Nein, ich heiß Rembremerdeng.

PORTIER: Und ich auch und in Südamerika war ich auch.

FRAU: Ja, bist *Du* der Xaver? Nein?

PORTIER: Und *Du* d'Wally?

FRAU: *Ja,* Xaver!!! *(Umarmt ihn und wirft ihm den Koffer auf den Fuß.)*

PORTIER: Ja, Rindviech!!!!

FRAU: Dreißig Jahre ham wir uns nicht mehr gsehn, hast mich denn nimmer kennt?

PORTIER: Drum ist mir dein Hut glei so bekannt vorkomma.

Raubritter vor München – Ausschnitt: »Der Ententraum«

III. Szene:

MICHL: *(schaut ins Schilderhaus)* Ja der schlaft wirklich der Bene. Du Bene, – Bene – he – ja gibts denn dös a – *(klopft ans Häusl)*

BENE: Herein!

MICHL: Was herein, was willst denn, hast Du allein kein Platz in der Hundshüttn. Mach geh raus *(zieht ihn heraus)*

BENE: *(im Stehen weiter schlafend)* Wer da?

MICHL: Ja i bin da – sechs Uhr is!

BENE: Was – sechs Uhr is – i werd ja erst um sieben Uhr abglöst *(will wieder ins Schilderhaus)*

MICHL: Ja bleib nur da, sei froh daß ich Dich aufgweckt hab.

BENE: Ja, ich hab jetzt grad einen Traum g'habt, einen ganz exotischen Traum. Mir hat nämlich träumt, i bin a Ent'n g'we'sn und bin in an Weiher umeinand g'schwommen und wie ich so umeinandschwimm, seh ich am Rand draußen einen ganz langen, gelben Wurm, der war mindestens so gelb, i bin glei auf ihn hing'schwommen und grad wie i an Schnabel aufreiß'n will und will den Wurm fress'n, im selben Moment hast Du mich aufg'weckt.

MICHL: Das ist aber schad. Wenn ich da eine Ahnung g'habt hätt, dann hätt ich Dir den Wurm zuerst fressen lassen, aber das kann ich doch net schmecken, daß Du um sechs Uhr noch träumst.

BENE: Ja und ich kann doch net zu Dir sag'n, weck mi net auf, weil i träum!

MICHL: Nun ja, es ist ja gleich, ein schöner Traum war's doch net.

BENE: Ja für a Ent'n scho –

MICHL: Ja für a Ent'n, aber Du bist ja koa Ent'n!

BENE: Ja, aber im Traum war ich eine Ent'n; überhaupt für solche Träume bist Du noch z'jung.

MICHL: Du darfst mir ja dankbar sein, daß ich Dich aufgeweckt hab, denn wenn ich Dir den Wurm fress'n hätt lassen, dann wär Dir jetzt höchstens recht schlecht.

BENE: Einer Ent'n wird doch net schlecht von einem Wurm, verstehst Du denn das nicht? Das weiß überhaupt kein Mensch, ob eine Ent'n wirklich träumt, das weiß niemand, das wäre eine zoologische Berechnung und wann's einer Ent'n wirklich träumt, dann kann sie's nicht sagen, weil's net reden kann! Bei einem Papagei wär das was anders, weil der reden kann.

MICHL: Du mußt Dir doch denken, das war doch nur ein Traum und Träume sind Schäume.

BENE: Das war kein Schaum, das war ein Wurm und jetzt holst an Kaffee, da hast fünfzehn Kreuzer, Pfennig hats seinerzeit noch keine geb'n, also oan Kaffee, oan für mi und oan für Di – und oan für uns zwoa – im ganzen fünf Kaffee.

MICHL: Ja soll i da mei Trommel mitnehmen oder soll ich's da lassen?

BENE: Entweder Du nimmst es mit, oder Du laßt es da, keinen goldenen Mittelweg gibts da net.

MICHL: Soll ich's na mitnehmen?

BENE: Ja –
MICHL: oder soll ich's da lassen?
BENE: Dös is doch wurscht, jetzt nimmst as z'erst mit und dann laßt as da.
MICHL: Aaa, dann lass ichs schon lieber glei da, dann brauch ich's überhaupt nicht mitnehmen. *(ab)*

Karl Valentin und Liesl Karlstadt in dem Theaterstück »Raubritter vor München«, Foto: Hilbinger

Neues vom Starnberger See

Fünf Meter von Starnberg abwärts liegt der Starnberger See. Am linken Ufer des Sees liegt eine »Leoni«, kurz genannt Leoni. Wie in Neuyork, so landen auch hier stündlich Dampfschiffe. Mit den Dampfschiffen nehmen alltäglich die Starnberger Dampfschiffseerundfahrten ihren werten Anfang. Die Rundreisebilletten auf den Dampfern sind aus Pappkarton, und wenn es regnet, ist meistens während der Fahrt die Aussicht auf das bayerische Gebirge wegen schlechter Aussicht nicht zu sehen. Der Starnberger See selbst ist melancholisch, was bei anderen Seen stets meistens auch immer hie und da sehr oft der Fall ist. Einer alten Sage nach aus dem Jahre 1925 sollen sich vom Undosabad aus vorigen Sommer aus unbekannten Ursachen Tausende von Menschen in den See gestürzt haben; dieselben konnten sich aber dank ihrer guten Schwimmkenntnisse alle selbst aus den Wellen befreien. Im selben Jahre ereignete sich auch noch ein anderer bedauernswerter Unfall. Ein Mann stieß mit dem Ruderboot, ungefähr fünfzig Meter vom Ufer entfernt, an eine grüne Schlingpflanze, sogenannte Wasserrose, an, das Schiff kippte um und im Handumdrehen fiel der Mann in das in der Nähe befindliche Wasser. Breit und weit kein Mensch, der dem Ärmsten Hilfe bringen konnte, trotzdem er fortwährend um Hilfe schrie. Zufälligerweise kam ein Briefbote daher und bemerkte die Hilferufe des um Hilfe Schreienden. Statt nun wacker (nicht identisch mit Fußballklub Wacker) ans Rettungswerk zu schreiten, rief der hartherzige Briefträger dem Ertrinkenden die nicht minder harten Worte zu: »Ich kann Ihnen leider nicht helfen, da ich selbst nicht schwimmen kann, aber ich kann Ihnen die Adresse eines guten Schwimmlehrers mitteilen!«

Jeder Mensch ohne Ausnahme soll also in der heutigen Zeit schwimmen lernen, das finde ich unbedingt notwendig, damit er einen nicht schwimmen Könnenden jederzeit aus dem Wasser retten kann. Aber eigentlich ist es auch wieder zwecklos, denn wenn jeder Mensch einmal schwimmen kann, braucht man ja keinen mehr retten. Also wäre es angebracht, daß jeder, der schwimmen kann, dasselbe sofort wieder verlernen soll. Ein weiterer Sport außer dem Ertrinken ist das sogenannte Fischen von lebenden Fischen. Daß die Fische gefangen werden müssen, leuchtet jedem ein, und das ist auch klar. Wäre im Starnberger See zum Beispiel seit Gründung, oder besser gesagt seit dem vieltausendjährigen Bestehen desselben noch nie ein Fisch gefangen worden, so hätten sich diese Fische seit diesen Jahrtausenden so vermehrt, daß vielleicht mehr Fische im See wären als Wasser. Die Folge davon wäre, daß die Fische vor lauter Fischen nicht mehr schwimmen könnten, zu wenig Wasser hätten und daher nicht mehr existieren könnten. Nachdem aber im Starnberger See viel Wasser ist, bleibt die Frage offen, ob tatsächlich schon so viel Fische gefangen worden sind. Eine Kontrolle hierüber käme jetzt natürlich zu nachträglich. Das Fischen mit der Angel ist von vielen Seiten als Tierquälerei empfunden worden, hauptsächlich vom Fisch selbst. Einen Dieb fängt man ja auch nicht mit der Angel, sondern eben aus Humanität mit List und Schlauheit. Stellen wir uns einmal einen Schutzmann vor, der mit der Angel einen Dieb fangen will; der Schutzmann geht mit der Angel in eine Wirtschaft, in der er den Dieb vermutet, befestigt an dem spitzen Angelhaken ein Stück Schweinsbraten, hält diesen dem Dieb vor die Nase, der Dieb beißt an, und schon hat der den Haken in der Oberlippe. Das wäre eine Grausamkeit. Ist es bei einem Fischlein keine Grausamkeit? Eigentlich noch mehr, denn der Fisch ist ja unschuldig, weil er nichts gestohlen hat.

Über die Tiefe des Starnberger Sees gehen die Ansichten weit auseinander. Einige behaupten, er sei tiefer als lang, andere sagen, er sei länger als tief. Fachmännisch wurde genau berechnet, daß er tief, seicht, lang, kurz, schmal und breit zu gleicher Zeit ist. Die Tragkraft des Wassers wurde erst kürzlich von Ingenieuren geprüft und dabei die erfreuliche Tatsache festgestellt, daß die irrige bisherige Meinung »je tiefer das Wasser, desto mehr Tragkraft« nicht richtig ist. Eine Probe brachte den sicheren Beweis. Während ein faustgroßer Stein in der Mitte des Sees, also an der tiefsten Stelle, rapid unterging, blieb ein ebenso großer Gummiball an der seichtesten Stelle auf der Wasserfläche liegen. Ob dieses Experiment eine Tragweite für die Zukunft bedeutet, wird uns die Zukunft beweisen. Jedenfalls ersieht man daraus das fortwährende wissenschaftliche Tasten nach Problemen. Auf alle Fälle steht fest, daß, je weiter sämtliche Ufer eines Sees voneinander entfernt sind, desto größer sich also die Wasserfläche gestaltet. Ein See ohne Ufer wäre daher kein See mehr, denn einen uferlosen See hat es bis heute noch nicht gegeben. Dasselbe gilt auch für den Ammersee.

Geschichtliches ist vom Starnberger See nur noch zu

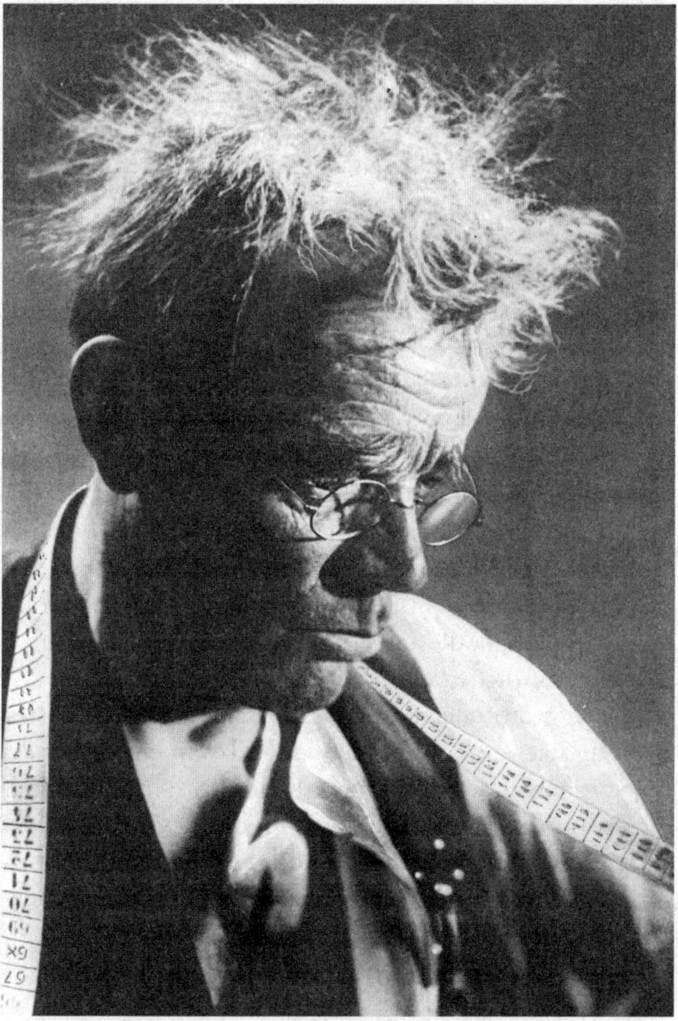

Karl Valentin als Schneidermeister Huckebein in dem Tonfilm »Donner, Blitz und Sonnenschein« (1936), Regie: Erich Engels

berichten, daß der damalige bayerische Herzog der Pfiffige einen Antrag des Starnberger Bürgermeisters: »Errichtung einer Handelsflotte auf dem Starnberger See« schnöde abwies. Die heutigen noch existierenden Starnberger See-Salondampfer können nur noch in den Augen der Firmlinge »Gewaltiges« auslösen, denn für Weltreisende bedeuten dieselben nur mehr ein Lustspiel auf offener See. »Bei schönem Wetter«, sagt der kleine Maxl, »ist es auf dem Starnberger See herrlich, regnet es aber, so wird der See naß.« Über Starnberg selbst ist wenig zu berichten. Starnberg hat seinen eigenen Reiz und seinen eigenen Bahnhof, in welchem unsere neuen elektrischen Schnellzüge stehen. Bei den elektrischen Schnellzügen, die einen Gipfel der deutschen modernen Technik darstellen, haben sich die alten Gasfunseln (aus dem Jahre 1880 ungefähr) so gut bewährt, daß dieselben jetzt in den modernen Münchner Straßenbahnwagen statt der elektrischen Glühlampen eingeführt werden sollen. In Starnberg sind jetzt schon viele Fremde zu sehen, die aus München geflüchtet sind, wegen den unaufhörlichen chronischen Straßenbauarbeiten.

Soweit wäre über Starnberg alles berichtet. Nächsten Sonntag nachmittag um halb einundzwanzig Uhr findet im Starnberger See ein Karpfenrennen statt, mit darauffolgendem Brilliantfeuerwerk. Zwölf zehnpfundige dressierte Karpfen schwimmen mit Motorboot und Musikbegleitung von Starnberg nach Seeshaupt; während dem Rennen ist der See für Fußgänger gesperrt.

Der Regen

Eine wissenschaftliche Plauderei

Der Regen ist eine primöse Zersetzung luftähnlicher Mibrollen und Vibromen, deren Ursache bis heute noch nicht stixiert wurde. Schon in früheren Jahrhunderten wurden Versuche gemacht, Regenwasser durch Glydensäure zu zersetzen, um binocke Minilien zu erzeugen. Doch nur an der Nublition scheiterte der Versuch. Es ist interessant zu wissen, daß man noch nicht weiß, daß der große Regenwasserforscher Rembremerdeng das nicht gewußt hat. Siedendes Regenwasser gehört zu den heißesten Flüssigkeiten der Gegenwart. Dem Regen am nächsten liegend ist der Regenwurm – er lebt vom Regen, genau wie der Regenschirmfabrikant. Regenschirm und Sonnenschirm sind zwei gleiche Begriffe und doch würde ihre Verwechslung zu einer nicht vorausgeahnten Katastrophe führen, denn einen Regenschirm kann man im Notfalle als Sonnenschirm benützen, dagegen kann man einen Sonnenschirm im Notfalle kaum als Regenschirm benützen.

Die Regentropfen gleichen in der Form den Hoffmannstropfen, die, an der Medizinflasche hängend, eine ovale, frei in der Luft schwebend, eine runde – und auf einer Tischplatte liegend, eine platte Form besitzen. Regenwasser benützt man häufig zum Gießen von Wiesen, Gräsern, Blumen, Unkraut und Gärten. Kinder benötigen den bekannten Mairegen zum Wachstum, und es ist statistisch nachgewiesen, daß die Kinder wirklich wachsen, auch wenn sie nicht mit Mairegen begossen wurden. Der allerschönste Regen ist der Regenbogen – gar kein Vergleich mit dem Münchner Maffeibogen, jener ist ein Wunder des Himmels, letzterer ein Greuel der Stadt München. Nur an Farbenschönheit überragt ersterer den letzteren.

Das Regenwetter wird oft mit Sauwetter, Hundswetter betitelt. Die Theater-, Kino- und Kaffeehausbesitzer haben derlei Ausdrücke noch nie über ihre Lippen gebracht. Heftige Regengüsse nennt man Wolkenbrüche, damit ist gemeint, daß irgendeine Wolke so schwer mit Wasser gefüllt ist, daß sie bricht, welchen Vorgang man beim menschlichen Biermagen mit Katzenjammer bezeichnet. Gegenmaßnahmen zur Heilung von Wolkenbrüchen sind zur Zeit noch nicht gemacht worden, da Wolkenbruchbänder der großen Dimensionen halber noch nicht hergestellt werden können und zwar aus technischen Gründen.

Künstlicher Regen wird durch Gießkannen erzeugt. Unglaubliche Sitten und Bräuche werden aus dem Mittelalter erzählt. Ich zähle hier schon einige mehr an Aberglauben grenzende Tatsachen auf: Bei den alten Germanen wurden schnell alternde Kinder mit frisch gefallenen Regentropfen geimpft. Während dieser Injektion mußte der Urgroßvater des betreffenden Kindes einen vierstimmigen Choral singen. Ein weiterer Aberglaube bestand darin, Ehesünder auf folgende Art zu entlarven: Bei strömendem Regen mußte der Ehemann hundert Meter weit laufen, unmittelbar nach seiner Ankunft am Ziel wurden die – auf seinen Körper gefallenen Regentropfen schnell gezählt, waren es über tausend Tropfen, war er ein Ehesünder.

Weitere wissenschaftliche Fortschritte über Regenwasser sind bis heute noch nicht gemacht worden. – Die

Feuchtigkeit des Regens soll auch im Mittelalter nicht so stark gewesen sein, wie heutzutage, was ja auch der jüngstvergangene langanhaltende Regen beweist. Denn die verflossene Feuchtigkeit konnte nicht mehr mit Bodenfeuchtigkeit, sondern mit Hochwasser angedeutet werden. Und was Hochwasser bedeutet, wissen wir alle noch von der Sündflut her, die vielen unvergeßlich bleiben wird. Aber dennoch denken wir dabei an die Worte des Dichters:

Sich regen – bringt Segen.

Brillantfeuerwerk – Ausschnitt: »Wann ist denn das Feuerwerk?«

LIESL: Ja, Sie, wann ist denn das Feuerwerk?
WIRT: Jetzt na, wenns finster wird.
LIESL: Jetzt is aber no lang net finster.
WIRT: Drum wird's aa jetzt no net abbrennt.
KARL: Wenn's aber heut net finster wird?
WIRT: Dös is mir wurscht, ob's finster wird oder net, abbrennt wird's auf alle Fälle.
KARL: Na kannst 's aa jetzt abbrenna, jetzt is ja no net finster.
WIRT: Jetzt is do no hell, dunkler muaß auf alle Fäll werden.
LIESL: Ja Sie, was taten S' denn da, wenn's heut ausnahmsweis net finster werden tat?
WIRT: Geh', reden S' do net so dumm daher, finster werd's do alle Tag auf d'Nacht!
KARL: Wenn's alle Tag finster werd, dann kannt' ma ja alle Tag a Feuerwerk abbrennen.
WIRT: Freili kannt' ma das, aber wenn ma alle Tag a Feuerwerk abbrennt, dann ist ja a Feuerwerk was ganz alltägliches, das hätt ja gar kein Sinn.
KARL: Na hätt ja des aa kein Sinn, wenn's alle Tag dunkel werd'.
WIRT: Das hat eben schon an Sinn, denn wenn's auf der Welt gar niemals mehr dunkel werden tat, dann könnt ma gar nia a Feuerwerk abbrenna.

Karl Valentin und Liesl Karlstadt in dem Theaterstück »Brillantfeuerwerk« (»Ein Sonntag in der Rosenau«) (1926)

KARL: Warum net – es hoaßt doch »Alles kann ma, wenn ma will!«

WIRT: Natürli kann ma … jetzt woaß i nimmer, was i sagen soll …

LIESL: Ja, Sie, wenn's aber dunkel is, und Sie zünden Ihr Feuerwerk net an, dann kann ma's ja auch net sehn?

WIRT: Das ist doch klar, daß ma im Finstern net sieht.

KARL: A Feuerwerk aa net?

WIRT: Jo, grad a Feuerwerk sieht ma im Finstern besser.

LIESL: Auch wenn's net ozunden is?

WIRT: Jessas, Jessas, die bringa mich direkt zur Verzweiflung. Jetzt laßt's mir mei Ruah und wartet's halt, bis finster is.

KARL: Ja, wir können do net bis morgen in der Früah da warten, bis des Feuerwerk angeht.

WIRT: Bis morgen in der Früah? Da is ja scho z'spät, da wird's ja scho wieder hell.

LIESL: Ja Sie, aber wenn …

WIRT: Jetzt laßt's ma mei Ruah, steigt's ma an Buckel nauf.

KARL: Ja, des is a guate Idee, von Eahnam Buckel aus, seh ich's Feuerwerk besser.

LIESL: Sag nichts mehr zu eahm, jetzt stinkt er ihm.

4. SOLDAT: Geh weiter, Musi, sing ma oans, bis 's Feuerwerk angeht.

(Kellnerin bringt Ziehharmonika.)

Karl spielt, alle Soldaten singen:

Des Morgens um a halbe viere ertönet der Trompetenschall, Da heißt es, auf, ihr Kürassiere, und marsch hinunter in den Stall!

Und putzt das Rößlein sauber ab, und putzt das Rößlein sauber ab,

Woran ich meine, woran ich meine, woran ich meine Freude hab.

Am Sonntag gehn wir promenieren, hinunter in die Rosenau,

Da kann ma sich gut amüsieren, da gibt es oft an Mordsradau.

Da haust halt oan a paar herab … woran ich meine …

KARL: Ja, was ist jetzt mit dem Feuerwerk?

FEUERWERKER: So, meine Herrschaften, jetzt kann's losgehen, jetzt bin ich so weit! *(Alles geht nach hinten zum Zaun, Karl und Liesl nach vorne an die Rampe.)*

LIESL: Jetzt wird's glei scheppern, da hinten.

WIRT: Was ist denn mit euch zwoa, was stellt's euch denn daher?

KARL: Ja, 's Feuerwerk möchten mir anschaun.

WIRT: Dös is doch dahinten, sehgt's denn net, wo die andern Leut stehgn?

BEIDE: Aso! *(Gehen nach hinten.)*

LIESL: Is scho anganga?

ALLE: Naa, wir warten a scho drauf.

FEUERWERKER: Einen Moment, Herr Wirt, jetzt kann ich's nicht abbrenna, ich kann nicht anfangen, weil ich kein Zündholz hab.

WIRT: Jessas, Jessas, jetzt hat er wieder koa Zündholz, des is doch blöd, des is grad so dumm, als wenn a Kaminkehrer koan Kamin dabei hat.

FEUERWERKER: Das kann doch einmal vorkommen.

WIRT: Das derfat net vorkommen, Sie sann a trauriger Feuerwerker, hat denn niemand a Feuer?

KARL: Ja, in der Kuchel, da is Feuer gnua, brennt's es halt in der Kuchel ab.

FEUERWERKER: In der Kuchel kann ma do kein Feuerwerk abbrenna.

WIRT: Red's koan Schmarrn und gebt's ihm Streichhölzer.

3. SOLDAT: Da!

Feuerwerker ab.

ALLE: Wann geht's denn amal an? Wann werd's denn abbrennt?

FEUERWERKER *(kommt wieder; alles fragt, er bahnt sich den Weg durch die Leute):* Herr Wirt, tut mir leid, aber ich kann das Feuerwerk no net abbrenna.

WIRT: Warum denn? Was ist denn scho wieder?

FEUERWERKER: Es is noch viel zu hell –

WIRT: Jetzt machen S' mi aber bald narrisch, jetzt haben S' a schöns Wetter, haben S' Streichhölzer. Jetzt ist's Eahna auf einmal wieder zu hell, tean S' nur mir net traun.

ALLES *(lacht oder schimpft durcheinander):* Das ist ja a Schwindel, so a Bamberlfeuerwerk, der alte Tritschler usw. *(Setzen sich alle.)*

FEUERWERKER: Ich verbitte mir das, ich als Fachmann muß doch wissen, wann ich ein Feuerwerk abbrennen kann. Jetzt is doch noch hellichter Tag, und ich brauche eine tiefdunkle Nacht.

KARL: Brennen's Sie's doch im Keller drunt ab, da ist's dunkel.

FEUERWERKER: Im Keller, Unsinn. Haben Sie schon amal im Keller drunt a Feuerwerk gsehn.

KARL: Ich schon. Im Augustinerkeller war schon oft a Feuerwerk.

FEUERWERKER: Ja, im Augustinerkeller, aber net im

Augustinerkeller-Keller, drum ich brauch eine stockdunkle, rabenschwarze Nacht.

KARL: Jetzt ist's aber schon ziemlich dunkel. *(Trinkt vom Bier.)*

FEUERWERKER: Das nutzt mir gar nichts. Ich kann mein Feuerwerk nicht ziemlich abbrennen, ich muß es ganz abbrenna.

LIESL: Jetzt braucht ma halt an Barometer, daß ma wissn taten, wie dunkel es ist.

KARL: *(spuckt Bier aus und lacht.)*

LIESL: Da brauchst gar net so gschwolln lachen, wenn i was sag.

KARL: Du Rindvieh – du moanst ja an Thermometer.

LIESL: Du kannst ja gleich sagen an Kilometer.

WIRT: Oder gleich an Manometer, zum Dummheit messen.

FEUERWERKER: Das nützt mich alles nichts, ich brauch eine totale rabenschwarze Nacht.

WIRT: Ich weiß schon, eine rapide Finsternis.

KARL: Zu was Fensterkiß?

LIESL: A Finsternis hat er gsagt, a Dunkelnis. *(Es wird schnell dunkel)*

FEUERWERKER: So, jetzt können wir anfangen.

LIESL: Im Dunkeln tut's Feuerwerk funkeln! *(Man hört im Dunkeln die Paare sich küssen, es folgt ein Schuß und wird einige Sekunden hell. Der Wirt sieht die küssenden Paare.)* Ah, is dös das Feuerwerk?

Das Feuerwerk beginnt mit Feuerrad, Christbaumkugeln, sekundenlanges Aufblitzen der Scheinwerfer, rot und grünes bengalisches Zündholz, Rauchkerzen, Schuß. Alles hat während der Szene »AAAA« gerufen, zum Schluß klatschen alle

»Bravo! Bravo!« – Bühne wird langsam hell, alle verlassen die Bühne.

KARL UND LIESL *(schauen in die Richtung zum Feuerwerk):* Gute Nacht, schön war's.

WIRT: Halloh! Was ist denn mit Euch zwoa? Auf was wartet's denn noch?

KARL: Wann is denn das Feuerwerk aus?

WIRT: Jessas, Jessas, des sehgt's doch, daß schon aus is, sonst tat's doch noch was sehgn?

LIESL: Aber schön war des Feuerwerk!

KARL: Und kracht hat's oft!

LIESL: Aber stinken tut so ein Feuerwerk!

KARL: Ja, es riecht nicht alles gut, was kracht.

WIRT: Gute Nacht, macht's, daß weiter kommt's.

KARL: Hoffentlich finden ma hoam, weil's so finster is.

WIRT: Da habt's an Ballon, den schenk ich Euch!

(Beide raufen um den Ballon, zerreißen ihn.)

LIESL: Jetzt hast'n zerrissen, schade.

KARL: *Will ihn einsteckn.*

LIESL: Da brennst di ja.

WIRT: Der brennt net vor Dummheit. Gute Nacht!

LIESL: Sie, wann haben S' denn wieder amal so a schön's Feuerwerk?

WIRT: Nächsten Sonntag.

KARL: Da gehn ma wieder runter, *den* Sonntag, der jetzt kommt?

WIRT: Jawohl.

KARL: Ja, wenn's aber nächsten Sonntag regnet?

WIRT: Jetzt leckt's mi am A…

Vorhang.

Radlerpech!

München

Straßenlärm – Trambahngeräusch u.s.w.

STIMMEN: Obacht, obacht, jessas, jessas, auh, auh. *(Schrei)*

VALENTIN: Jessas jessas lauft mir des saudumme Frauenzimmer direkt ins Radl nei – i ko nix dafür – ja hörn denn sie net, wenn i scho a halbe Stund läut – sie narrisch G'wachs sie!

KARLSTADT: Geh redens doch net so unverschämt daher, sie ham ja überhaupt nicht glitten, was wollns denn, Sie sind mir direkt mit ihrm Radl zwischen d'Füaß neig'fahrn.

VALENTIN: Jch hab schon g'litten, ich hab schon g'litten, sie ham mich nicht g'hört – dös ist nicht wahr, wer hat net g'litten, ich hab schon g'litten – ich hätt net g'litten, für was hab ich denn an mein Radl a Glockn dran – Herr Nachbar, sie san Zeuge, hab ich an Mein Radl a Glockn dran oder nicht?

ZEUGE: Das stimmt, da muß ich dem Herrn Radfahrer recht geben, der Herr hat an seim Rad a Glockn dran.

KARLSTADT: Das glaub ich schon, daß er a Glockn dran hat, aber g'litten hat er net mit der Glockn.

ZEUGE: Geh Frau, redens doch net so dumm daher, was hätt denn dö Glockn an dem Herrn sein Radl für an Zweck, wenn er net läuten tät damit.

Valentin: Ja dös glaub i a.

Karlstadt: Ach Unsinn was verstehn denn Sie? Da schauns her wie ich ausschau den ganzen Rock hat er mir zerrissen.

Valentin: So, hättens halt kein Rock anzog'n.

Karlstadt: Das tät Ihnen so passen, gell!

Valentin: Ja mir schon, mir schon.

Karlstadt: Sie Herr Schutzmann, wo sinds denn – Herr Schutzmann sinds so gut, kommas amal her da bitte, da kommas amal her Herr Schutzmann.

Valentin: Ja da brauchas dann an Schutzmann dazua – da kommas glei immer mit'n Schutzmann daher.

Schutzmann: Ja was ist denn hier los?

Valentin: Dö Frau is mir direkt …

Karlstadt: Schauns amal her, ist nicht wahr, lassens mich zuerst reden.

Valentin: Lassens mich reden, die Frau ist mir …

Karlstadt: Dieser Herr ist mir soeben mit seiner Glocken in mein Rock neigfahrn.

Valentin: Ah ist gar nicht wahr, schauns Herr Schutzmann ich bin mit meim Radl auf der Straß'n g'fahrn und hab mit der Glock'n g'litten, die Frau hat mich nicht g'hört und mei Glock'n auch nicht und ist mir direkt in d'Füaß nei … dö Herrn hams alle g'sehn.

Karlstadt: Ah – ja wia ma nur so lüagn kann, das ist ja alles gar nicht wahr was der sagt, das ist nicht wahr Herr Schutzmann – – – Sie sind ja ein Schwindler.

Valentin: Jch bin kein Schwindler, ich bin ein Radfahrer.

Karlstadt: Jst nicht wahr, ich bitte Sie Herr Schutzmann, schauns, schauns lassens mich doch auch reden, ich bin gewiß eine anständige Frau nicht wahr..

Karl Valentin als Radfahrer im Gärtnerplatztheater in der Theaterszene »Der Radfahrer« (1939)

VALENTIN: Ja dös sieht man, sie wern a anständige Frau sein.

KARLSTADT: Jch bin grad im Moment so allein auf der Straß' ganga.

VALENTIN: Da ham mas ja.

SCHUTZMANN: Na na, wenn sie schon einmal allein auf der Straße gehn, dann sind sie keine ganz anständige Frau.

VALENTIN: Ja, dös denk i mir eben aa.

KARLSTADT: Ja bitte so lassen Sie mich doch zuerst ausreden nicht wahr, ich bin grad auf der Straß' gegangen, auf einmal kommt der Depp mit seim Radl daher gsaust und fahrt mir mit vierzig klmt. Geschwindigkeit direkt zwischen d'Füß nei, schauns mich doch an, wie ich ausschau mein ganzer Rock ist dafetzt.

VALENTIN: Jch gib ihna nacha an Depp – ah – ich bin ganz langsam g'fahrn.

KARLSTADT: Jch verlang von dem Herrn ein Schmerzensgeld.

VALENTIN: So – ham sie vielleicht an eahnan Rock Schmerzen?

KARLSTADT: Ah Schmarrn – aber Sie als Schutzmann – ich bitte Sie, Sie haben doch die Pflicht, daß Sie diesen saubern Herrn Radfahrer sofort aufschreiben, das kann ich von Jhnen verlangen, jawohl!

VALENTIN: Ja mich natürlich, weil Sie mir neig'laffa sind.

SCHUTZMANN: Ja ja das mach ich sowieso – aber zuerst ihre Personalien – sie heißen?

KARLSTADT: Maria.

SCHUTZMANN: Wie noch?

KARLSTADT: Huber.

Schutzmann: Geboren?
Karlstadt: Den 23.
Schutzmann: Was 23?
Karlstadt: No ja November.
Schutzmann: Ah ja weiter weiter, was für ein Jahr? Diktieren Sie doch schneller, ich hab nicht so viel Zeit – ich muß heute noch mehr Radler aufschreiben, schneller, also los.
Karlstadt: Was schneller, so schnell könna sie nicht schreiben, wie ich reden kann.
Schutzmann: Ah kümmern Sie sich nicht um mich – also schneller los los.
Karlstadt: Ja also bitte dann schreiben Sie: Jch heiße Maria Huber, geboren den 23. November 1892 zu Jngolstadt an der Elbe als Tochter eines verheirateten Kehrrichttonnenabfuhrchauffeurs, meine Mutter war eine geborene Karolina Dünndipfeldick aus Wallersdorf bei Rosenheim, Bezirksamt Oberbayern.
Schutzmann: Halt halt, da komm ich ja nicht mehr mit, etwas langsamer doch. *(Alles lacht)*
Karlstadt: Gell gell, ich habs ja G'wußt, ich habs Ihnen ja gleich g'sagt dass Sie nicht nachkommen, ich hab's Ihnen doch g'sagt, daß Sie nicht so schnell schreiben können, wie ich reden kann.
Schutzmann: Na ja bei dem Mundwerk ......
Alle lachen ...... Jetzt kommt er nimmer nach .... jetzt kommt er nimmer nach.

Der Hasenbraten

1936

MANN: Elisabeth! – Ich hab doch Hunger, was is denn heute mit dem Hasenbraten?

FRAU: Der ist noch nicht ganz fertig, aber die Suppe steht schon am Tisch.

MANN: *(schlürft)* Na, die Suppe ist heut wieder ungenießbar.

FRAU: Wieso? Dös is sogar heut eine ganz feine Supp'n.

MANN: Das sagt ja auch niemand, dass die Supp'n nicht fein ist, ich mein' nur, sie ist ungenießbar, weil's so heiß ist.

FRAU: Eine Suppe muß heiß sein.

MANN: Gewiss! Aber nicht zu heiß!

FRAU: dddddddd – alle Tag' und alle Tag' das gleiche Lied, entweder ist ihm d'Supp'n z'heiß oder sie ist ihm zu kalt; jetzt will ich Dir amal was sag'n, wenn ich Dir nicht gut genug koch', dann gehst ins Wirtshaus zum Essen.

MANN: Dös is gar net notwendig, die Supp'n is ja gut, nur zu heiß.

FRAU: Dann wartest halt so lang, bis kalt is.

MANN: Eine kalte Supp'n mag ich auch nicht.

FRAU: Dann – – – – – – – – jetzt hätt' ich bald was g'sagt.

MANN: Ich weiß schon – – – – – nach'm Essen.

FRAU: Jeden Tag und jeden Tag muß bei uns gestritten werden, anders geht's nicht.

MANN: Na ja, Du willst es ja nicht anders haben.

FRAU: So, bin ich vielleicht der schuldige Teil?

MANN: Na wer denn, hab' ich die Supp'n kocht?

FRAU: Eine kochende Suppe ist immer heiß.

MANN: Ja vielleicht kochst Du's zu lang!

FRAU: Zu lang? Nein, nein, morg'n häng' i an Thermometer in Suppentopf nei, damit der Herr Gemahl a richtig temperierte Supp'n bekommt.

MANN: Eine gute Köchin braucht kein' Thermometer zum Supp'n kochen.

FRAU: Ja ja, nun kommt die spöttische Seite, so geht's ja jeden Tag, zuerst nörgelt er und dann kommt der Spott auch noch dazu.

MANN: Was heißt nörgeln, ich habe doch als Mann das Recht zu sagen, die Suppe ist mir zu heiß.

FRAU: Jetzt fangt er wieder mit der heißen Supp'n an; es ist wirklich zum verzweifeln.

MANN: Du brauchst nicht zu verzweifeln, Du sollst die Suppe so auf den Tisch stellen wie sie sein soll, nicht zu kalt und nicht zu heiß.

FRAU: Aber jetzt ist sie doch nicht mehr zu heiß!

MANN: Jetzt nicht mehr, aber wie Du sie hereingetragen hast, war sie zu heiß.

FRAU: Schau, schau, er hört nicht mehr auf, er bohrt immer wieder in dasselbe Loch hinein.

MANN: Wieso, was soll denn das heißen?

FRAU: Weil Du immer wieder mit der heißen Supp'n daherkommst.

MANN: Du bist doch mit der heißen Supp'n hereingekommen, nicht ich, Du drehst ja den Stiel um.

FRAU: Du bist und bleibst ein Streithammel *(Zwischen-*

reden: Du – nein Du!) – – Horch – – *(fünfmal schnüffeln)* – Was riecht denn da so komisch?

MANN: Ich hör' auch was – – da brandelt was –

FRAU: Hast vielleicht wieder eine brennende Zigarette auf den Teppich geworfen?

MANN: Ich hab' ja heute noch nicht geraucht und wenn ich geraucht hätt', dann hätt' ich die Zigarette nicht auf den Teppich, sondern in den Aschenbecher geworfen.

FRAU: Ich hab's ja auch nicht behauptet, ich hab' ja nur gemeint, und meinen werd' ich noch dürfen. Um Gotteswillen, der Rauch kommt ja aus dem Gang!

MANN: No, so geh halt naus und schau, was los ist.

FRAU: Mein Gott! – Die ganze Küche ist voll Rauch – *(macht Ofentüre auf)* Jessas, der Has' ist verbrannt!

MANN: Ja ja, bei uns muß ja immer was los sein!

FRAU: So! – *(Kommt aus der Küche auf den Mann zu und zeigt ihm den Braten)* Da schau her, da schau her, da haben wir jetzt die Bescherung! Mit Deiner ewigen Streiterei ist unser ganzes Essen verbrannt.

MANN: So Mahlzeit! – Und drinnen waltet die tüchtige Hausfrau!

FRAU: Wer ist denn schuld? Du! Mit Deinem ewigen Streiten und Nörgeln!

MANN: Ich habe nicht gestritten und genörgelt, ich hab' ja nur gesagt, daß die Suppe zu heiß ist!

FRAU: Jetzt fangt er wieder an mit der heißen Supp'n, ich lauf noch auf und davon!

MANN: Auf brauchst gar nicht laufen, nur davon! – Genügt mir vollständig!

FRAU: Mit lauter Streiten hab' ich ganz drauf vergessen und der arme arme Has' ist jetzt im glühenden Ofenrohr jämmerlich verbrannt. – – – Essen kannst'n nimmer!

MANN: Das glaub' ich! Aber dem Tierschutzverein werd' ich's melden!

Karl Valentin und Liesl Karlstadt in ihrer Theaterszene als Musical-Clowns (ca. 1923)

Der Trompeter von Säckingen

1937

K: O mei, Herr Nachbar, Sie hab'n ja von historischen Ereignissen nicht die geringste Ahnung.

V: Ja glauben S' mir doch, der Trompeter von Säckingen war ein ganz einfacher Mann, nur mit dem Unterschied, daß er immer eine Trompete dabeig'habt hat.

K: Wieso immer eine Trompete?

V: Na ja, wie ein anderer immer seinen Regenschirm dabei hat, so hat der eine Trompete bei sich g'habt.

K: Nein nein, Sie verwechseln den Mann, Sie meinen wahrscheinlich den Mann mit der Flöte, dem die Ratten und Mäuse nachgelaufen sind, wenn er geflötet hat.

V: Ja lieber Herr, das war ja der Rübezahl, der immer die Rüben gezählt hat, der hat zu der Zeit, als der Trompeter von Säckingen geblasen hat – ah – gelebt hat, wollt ich sagen, – noch gar nicht gelebt.

K: Was? Der hat nicht gelebt? Wenn er nicht gelebt hätte, hätte er ja niemals Trompete blasen können.

V: Freilich hat er gelebt!

K: Jetzt sagen Sie wieder, er hat gelebt.

V: Ich hab' gesagt, zu der Zeit hat er nicht gelebt, als der Trompeter von Säckingen gelebt hat.

K: Wer?

V: Der Trompeter von Säckingen.

K: Sie haben doch im Moment behauptet, der Rübezahl

hat nicht gelebt, zur Zeit als der Trompeter von Säckingen gelebt hat.

V: Das kann schon sein! – Also einer von den zweien hat nicht gelebt, das weiß ich aus Erfahrung, das hat mir nämlich mein ehemaliger Vater immer oft erzählt; der Herr Trompeter von Säckingen, hat er g'sagt, war beim Dreißigjährigen Krieg Trommler.

K: Geh! So a Schmarr'n! A Trompeter ist doch kein Trommler!

V: Lassen Sie mich bitte ausreden; der Trompeter von Säckingen war ein gelernter Trommler, aber während einer früheren Schlacht 1333 wurde ihm von einem bösen Hunnensoldaten die Trommel entzwei geschlagen und das ärgerte ihn so, daß er das Trompetenblasen lernte.

K: Der Trompeter von Säckingen war doch der, der einst mit seiner Trompete das schöne Lied geblasen hat.

V: Stimmt! Behüt' Dich Gott, es war' so schön gewesen, behüt' Dich Gott, es hat nicht sollen sein!

K: Das gibt's nicht, das ist technisch nicht möglich, daß einer mit der Trompete den Text blasen kann.

V: Was für einen Text?

K: No ja – »Behüt' Dich Gott, es wär' so schön gewesen.«

V: Das behaupte ich auch gar nicht; die Worte kann er freilich nicht blasen, die kann er nur singen.

K: Ja, hat denn der zum Trompetenblasen nebenbei noch singen können?

V: Nein! Er hat nur die Melodie geblasen.

K: Wer hat dann aber die Worte gesungen »Behüt' Dich Gott, es wär' so schön gewesen«?

V: Das hat sie gesungen.

K: Wer sie? – Also die Frau Trompeter von Säckingen?

V: Nein! Nicht seine Frau, seine Geliebte hat das gesungen.

K: Ah, jetzt begreif ich's, er hat geblasen und sie hat dazu gesungen.

V: Ja, anders kann es nicht gewesen sein! – Sie hat beim Mondenschein auf ihn gewartet und dann ist er gekommen und hat das Lied mit der Trompete geblasen und sie hat mitgesungen.

K: Ah – und da ist wahrscheinlich einer dazu gekommen und hat den Text mitstenographiert?

V: Nein, der hat eben nicht mitstenographieren können.

K: Warum nicht?

V: Der hat so laut blasen, daß man den Text nicht verstanden hat.

K: Hm! – – – So a Rindviech!

Karl Valentin als Trödelhändler in dem Film »Die karierte Weste« (1936)

Vereinsrede

1937

(Im großen Raum gesprochen. Volksmenge beim Erscheinen des Volksredners: Bravorufe und Händeklatschen.)

Sehr verehrte Versammlungsteilnehmer!
Wenn ich heute das Wort ergreife, so halte ich es für meine Pflicht, einer Sache näher zu treten, die Ihnen und uns und für alle Zukunft, ein Problem von schwerwiegender Bedeutung zu bleiben scheint. Gewiß haben wir nicht die volle Gewißheit, was in Anbetracht einer Zerklauberei der ewig unmöglich erscheinenden Begleiterscheinungen in sich vereinigt, denn gerade hier bieten sich einschneidende Bedingungen, die von vorneherein ein für allemal ausgemerzt werden müssen. Die Vergangenheit hat uns gezeigt, daß gerade in diesem Punkte gesündigt wurde, schon aus dem Grunde, weil ein Zusammenkommen jener wichtigen Erscheinungen, stets verschwiegen wurde. Wir haben uns mehr denn je über diese Kleinigkeiten immuniert und haben in Sachen herumgewühlt, statt uns zu sagen »Freunde, geht ans Werk«, »greift zu und ihr werdet es nicht bereuen.«

Glauben Sie nicht meine Herren, o bewahre, schauen Sie sich selbst ins Gesicht und Sie sehen Ihre eigenen Masken, – herunter damit! Nein, fühlen Sie sich nicht dazu genötigt, denken Sie an das Problem der Atomzertrümmerung, denken Sie an die Worte des Sokrates:

»Femina, Feminima monstrum vivat concenbinatum – o eleonoris causa veni vini vizi.« Meine Herren, Schatten der Gegenwart möchte ich verpflanzen wie Minderwertigkeiten, welche nur zu deutlich aufgerollt werden, wenn uns die Zeit nicht selbst den Stempel des Daseins auf die Stirne drückt. Aber wenn wir der Einsicht näher treten, so werden die Nebenstehenden die Schäden und Nutzen am eigenen Leibe verspüren, denn zu heiß wurde noch keine Suppe gegessen, und wenn, dann verbrennen sich die den Schnabel, die sich mit den bittersten Enttäuschungen selbst am Ufer der Vernunft ins Lächerliche gezogen haben. Es ist nicht gleichgültig, ob ich sage: »Ich bin oder ich werde«, – nein, meine Herren, Zufälligkeiten und Abdrosselungen eigener Anschauungen haben sich noch nie zu einer Konservierung von Gedanken verbinden lassen. Wehe dem, der sich selbst, wehe dem, dem derjenige nur das ist, was wir uns von diesem erwartet haben. – Selbst ist die Frau! – Meine Herren! Wenn uns die Besonnenheit uns von unseren Sorgen, deren wenige ein verblendendes Spiel in uns gesetzt, zum Zwecke des Mittels, einen wie bei jedem, wir können nicht das gute Gewissen mit derselben Resignation verknüpfen, der unserem Standpunkt von vorneherein gegenüberstand. Wenn wir in lückenloser Vergangenheit eine Parallelle ziehen, wenn wir uns vergegenwärtigen, dass nur Trotz und ein Gegenspiel von weittragender Bedeutung ein Resultat fördert und damit nie wiederkehrende Gelegenheitsfinumen erzielt werden können und wir hiermit unser Gewissen nicht unnötig belasten, daß eine Voraussagung eventueller Submissionsschwierigkeiten einen spontanen Verlauf nehmen, oder nehmen müssen, dann ist es besser, wir vermeiden jegliche Inspirationen, die durch Sicherungen seitens kollektiver

Kongreßerörterungen ausgerottet werden. Es gab eine Zeit und diese Zeit läßt sich Zeit, denn im Zeitabschnitte dieses Zeitabschnittes wird die Zeit kommen, die wir zeitlebens nie vergessen werden. Und wenn es am Sonntag wider alles Erwarten wirklich schlechtes Wetter ist, müssen wir unser Stiftungsfest auf den nächsten Sonntag verschieben.

Bravorufe – Applaus!

Zitherstunde

(Es läutet mit Bimmelglocke).

MAXL: Grüß Gott, Herr Zitherlehrer!

LEHRER: Grüß Gott, Maxl; komm nur herein.

MAXL: An schönen Gruß von der Mutter und Sie möchten vielmals entschuldigen, daß ich heute so spät komme.

LEHRER: Hat Dich Deine Mutter so lange benötigt?

MAXL: Na na, d' Muatter hat mich pünktlich fortg'schickt – aber i hab' mit meine Kameraden »Räuber und Schande« g'spielt.

LEHRER: Ja, was hat denn das mit Deiner Mutter zu tun?

MAXL: Dös woaß i a net.

LEHRER: Na ja. – – Hast Du fleißig gelernt?

MAXL: Nein, Herr Lehrer!

LEHRER: Warum nicht?

MAXL: Ja, ich hab' der Mutter Kohlen raufholen müssen vom Keller.

LEHRER: Das ist ja recht und schön, wenn Du Deiner Mutter hilfst, aber heut' ist doch Donnerstag und am Montag warst Du das letztemal bei mir in der Zitherstunde; Du hast doch nicht drei Tage lang Kohlen raufholen müssen vom Keller.

MAXL: Ich hab' ja Kartoffeln auch raufholen müssen.

LEHRER: Ja ja, aber das dauert doch nicht drei Tage lang.

MAXL: Aber a Mili hab' i auch holen müssen und a Salatöl.

Lehrer: Das ist ja alles ganz recht – aber Du hättest doch alle Tage wenigstens eine Stunde üben können.

Maxl: Na, dös is net ganga, weil's so kalt g'wen is in unserm Zimmer.

Lehrer: Dann heizt man eben ein, ich muss auch heizen – da hätte halt Deine Mutter einheizen sollen.

Maxl: Mir ham ja keine Kohlen.

Lehrer: Wieso? Grad vorher hast Du gesagt, Du hast Deiner Mutter Kohlen raufholen müssen vom Keller und jetzt im Moment sagst Du wieder, Ihr habt keine Kohlen.

Maxl: Ja – im Keller ham ma keine mehr – weil ich's alle rauftragen hab'.

Lehrer: Nun ja, dann hast Du die Kohlen heraufgetragen und dann hat sie eingeheizt.

Maxl: Na na!

Lehrer: Was na na?

Maxl: Eing'heizt war ja schon.

Lehrer: Wie, es war schon eingeheizt?

Maxl: Ja, eing'heizt hat d'Muatter scho g'habt mit Holz allein, aber bis i d' Kohlen rauftragen hab vom Keller, is 's Holz wieder verbrennt g'wen, weil mir im vierten Stock wohnen.

Lehrer: Ich glaub halt, dass Deine Mutter nicht richtig einheizen kann, dann soll eben Dein großer Bruder Feuer machen.

Maxl: Moana Sie an Schorsche, der Schorsche konn se ja net bucka, der hat ja an wehen Fuaß, weil er vom Baum abag'falln is.

Lehrer: Ach ja, der ist vom Baum gefallen. – Bei der Arbeit?

Maxl: Na, beim Obststehl'n.

LEHRER: Dann soll halt Deine Großmutter einheizen.

MAXL: Ah d' Großmuatter, de is ja scho z'alt, de sieht ja net amal an Ofa, viel weniger 's Ofaloch.

LEHRER: *(energisch)* Ja irgendwer wird doch bei Euch zuhaus noch einheizen können!

MAXL: Mei Tante, dö hat –

LEHRER: Nun ja – die Tante – soll doch die einheizen!

MAXL: Mei Tante – die hat gut einheizen können, aber die is ja schon g'storben vor vier Jahr.

LEHRER: Ist denn das möglich, dass in einer Familie niemand einheizen kann! Es muß doch bei Euch zuhause ein Mensch sein – –

MAXL: Ja höchstens mei Schwester, d' Lina – aber de hoazt nia ein, weil d' Muatter erst neulich zu ihr g'sagt hat, sie soll ei'hoazen, na hat mei Schwester g'sagt: »Dös kannst Dir denken, daß i mit de frischlackierten Fingernägel einhoazen tu und russige Pratzen krieg.«

LEHRER: Na also, wenn Deine Schwester zu nobel ist zum einheizen, dann muss sich doch um Himmelswillen irgend jemand finden, der bei Euch einheizen kann.

MAXL: Ja, höchstens der Vater.

LEHRER: Ach was, der Vater heizen – heizen ist doch kein Geschäft für den Vater!

MAXL: Ja ja – mei Vater is doch Heizer.

Im Schallplattenladen

Original – Szene

Personen:
Ein Kunde: Karl Valentin
Eine Verkäuferin: Käthe Schürzinger
Deren Mann: Josef Rankl.

(Vorhang geht auf, auf der Bühne stehen die Verkäuferin und deren Mann und beschäftigen sich.)

VALENTIN: *(tritt auf)* Guten Tag! Ich krieg eine Schachtel III. Sorte.

VERKÄUFER: Ja bei uns gibt es keine Zigaretten zu verkaufen.

VALENTIN: Was gibts denn dann?

VERKÄUFER: Bei uns gibt es nur Schallplatten und Gramaphone.

VALENTIN: So? Dann geb'ns mir halt ein' Gramaphon!

VERKÄUFERIN: Nun, dann schauens Ihnen den da mal an, das ist ein sehr schöner Apparat.

VALENTIN: Aber der ist ja kaputt, der hat ja ein Loch! *(deutet auf die Schallöffnung)* Und dann möcht ich einen, der da vorne einen Reißverschluß hat.

VERKÄUFERIN: Einen Reißverschluß gibt es doch an einem Apparat nicht!

VALENTIN: So ein Apparat ist aber recht unpraktisch. Wenn man da den Finger hintut und fällt der Deckel zu, dann kann man sich leicht einzwicken.

VERKÄUFERIN: Ja da muss man halt Obacht geben.

VALENTIN: Wenn man aber nicht Obacht gibt? Und dann sticht man sich auch sehr leicht an dem Stachel da! Hättens nicht einen solchen mit einem Trichter?

VERKÄUFER: Nein, mit Trichter gibt es keinen Apparat mehr. Die sind ja unmodern.

VALENTIN: Aber grad so einen möcht ich haben.

VERKÄUFERIN: Ja warum denn?

VALENTIN: Wissens, ich hab nämlich noch eine ganze Flasche Sidol zu Haus und die möcht ich aufbrauchen.

VERKÄUFERIN: Nun, da werden Sie doch einen anderen Zweck dafür finden.

VALENTIN: Ja freilich, ich hab so Schnallen z'haus.

VERKÄUFER: Wie meinen Sie? Was für Schnallen?

VALENTIN: So Türschnallen halt!

VERKÄUFER: Ach so!

VERKÄUFERIN: Also wie steht es mit dem Gramola da? Der wäre sehr billig und gar nicht teuer.

VALENTIN: Also unteuer! Was kostet denn der?

VERKÄUFER: Wir könnten Ihnen den Apparat sehr preiswert überlassen. Ich mache Ihnen ein günstiges Angebot. Sie bekommen den Apparat zum Preise von Mk. 85.– Also sehr billig! Und dabei verdienen wir hier an diesem Apparat nur 5.– Mark, denn der kostet uns selbst im Einkaufspreis 80.– Mark.

VERKÄUFERIN: Du Josef! Der Apparat hat uns aber nur 30.– Mark gekostet.

VERKÄUFER: Aber nein! Der doch nicht!

VERKÄUFERIN: Du irrst Dich, der hat uns nur 30.– Mark gekostet.

VERKÄUFER: Nein, wenn ich Dir sage, der hat uns immer schon 80.– Mark gekostet *(stößt sie mit dem Fuß)*

Verkäuferin: Warum stößt Du mich denn?
Valentin: Die harmoniern auch net z'samm.
Verkäufer: Weil der immer schon 80.– Mark gekostet hat.
Valentin: Natürlich, Frau, sonst müßt er doch 55.– Mark daran verdienen. Sagens mal, haben Sie den Apparat nicht mit Dampfbetrieb?
Verkäuferin: Mit Dampfbetrieb gibt es keinen, aber mit elektrischem Betrieb, z. B. der hier, das ist ein ganz moderner Apparat mit Lautverstärker.
Valentin: Was kostet denn der?
Verkäuferin: Ja der ist eminent teuer.
Valentin: Der ist mir auch zu eminent teuer.
Verkäufer: Wissen Sie denn, was der Apparat kostet?
Valentin: Nein!
Verkäuferin: Der kostet 500 Mark.
Valentin: Mit der Nadel?
Verkäuferin: Wollen Sie sich mal das Reisegramola ansehen? Das wäre sehr billig, das kostet nur 20.– Mark.
Valentin: Mit Reise?
Verkäuferin: Nein, natürlich ohne Reise.
Valentin: Aber ich reise ja fast selten nie, ich bin noch ganz selten gerissen.
Verkäuferin: Sie können ja den Apparat zu Hause auch spielen lassen.
Valentin: Geht der zu Hause auch?
Verkäuferin: Natürlich!
Valentin: Und auf der Reise?
Verkäuferin: Und auf der Reise!
Valentin: Zu gleicher Zeit?
Verkäuferin: Nein, entweder zu Hause oder auf der Reise.

Valentin: Ah, dann ist das ja ein Entweder-Apparat. Sagen S' amal, kann man den Apparat auf der Straßenbahn auch spielen lassen?

Verkäuferin: Aber auf der Straßenbahn wäre doch die Strecke zu kurz.

Valentin: Auf der Ringlinie?

Verkäuferin: In der Straßenbahn spielt doch kein Mensch Gramola.

Valentin: Na also, dann werd ich mich zu einem von den drei beiden entschließen.

Verkäuferin: Und dann machen wir auch Reparaturen.

Valentin: Bevor man schon einen kauft? Das muss ja ein gutes Fabrikat sein.

Verkäuferin: Nein, falls mal irgendwie Bedarf wäre an Reparaturen.

Valentin: Ja, Sie, ich habe einen bekannten Freund, der hat auch so einen Apparat und der gibt jetzt immer so unreinliche Töne. Wissen S', der wohnt schon drei Jahre im Waschhaus und da ists so feucht und da ist ihm der Zacken da eingerostet.

Verkäuferin: Die Nadel? Ja und was soll man da machen?

Valentin: Ja, da hat er gmeint, ob man die Nadel da nicht spitzig machen könnt.

Verkäuferin: Nein, das geht nicht. Da soll sich halt Ihr Freund ein Schächterl neue Nadeln kaufen.

Valentin: Ja das hab ich ihm auch gsagt.

Verkäuferin: Und dann hätten wir noch sehr schöne Sachen in Schallplatten.

Valentin: Die wären mir eigentlich viel lieber als ein Gramaphon.

Verkäuferin: Was sollen das dann für Platten sein?

Valentin: So runde dunkelschwarze Platten.

Verkäuferin: Ja, ich meine, wollen Sie Schallplatten mit Musik oder Gesang?

Valentin: Nein, nur mit Schall, mit billigem Schall.

Verkäuferin: Gut, wir werden Ihnen mal was vorspielen.

Valentin: Ja, sind S' so frei!

Verkäufer: *(bringt eine Platte)* So, sehen Sie, da ist z. B. ein sehr schöner Marsch.

Valentin: M – – – arsch *(wiederholt das öfters)*

Verkäufer: *(lässt den Marsch spielen)*

Valentin: *(pfeift dazu, nachdem die Nadel abgesetzt)* I pfeif auf jede Platten.

Verkäufer: Also, was sagen S' dazu, die ist doch schön?

Valentin: Ja, das schon, aber das war doch nicht Caruso?

Verkäuferin: Ja, Sie wollen Caruso hören?

Valentin: So !!!???

Verkäufer: Wollen Sie denn eine Platte hören von Caruso? Das können Sie natürlich auch. *(legt eine Caruso-Platte auf)*

Valentin: *(hört zu, bis zum Lachen des Bajazzo, [bev]or Nadel abgesetzt wird)* Jetzt lacht er, jetzt freut er sich selber, weil er naufkommen ist.

Verkäuferin: Was sagen Sie jetzt?

Valentin: Ja, die Caruso-Platten sind schön, aber man kann doch auf diese Platte nicht tanzen.

Verkäuferin: Auf eine Caruso-Platte tanzt auch kein Mensch.

Valentin: Nicht auf der Platte, ich mein halt so, so nach der Platte.

Verkäuferin: Ach, Sie wollen eine Tanzplatte haben?

Valentin: Mit Schall!

VERKÄUFER: Ach ich verstehe Sie schon, Sie wollen eine Schallplatte hören, nach der man tanzen kann.
VALENTIN: Ja!
VERKÄUFER: *(legt einen Ländler auf)*
VALENTIN: *(bevor die Musik schon spielt)* Ja, der ist recht. *(hört einige Takte an)* So was mein' ich, das ist die Richtige! Was kostet die?
VERKÄUFERIN: 1.50 M das Stück.
VALENTIN: Ist mir zu teuer, die Hälfte wäre halt recht.
VERKÄUFERIN: Ja auseinanderschneiden kann ich Ihnen die Platte nicht.
VALENTIN: Nicht von der Platte die Hälfte, vom Preis, mein ich.
VERKÄUFERIN: Wir haben schon billigere Platten, wenn ich nur wüßte, was Sie wollen?
VALENTIN: Sagen S' amal, haben Sie die Platte von der Freiwilligen Sanitätskolonne, das »Sanitätslos« oder so ähnlich?
VERKÄUFER: Wie meinen Sie, das Sanitätslos?
VALENTIN: Ja, das Sanitätslos!
VERKÄUFER: *(sieht im Katalog nach)* Wie soll das heißen? Das Sanitätslos?
VALENTIN: Nein, das Sanitätslos – allein.
VERKÄUFER: Das Sanitätslos allein?
VALENTIN: Ohne allein.
VERKÄUFER: Nur »Das Sanitätslos«?
VALENTIN: Ohne das!
VERKÄUFER: Nur Sanitätslos?
VALENTIN: Ohne Nur!
VERKÄUFER: Also Sanitätslos!
VALENTIN: Ohne Nur und ohne also.
VERKÄUFER: Sanitätslos!

VALENTIN: Ja!! – Die mein' ich!
VERKÄUFER: Nein, eine solche Platte gibt es nicht.
VALENTIN: Doch, ich weiß ja genau.
VERKÄUFERIN: Vielleicht wollen S' einmal die Melodie pfeifen oder singen?
VALENTIN: Der Refrain geht so. *(singt die letzte Strophe von Seemannslos)*
VERKÄUFERIN: Ach, Sie meinen ja »Seemannslos«.
VALENTIN: Ja, stimmt »Seemannslos« heißt's, ja, so heißt's.
VERKÄUFER: Die haben wir natürlich auf Lager, die können Sie haben. *(bringt dieselbe herein und gibt sie der Verkäuferin, diese hält Valentin die Platte hin, Valentin schlägt sie mit dem Stocke entzwei)*
VERKÄUFERIN: Um Gottes willen, was machen Sie denn da?
VALENTIN: Die will ich nicht haben. Die Platte spielt meine Hausfrau seit Jahren jeden Tag, zum Hals wächst mir die Platte raus, Hemmungen hab' ich bekommen, dem Irrsinn war ich schon nahe. Diese Platte rotte ich aus, die kauf ich überall auf, Rottiwürfel mach' ich daraus.
VERKÄUFERIN: Aber beruhigen Sie sich doch. Nehmen Sie doch Platz!
VERKÄUFER: Aber Sie brauchen diese Platte doch nicht zusammenschlagen.
VALENTIN: *(hat sich gesetzt)* Sie, sagen Sie mal, wo ist denn jetzt eigentlich die Lehne?
VERKÄUFERIN: Wie meinen Sie? Was für eine Lene? Bei uns war noch nie eine Lene! Vielleicht in unserem Hauptgeschäft, bei Häring, ich glaube, da ist eine Lene, so ein großes schwarzes Fräulein?
VALENTIN: *Die* Lehne mein' ich!

Verkäuferin: Ach, die Stuhllehne!

Valentin: Der Stuhl ist hier, und die Lehne ist im Hauptgeschäft! Haben Sie vielleicht diese Himbeer-, Heidelbeer-, Brombeer-, Preiselbeer-Platten?

Verkäufer: *(wiederholt)* Himbeer-, Heidelbeer-, Brombeer-, Preiselbeer-Platten? Nein, die gibt's nicht!

Valentin: Halt – Meyerbeerplatten meine ich.

Verkäuferin: Nein, die haben wir z. Z. nicht mehr, die sind ausgegangen.

Valentin: Wohin?

Verkäuferin: Kommen Sie mal hier an den Tisch, dann zeig ich Ihnen noch verschiedene Platten.

Valentin: Gestorbene Platten?

Verkäuferin: Sehen Sie mal hier, da hab' ich was für Sie, das sind biegsame Platten in allen Farben. Da hol' ich Ihnen noch welche. *(ab)*

Valentin: *(allein)* Ja was 's net alles gibt, biegsame Gramaphonplatten. So ein Glump erfinden s', aber für 'n Katharrh haben s' heut noch nix! *(vergleicht die Wachsplatten auf Biegsamkeit, bricht einige Platten, bis die Verkäuferin entsetzt auf die Bühne kommt)*

Verkäuferin: Ja, was machen S' denn da? Sie haben mir da drei Platten zerbrochen?

Valentin: Vier!!!!

Verkäuferin: Aber die sind doch nicht biegsam, das müssen Sie doch sofort bemerkt haben.

Valentin: Sofort!!!!

Verkäuferin: Aber das geht doch nicht! Kommen Sie mal da rüber, dann zeig ich Ihnen was anders. *(nimmt eine Platte, legt sie auf den Hocker, auf dem Valentin gesessen ist, führt ihn an den Tisch rechts)* Sehen Sie, das hier, das sind Kristallplatten!

Valentin: Um Gottes willen! Die sind ja noch empfindlicher. *(geht zurück zum Hocker und setzt sich auf die dort liegende Schallplatte, welche hörbar zerbricht)*

Verkäuferin: Um Gottes willen, jetzt haben Sie mir schon wieder eine Platte zerschlagen.

Valentin: Was heißt »zerschlagen«? Zersetzt hab' ich sie! – Sie sagen Sie mal, früher hat es doch auch so kleine Platten gegeben, ach, da haben Sie's ja. *(nimmt die kleinen Platten in die Hand)* Was kostet denn da das Pfund?

Verkäuferin: Die gehen nicht pfundweise, da kostet das Stück – – –

Valentin: *(hat sich mit dem Stock auf den Ladentisch gelehnt)*

Verkäuferin: *(sieht das)* Aber ich bitt Sie, nehmen Sie doch den Stock da weg. *(schlägt Valentin den Stock vom Ladentisch, Valentin fällt neuerdings auf eine Schallplatte, die wieder kaputtgeht)*
So – jetzt ist schon wieder eine Platte kaputt!

Valentin: Der saudumme Stock. *(nimmt den Stock auf und wirft ihn hinter die Bühne, Fensterscheibengeklirr deutet an, dass die große Auslagenscheibe zerschlagen ist)*

Verkäuferin: *(eilt hinaus, holt den Stock, Verkäufer kommt mit herein)* Um Gottes willen, Josef, schau nur, was der gemacht hat. Ja schauen S' nur grad. Jetzt haben Sie uns die Auslagenscheibe auch noch zusammengeschlagen!

Valentin: Wie wär's mit einer biegsamen Auslagscheibe?

Verkäufer: Aber das geht nun doch zu weit. Was wollen Sie denn eigentlich hier im Laden?

Valentin: Einen Gramaphon kaufen!

Verkäufer: Also, was ist dann mit dem hier?

Valentin: Das ist doch der, bei dem Sie nur fünf Mark verdienen, das will ich nicht.

Verkäufer: Und mit dem da, wie steht's da? *(Reisegramola)*

Valentin: Ja, ich reise ja nie!

Verkäufer: Ja, was wollen S' denn dann? *(wird wütend)*

Valentin: Wieso dann? Haben Sie Kaufzwang?

Verkäufer: Was heißt hier Kaufzwang?

Valentin: Ich kann mir doch in einem Laden einen Gramaphon ansehen und kann ihn erst zu Weihnachten kaufen. Das kann ich doch machen, wie ich will!

Valentin: Ja das können Sie. Aber Sie haben kein Recht, mir einen derartigen Schaden zuzufügen, haben Sie mich verstanden?

Valentin: Das ist vergessen! Und übrigens, heute ist die Zeit nicht mehr, dass man in einen Laden hineingeht und kauft sich ganz einfach einen Gramaphon, heute kommt zuerst die Magenfrage!

Verkäuferin: Dann hätten Sie in einen Wurstladen gehen müssen!

Valentin: Das kann Ihnen wurst sein!

Verkäufer: Nein, das ist nicht der Fall. Wo kämen wir denn hin, wenn wir lauter Kunden hätten, die uns einen derartigen Schaden anrichten?

Valentin: Dann gingen S' zugrund'!

Verkäufer: Na also! Wie steht's jetzt, was wollen S' nun hier im Laden?

Valentin: Ja, wie gesagt, das liebe Geld halt. Was kostet eine Schallplatte?

Verkäufer: Drei Mark!

Valentin: Ja schaun S', um drei Mark, da krieg' ich schon einen Hut! Und was kosten Gramaphonnadeln?

Verkäuferin: *(zeigt ihm verschiedene Arten von Nadeln)* So ein Schachterl kostet halt sechzig Pfennig.

Valentin: Eine Nadel bräucht' ich eigentlich nur. Gebn Sie's nicht stückweise her?

Verkäufer: Nein, das geht dann doch schon nicht, das wären nette Geschäfte!

Valentin: Also so ein Schächterl kostet sechzig Pfennig. Und der *(deutet auf den großen Gramaphon mit Lautverstärker),* der kostet fünfhundert Mark?

Verkäufer: Ja!!!!!

Valentin: *(sieht am Tisch Kataloge, nimmt einen und frägt)* Sie, was kostet denn so ein Katalog?

Verkäuferin: Der kostet nichts!

Valentin: Wie, der kostet nichts?

Verkäufer: Nein! Den bekommen Sie gratis, umsonst!

Valentin: Umsonst? So? Dann nehm ich einen Katalog! *(geht ab)*

Verkäufer: *(ihm nachgehend, während Vorhang fällt)* Da hört sich doch alles auf!

Karl Valentin und Liesl Karlstadt auf einem Schallplattenprospekt (1940);
Foto mit handschriftlicher Widmung von Karl Valentin:
»Dem großen Volkshumoristen Herrn Jakob Roider in großer Verehrung gewidmet von Karl Valentin, München Juni 1947«

Das Hunderl

1937

(Bellen)

FRAU: Ach, is dös a nett's Hunderl! Hams das schon lang?
HERR: Ja ja, schon zehn Jahr.
FRAU: So, so, insgesamt?
HERR: Selbstverständlich!
FRAU: Warum derf er denn nicht freilaufen?
HERR: Er hat keinen Beißkorb.
FRAU: Ja, beißt er denn?
HERR: Ja woher, nicht im geringsten!
FRAU: Dann braucht er doch keinen Beißkorb.
HERR: Doch, ohne Beißkorb darf er nicht Straßenbahn fahren.
FRAU: Aber er fährt doch jetzt nicht Straßenbahn.
HERR: Jetzt nicht, es ist ja auch gar keine Straßenbahn da.
FRAU: Aber da kommt alle Augenblicke eine.
HERR: Das nützt mir nichts, ich darf doch nicht fahren, weil ich keinen Maulkorb hab'.
FRAU: Sie brauchen doch keinen, nur das Hunderl muß einen haben.
HERR: Dös weiß ich schon, der hat ja einen, nur dabei hab' ich ihn nicht.
FRAU: Ja, dann dürfen S' freilich nicht in die Straßenbahn hinein.
HERR: Natürlich darf ich nicht hinein, dann fahr' ich halt mit der nächsten.

Frau: Ach so, ich hab' geglaubt, Sie wollen schon mit dieser fahren.

Herr: Freilich wollt' ich mit dieser fahren, aber bis ich heim lauf' und hol' den Beißkorb, ist doch die Straßenbahn weggefahren, die kann doch auf mich nicht zehn Minuten warten.

Frau: Ja, dös kann auch der Schaffner nicht machen, denn wenn er nicht wegfährt, dann würden sich ja die nachkommenden Straßenbahnwagen stoppen, dös geht nicht, dös können S' auch nicht verlangen, daß wegen so einem kleinen Hunderl …

Herr: Freilich kann ich das nicht verlangen, das weiß ich schon selber, lassen S' mir jetzt mei Ruah mit dera saudumma Fragerei, kümmern Sie sich um Ihre Kinder und net um andere Leut' ihre Viecher! Man hat ja so soviel Aerger und Verdruß mit den Hunden. Mitten in der Nacht muß man oft aus'm warmen Bett raus und muß die Tiere 'nunterlassen. In Hof dürfen s' nicht 'nunter, in Hausflur sollen s' nicht. Ja, wir Menschen haben's bequem, aber ich kann meinem Hund nicht zumuten, dass er aufs WC geht, 's ganze Jahr hat ma mit 'n Hausherrn und dem Hausmeister Streitigkeiten wegen den Hunden – wie gestern Abend zum Beispiel: Setzt sich mein Hund mitten aufs Trottoir und macht sein großes G'schäfterl; ein Herr sieht das, kommt auf mich zu, brüllt mich an: »So eine Sauerei, haben wir den Bürgersteig deshalb, daß diese Sauviecher ihn beschmutzen dürfen?! Der Hund weiß es natürlich nicht, daß das der Bürgersteig ist, aber Sie blöder Kerl könnten das wissen! Ich glaube, die Straße ist breit genug für derlei Verrichtungen!«

Frau: Ja mei, aber auf d' Straß'n soll so ein Hunderl

auch wieder nicht, da schrei'n dann die Autofahrer und Radfahrer glei' wieder: »Weg von der Straß'n mit dem Sauhund!«

MANN: Na ja, ich hab' mich belehren lassen, und am andern Tag, wie mein Hund sich wieder aufs Trottoir setzt und will sein großes G'schäfterl machen, hab' ich ihn sofort mit der Leine vom Bürgersteig heruntergezogen auf d' Straß'n. Schreit mich ein Mann an: »Sie ganz unverschämter Kerl, den Tierschutzverein sollt' ma holen, mitten unterm G'schäftmachen zieht der rohe Mensch das arme Hunderl auf die Straße hinunter; angezeigt gehören Sie, so ein Rohling!«

FRAU: Ja mei! Was machen S' denn dann morgen, wenn das Hunderl wieder müssen muß?

HERR: Aufs Hausdach geh' ich mit mein'm Hund hinauf, oder ich lass' ihn einschläfern und dann ausstopfen.

FRAU: Da ham S' recht, dann braucht er sein G'schäfterl nimmer ausüben, dann hat er für immer ausgeschäftelt.

Vor Gericht

1937

Richter: Also, Sie geben zu, daß Sie den Kläger ein Rindvieh geheißen haben?
Angeklagter: Ja, ich habe aber gemeint, daß er deshalb nicht beleidigt ist.
Richter: Wieso meinten Sie das?
Angeklagter: No ja, weil er so saudumm dahergeredet hat.
Richter: Eigentlich finde ich, daß Sie saudumm daherreden, denn ein Rindvieh ist doch ein Tier und ein Tier kann doch nicht reden. Oder haben Sie schon ein Tier reden hören?
Angeklagter: Jawohl, einen Papagei!
Richter: Ja, ein Papagei ist doch kein Rindvieh!
Angeklagter: In dem Moment, wo ein Papagei dumm daherredet, ist eben der Papagei auch ein Rindvieh!
Richter: Haben Sie denn schon einen Papagei gehört, der dumm daherredet?
Angeklagter: Und ob!!!
Richter: Erklären Sie mir das.
Angeklagter: Das kann ich beweisen; meine Hausfrau hat einen Papagei in einem Käfig und wenn man an den Käfig klopft, dann sagt das Rindvieh: »Herein!«
Richter: Finden Sie das dumm?
Angeklagter: Und ob!
Richter: Wieso?

Angeklagter: Wie kann denn ich in den kleinen Käfig hineingehen!

Richter: Wir kommen da ganz von der eigentlichen Sache ab. – Warum haben Sie den Kläger ein Rindvieh geheißen?

Angeklagter: Weil er meine Frau beleidigt hat.

Richter: Inwiefern?

Angeklagter: Er hat zu meiner Frau gesagt, sie sei eine blöde Gans und meine Frau ist keine Gans, dafür habe ich Beweise.

Richter: Da brauchen Sie doch keine Beweise dafür, denn genau so wie der Kläger kein Rindvieh ist, kann Ihre Frau keine Gans sein, wenigstens keine blöde Gans.

Angeklagter: Aber Herr Richter, mit dieser Bemerkung »wenigstens keine blöde Gans« geben Sie ja selbst zu, dass eine Frau eine Gans sein kann und eine Gans ist aber doch blöd.

Richter: Wieso ist eine Gans blöd?

Angeklagter: Weil eine Gans nicht einmal sprechen kann.

Richter: Na ja, ein Tier kann eben nicht sprechen.

Angeklagter: Doch, der Papagei!

Richter: Jetzt kommen Sie wieder mit dem saudummen Papagei als Vergleich!

Angeklagter: Da muß ich Ihnen wieder widersprechen, denn ein Papagei ist nicht saudumm, weil Sie, Herr Richter, nicht den Beweis erbringen können, daß jede Sau dumm ist, denn es gibt im Zirkus dressierte Säue, also kluge Säue.

Richter: Aber wir haben doch von der blöden Gans gesprochen, nicht von einer dressierten Sau.

Angeklagter: Gut, bleiben wir wieder bei meiner Frau.

Richter: Nun müssen wir aber zur Ursache der Beleidigung kommen; aus welchem Grund hat denn der Kläger Ihre Gans eine blöde Frau geheißen, Verzeihung: umgekehrt wollte ich sagen, Ihre Frau eine blöde Gans geheißen?

ANGEKLAGTER: Ja, die Sache ist zu schweitweifend.

RICHTER: Sie meinen: zu weitschweifend.

ANGEKLAGTER: Zu weitschweifend, ja ja! Wir haben nämlich einen Heimgarten und die Frau Wimmer hat auch einen Heimgarten, direkt neben unserem Heimgarten und da ist immer ein Konkurrenzneid, wer die schönsten Blumen hat.

RICHTER: Ja weiter – – –

ANGEKLAGTER: Und da tun wir immer Samen tauschen –

RICHTER: Was tun Sie?

ANGEKLAGTER: Samen tauschen. Sie gibt mir z. B. einen Chrysanthemensamen, und ich geb' ihr dafür einen Rhabarbersamen, und da hat sie mir heuer für meine Fensterblumen statt Hyazinthen- Sonnenblumensamen gegeben, und wir haben so viel Sonnenblumen bekommen, daß wir nicht mehr zum Fenster 'naussehen können, da hat ihr Mann zu meiner Frau gesagt, sie ist eine blöde Gans, und ich hab' zu ihm gesagt: »Sie sind ein Rindvieh«, und er hat dann zu mir gesagt – – – – – *(Pause)*

RICHTER: Was hat er gesagt?

ANGEKLAGTER: *(schweigt)*

RICHTER: Na, so reden Sie doch, was hat er noch gesagt?

ANGEKLAGTER: Na ja, Herr Richter, was wird so ein ordinärer Mensch denn noch gesagt haben, dös können S' Ihnen doch denken!

RICHTER: Na, was hat er gesagt?

ANGEKLAGTER: Ich bitte um Ausschluß der Oeffentlichkeit!

Warum sind Optimisten die klügsten Leute?

Wenn zur wissenschaftlichen Abhandlung von Opti- und Pessimismus ein nur geringer Abstand in ein, oder besser gesagt, vergleichswidrigen Weise einschneidende Bedingungen gezogen werden sollen, so könnte man in Verlegenheiten absoluter Eindeutigkeitsformen einen Vergleich von eminenten Störungen charakteristischer Persönlichkeiten geben, wie dieselben schon in Urformen geistiger Kapazitätskuriositäten mehr oder weniger Bedeutung zum Ausdruck gebracht haben, ohne eine Weltumsichtigkeitsparallele in vollem Einklang von Individualitätszirkulationen der Zentralstätte der menschlichen Gesinnungsprinzipien den Einschlag in höhere Dimensionen seitens der Struktur männlicher und weiblicher Wesen zu demittieren. Spinoza und Nietzsche waren schon der konträren Meinung, daß Strahlen der ausgedehnten Zellenstaathormone keinerlei Anhalt geben, die Gehirn- und Seelengleichheiten gleichgeschalteter Pygmäen von Spannungszentralen einer Wechselwirkung unterliegt, die bei Pessimisten und Optimisten zu Tage treten und eine Klugheit bei den einen wie bei den anderen Charakterindividuen in Erscheinung treten lassen, die die Wissenschaft von heute immer vor ein unlösliches Problem stellen. Und so kann man nun ruhig annehmen, daß das Problem zur Erforschung, ob Optimismus die Schlußforderung zur Klugheit bindet, als gelöst und zwar als ungelöst erscheint.

Ein Gewitter kommt

Film 1939

(Sturmwind pfeift – Donner – Einschlag – Regen etc. – dazu Straßenlärm, Hupen, Flieger etc.)

SIMON: Dddd so ein Sauwind! Hab ich nicht gesagt, Du sollst Dir Deinen Regenschirm mitnehmen, da, es fängt schon zu regnen an, so is recht, nun haben wir nur einen Schirm.

BABETT: Was nutzt der Regenschirm bei diesem Wind?

SIMON: Red nicht so viel, halt das Paket hier, nicht bei der Schnur, sonst reißt die Schnur.

BABETT: Die reißt nicht. *(Schnur reißt, alles fällt herunter)*.

SIMON: So ich sag's ja, und der Wind dazu, so heb doch die Sachen auf!

BABETT: Gib mir den Schirm, jessas mei' Huat, um Gottes willen, hol mir mein' Hut – –

SIMON: Ja, i kann net weg, sonst nimmt uns wer die Sachen da.

BABETT: Da nimm den Schirm, dann hol' ich ihn mir selber.

SIMON: Na bleib da, ich hol' ihn schon.

BABETT: Na na, bei so einem Sauwetter, wär'n ma doch lieber daheim'blieb'n.

SIMON: Unsinn! Glaubst, wenn ma daheim'blieb'n wär'n, wär das Wetter net kommen?

Babett: Freilich wär's auch kommen, aber wir wär'n net nass wor'n.

Simon: Mir wär'n ja net nass wor'n, wenn Du gleich den Schirm aufg'spannt hätt'st.

Babett: Aufg'spannt hätt'st? Hast doch g'sehn, daß 'n uns der Wind um'dreht hat. Da, schon wieder, halt an Schirm – –

Simon: Ja was is denn dös? Dös is ja schon bald ein Taifun.

Babett: Horch! Es donnert schon, ein Gewitter kommt.

Simon: Wer kommt?

Babett: Wer kommt – ein Gewitter, sag' ich, kommt.

Simon: Wann?

Babett: Jetzt!

Simon: Ich mein, um wieviel Uhr?

Babett: Geh red doch net so saudumm daher, es donnert doch schon.

Simon: Lass 's doch donnern, d' Hauptsach is, dass es nicht blitzt, der Donner ist nicht gefährlich, aber der Blitz – gegen den Donner kann man sich schützen, aber gegen den Blitz nicht.

Babett: Gerade das Gegenteil, gegen den Blitz kann man sich schützen durch den Blitzableiter, aber gegen den Donner nicht.

Simon: Das ist auch nicht notwendig, denn der Donner kann Dir doch nichts tun. *(heftiger Donnerschlag)*

Babett: Um Gottes willen, jetzt hat's eingeschlagen!

Simon: Ich glaub' auch, das war ein direkter Schlager!

Babett: Nein so ein Sauwetter, und vor vier Wochen war so ein schönes Wetter. Komm, wir steigen schnell in die Straßenbahn ein, da kommt soeben die 13er-Linie, mit der müssen wir fahren, schnell!

SIMON: Mit der 13er-Linie auf keinen Fall, fahre ich nicht, kommt nicht in Frage, das weißt Du schon lang, 13 ist eine Unglückszahl.

BABETT: Geh hör auf mit Dein'm saudummen Aberglauben, dann fahrn wir nicht mit der 13er und warten lieber bei dem Gewitter auf offener Straße, und dann erschlagt uns der Blitz, dann is' besser, schnell, da kommt die 28iger, mit der können wir auch fahren. *(Lärm, besetzt – Glockensignal, ab)* Wirst sehen, Simon, die nächste Straßenbahn ist auch wieder besetzt, schau nur her, ich bin durch und durch naß vom Regen.

SIMON: Na ja, das ist ja ganz logisch, daß man vom Regen naß wird, trocken kann man vom Regen nicht sein.

BABETT: Doch, wenn man daheimbleibt, wird man nicht nass, wie es vernünftige Leute machen.

SIMON: Ja, vernünftige Leute schon, aber Du gehörst ja nicht zu den Vernünftigen.

BABETT: Wieso?

SIMON: Weil Du noch immer Deinen saudummen Regenschirm aufhast, obwohl es gar nicht mehr donnert. *(einige Straßenpassanten lachen und sagen so verschwommen:)* Da hat er recht, der Mann!

Semmelknödel

Von Karl Valentin und Liesl Karlstadt 1940.

K: Ja sag einmal, warum bist Du denn heute mittag nicht zum Essen gekommen? Zwei Stunden hab' ich auf Dich gewartet!

V: Ja, ich hab' da draußen gleich gegessen, wo ich zu tun g'habt hab', in der kleinen Wirtschaft, und da ißt man sehr gut, fast tadellos.

K: No, so gut, wie ich koche, wird's bestimmt nicht sein!

V: Doch, doch!

K: Aber jetzt ist es neun Uhr abends; wo warst Du denn in der langen Zwischenzeit?

V: Nirgends! Da hab' ich auf das Mittagessen gewartet.

K: Ja, ist Dir denn das nicht zu langweilig geworden?

V: Nein. In der Zwischenzeit hab' ich mit der Kassierin gesprochen.

K: Was, neun Stunden warst Du mit der Kassierin beisammen? Über was habt ihr denn da gesprochen?

V: Ja über das, daß die Semmelnknödel so lange nicht kommen.

K: So lang wartet doch kein vernünftiger Mensch auf das Mittagessen.

V: Da war ich ja nicht vernünftig, ich war ja hungrig.

K: Papperlapapp – wenn man das Essen um zwölf Uhr bestellt, und in einer halben Stunde ist es noch nicht da, dann geht man einfach.

V: Freilich, dann frißt's ein anderer für mich …

K: Und ausgerechnet Semmelknödel hat er sich bestellt, wo doch ich heute auch Semmelknödel gemacht hab'.

V: Was, dieselben?

K: Ach, dieselben! Unsinn! – Andere hab' ich halt gemacht; aber Semmelknödel sind Semmelknödel!

V: … deln!

K: Was »deln«?

V: Semmelnknödeln heißt's!

K: Ich hab' ja g'sagt: Semmelknödel.

V: Nein: Semmel*n*knödel*n*.

K: Nein, man sagt schon von jeher: Semmelknödel.

V: Ja, zu einem – aber zu mehreren Semmelknödel sagt man: Semmel*n*knödel*n*.

K: Aber wie tät' man denn zu einem Dutzend Semmelknödel sagen?

V: Auch Semmelnknödeln. – Semmel ist die Einzahl, das musst Dir merken, und Semmeln ist die Mehrzahl, das sind also mehrere einzelne zusammen. Die Semmelnknödeln werden aus Semmeln gemacht, also aus mehreren Semmeln; Du kannst nie aus einer Semmel Semmelnknödeln machen.

K: Machen kann man's schon.

V: Ja, ja, machen schon; aber wenn Du aus einer Semmel zehn Semmelnknödeln machen tätst, dann würden die Semmelnknödeln so klein wie Mottenkugeln. Dann würde das Wort Semmelknödel schon stimmen, weil s' bloß aus einer Semmel sind. Aber solang die Semmelnknödeln aus mehreren Semmeln gemacht werden, sagt man unerbitterlich: Semmel*n*knö*deln*!

K: Du sagst es aber auch nicht richtig; jetzt hast grad g'sagt: Semmelnknödeln.

V: Nein, ich hab g'sagt: Semmel*n*knö*deln.*

K: Richtig muß es eigentlich *Semmel*nknödeln heißen; die Semmel muß man betonen, weil die Knödel aus Semmeln gemacht sind – – – überhaupt, das Wichtigste ist der Knödel; Semmeln*knöde*ln müßt' es ursprünglich heißen!

V: Nein, das wichtigste ist das n zwischen Semmel und Knödeln.

K: Ja, wie heißt es dann bei den Kartoffelknödeln?

V: Dasselbe! n – ! Kartoffel*n*knödeln!

K: Und bei den Schinkenknödeln? Ah – hahaha –

V: Da ist's genauso; da ist das n schon zwischendrin. Es gibt keine Knödeln ohne n.

K: Doch, die Leberknödeln!

V: Ja, stimmt! – Lebernknödeln kann man nicht sagen!

Karl Valentin in dem Film »Der Firmling« (1934)

Sprachforscher

Von Karl Valentin und Liesl Karlstadt 1940

FRL. D: Ich will Ihnen, sehr geehrter Herr Direktor, ja nicht widersprechen, denn ich bin längst unterrichtet, was Ihr Name unter den deutschen Sprachforschern bedeutet; nur was Sie unter Illobrasekolidation verstehen, verstehe ich nicht.

VALENTIN: Das heißt Gleichlaut!

FRL. D: Aha!

VALENTIN: So ganz unrecht kann man denen nicht geben, die die deutsche Sprache als verzwickt bezeichnen. Es gibt so viele gleichlautende Wörter, abgesehen von der verschiedenartigen orthographischen Schreibweise. Zum Beispiel: Das Vieh weidet am Acker, folglich ist das ein *Viehacker*, ein *Fiaker* ist aber auch ein Pferdefuhrwerk.

FRL. D: Richtig – auch ich weiß ein Beispiel, Herr Professor; ich ließ mich heute früh um sieben Uhr *wecken*, dann ging ich zu einem Bäcker und kaufte mir einen *Wecken* Brot.

VALENTIN: Oder – mancher Knabe ist *frühreif*; auf den Feldern liegt auch *Frühreif*.

FRL. D: Oder – die *Tauben* auf dem Dache und die *Tauben* in der Taubstummenanstalt.

VALENTIN: Oder – ein Käfig mit *Rentieren* – wird sich das *rentieren*?

FRL. D: Oder – ich habe etwas *entdeckt*. – Wenn ich

mich aufs Sofa lege, decke ich mich mit einer Decke zu; nehme ich die Decke wieder weg, so habe ich mich selbst *entdeckt.*

VALENTIN: Oder – *wer macht* für die *Wehrmacht* die Uniformen?

FRL. D: Oder – die Zeitung ist *erschienen*, und die Eisenbahn fährt auf den *Schienen.*

VALENTIN: Um *sieben* Uhr soll die Magd das Mehl *sieben.*

FRL. D: Wenn ein *Bettler* aus dem Bett steigt, ist das *Bett leer.*

VALENTIN: Das Fest findet *statt* in der *Stadt* auf dem Lande *statt.*

FRL. D: Was *regen* Sie sich über einen *Regen* auf?

VALENTIN: Wenn ein *Mann* seine *Steuer* bezahlt, ist er noch lange kein *Steuermann.*

FRL. D: Durch einen Buchen*wald* spaziert ein Rechtsan*walt*.

VALENTIN: Habe ich einen Katarrh, so muss ich niesen; der Bayer sagt: ich habe *genossen*, das Volk besteht auch aus Volks*genossen.*

FRL. D: Die *Reichen reichen* sich die Hände; die *Armen* reichen sich die *Arme.*

VALENTIN: Der Turner macht einen *Sprung*, das zerbrochene Glas hat einen *Sprung.* Klingt es nicht fast komisch, wenn ich sage: der Hut *paßt* und der Tarocker *paßt* auch; klingt es nicht eigenartig, wenn ich sage: ein *Armer* mit zwei *Armen* dient bei der *Armee,* oder der *Leiter* einer Fabrik besteigt eine *Leiter*; oder soll ich es *wagen*, in diesem *Wagen* zu fahren; oder *es scheint*, *es scheint* heute noch die Sonne; oder wenn jemand *geht* und zugleich *fahrt*, so ist das eine

Gefahr; oder ich habe von jemand er*fahren*, es sei jemand über*fahren* worden. – Aber die Höhe des Wortunfuges sind die Tätigkeitswörter: Der Koch kocht, der Bäcker bäckt, der Schmied schmiedet; wie ist das bei einem Dienstmann? Man kann doch nicht sagen: Der Dienstmann dienstmanndelt, der Arzt arztelt, der Zimmermann zimmermanndelt. – Wenn man etwas ißt, sagt man: Ich habe es *ge*gessen; richtiger wäre es: Ich habe es *ver*gessen. Wenn einer zuviel sauft, sagt man, der hat sein Geld *ver*soffen und wenn einer viel ißt, müßte man sagen, der hat sein Geld *ver*gessen. – Aus all diesem können Sie ersehen, daß die deutsche *Sprache* noch sehr unvollkommen *ist*; seit wann *ißt* eine *Sprache*? Eine Sprache wird nicht gegessen, sondern gesprochen!

Die Fremden

PROFESSOR: So! – Wir haben also in der letzten Unterrichtsstunde über die Filzpantoffel gesprochen und behandeln heute das Hemd. Wer von euch weiß zufällig einen Reim auf »Hemd«?

VALENTIN: Auf Hemd reimt sich »fremd«.

PROFESSOR: Sehr gut! Und wie heißt die Mehrzahl von »fremd«?

VALENTIN: Die Fremden.

PROFESSOR: Jawohl, die Fremden. – Und aus was bestehen die Fremden?

VALENTIN: Aus »fremd« und aus »den«.

PROFESSOR: Sehr gut! – – Und was ist ein »Fremder«?

VALENTIN: Fleisch – Gemüse – Mehlspeisen – Obst usw.

PROFESSOR: Nein! – Nein! – Nicht was er ißt, sondern was er tut.

VALENTIN: Er reist ab.

PROFESSOR: Sehr richtig! – Er kommt aber auch an – und ist dann ein Fremder. – Bleibt er dann für immer ein Fremder?

VALENTIN: Nein! – Ein Fremder bleibt nicht immer ein Fremder.

PROFESSOR: Wieso?

VALENTIN: Fremd ist der Fremde nur in der Fremde.

PROFESSOR: Das ist nicht unrichtig. – Und warum fühlt sich ein Fremder nur in der Fremde fremd?

VALENTIN: Weil jeder Fremde, der sich fremd fühlt, ein Fremder ist, und zwar so lange, bis er sich nicht mehr fremd fühlt – dann ist er kein Fremder mehr.

PROFESSOR: Ausgezeichnet! – Wenn aber ein Fremder schon lange in der Fremde ist, ist das dann auch ein Fremder? Oder ist das ein Nichtmehrfremder?

VALENTIN: Jawohl, das ist ein Nichtmehrfremder; aber es kann diesem Nichtmehrfremden – unbewußt – doch noch einiges fremd sein.

PROFESSOR: Was zum Beispiel?

VALENTIN: Den meisten Münchnern zum Beispiel ist das Hofbräuhaus nicht fremd – hingegen ihnen die meisten Museen fremd sind.

PROFESSOR: Sehr richtig! – Dann kann also der Einheimische in seiner eigenen Vaterstadt zugleich noch ein Fremder sein. – Es gibt aber auch Fremde unter Fremden! Wie verstehen Sie das?

VALENTIN: Fremde unter Fremden sind – so wie ich mir das vorstelle wenn Fremde mit dem Zug über eine Brücke fahren und ein anderer Eisenbahnzug mit Fremden unter derselben durchfährt, so sind die durchfahrenden Fremden – Fremde unter Fremden, was Sie, Herr Professor, wahrscheinlich nicht so schnell begreifen werden.

PROFESSOR: Leicht fällt es mir nicht! Aber nun wieder zum Thema. – Und was sind »Einheimische«?

VALENTIN: Einheimische sind das Gegenteil von Fremde. Aber dem Einheimischen sind die fremdesten Fremden nicht fremd – er kennt zwar den Fremden persönlich nicht, merkt aber sofort, daß es sich um einen Fremden handelt, beziehungsweise um Fremde handelt; zumal, wenn diese Fremden in einem Fremdenomnibus durch die Stadt fahren.

Professor: Wie ist es nun, wenn ein Fremder von einem Fremden eine Auskunft will?

Valentin: Sehr einfach. – Frägt ein Fremder in einer fremden Stadt einen Fremden um irgend etwas, was ihm fremd ist, so sagt der Fremde zu dem Fremden: »Das ist mir leider fremd, ich bin hier nämlich selber fremd.«

Professor: Das Gegenteil von fremd ist bekannt. Ist Ihnen das klar?

Valentin: Eigentlich ja! Denn, wenn zum Beispiel ein Fremder einen Bekannten hat, so muß ihm dieser Bekannte zuerst fremd gewesen sein – aber durch das gegenseitige Bekanntwerden sind sich die beiden nicht mehr fremd. Wenn aber diese beiden Bekannten zusammen in eine fremde Stadt reisen, so sind diese zwei Bekannten dort für die Einheimischen wieder Fremde geworden. – Sollten sich diese beiden Bekannten hundert Jahre in dieser fremden Stadt aufhalten, so sind sie auch dort den Einheimischen nicht mehr fremd.

Politische Ansichten

1940

V: Liebes Fräulein, meine Meinung ist, daß der, der nichts von der Politik versteht, die Finger davon lassen soll.

K: Von dieser Äußerung dürfen Sie sich selbst aber nicht im Geringsten betroffen fühlen, denn Ihre politischen Ansichten waren von jeher unbestreitbar, fast auch unbegreifbar. Es wäre furchtbar interessant, wenn Sie sich zur heutigen politischen Lage äußern würden.

V: Tja! – Gerne will ich Ihnen einige Punkte erklären, die vielleicht gerade jetzt von Bedeutung sind.

K: Das wäre?

V: Obwohl man Amerika mit A und Portugal mit P schreibt, ist es geradezu verblüffend, daß sensible Regierungsformularitäten in eigener Anschauung ein überall sich selbst überschlagendes Echo derselben Ansichten gezeitigt hat. Wider aller Erscheinungen angekämpfter Errungenschaften stellt die Lage derzeitiger Meinungen ein klares Verhältnis zwischen Sein und Nichtsein. Klar ist es auch jedem Laien, dass eine Vertrauenssache, nicht von Ländern in einer Zeit des Imperialismusses angezweifelt werden kann.

K: Das ist mir auch verständlich, denn wie im Kleinen, so auch im Großen! Länder, Staaten, ja ganze Völker, deren gegenseitiges Interesse schon in vergangenen Jahrhunderten ein Kapitel für sich bedeutete, haben

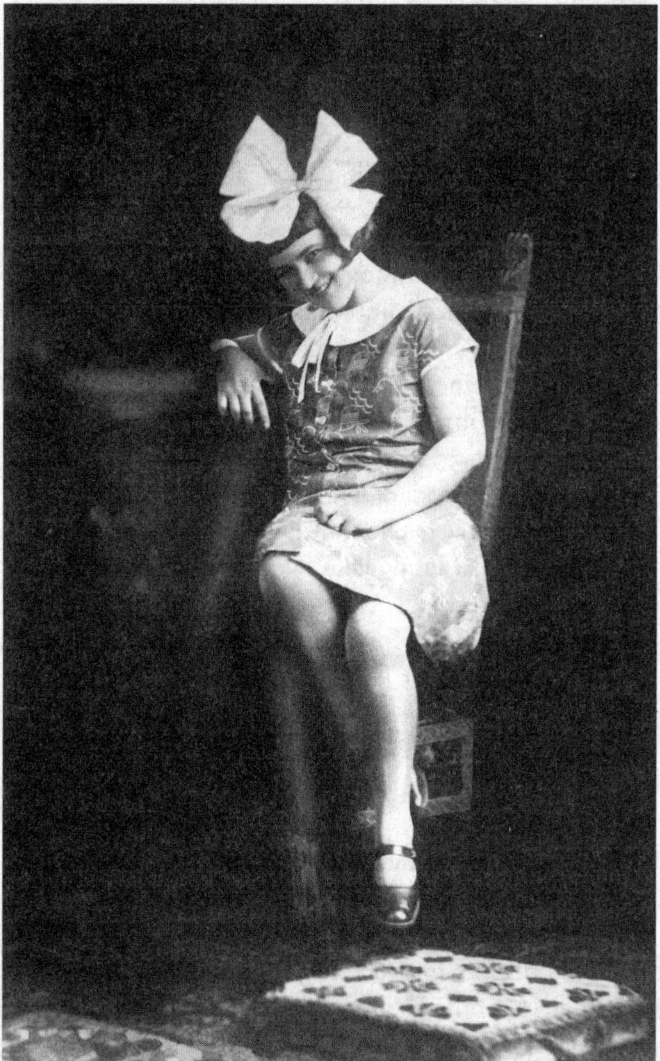

Liesl Karlstadt in dem Theaterstück »Der Bittsteller« von Karl Valentin und Liesl Karlstadt (1925)

ihre Lehren daraus gezogen, denn schließlich und endlich waren sie sich alle der Tragweite unbewußt bewußt, eine solche Sache kurzerhand in die Länge zu ziehen.

V: Ja, ganz meine Meinung! Es ist das schwer auszudrücken, ich meine, es ist dasselbe, von China abgesehen, eigentlich an der ganzen wirtschaftlichen Lage, welche es ja nur der Verbindung mehrerer Staaten zu verdanken hat. Eine soziale internationale Abmachung würde in diesem Falle in Europa, das greift natürlich schon weit zurück, eine Verlegung, vielmehr eine Entspannung herbeiführen, wenn auf das Einverständnis von Resignationen zu rechnen ist.

K: Ja ja, das ist mir klar, daran habe ich ja auch nicht gezweifelt; ich verstehe nur das eine nicht, warum ein Kompromiß zustande kam, wenn doch alle einer Meinung waren.

V: Eben darum! Der Kompromiß war ja nur die Überbrückung, um einer Verschleierung der europäischen Lage entgegenzutreten.

K: Ja, und Guatemala?

V: Guatemala steht auf demselben Standpunkt; denn solange in Bonjaluka – – ich kann natürlich nicht einen Vergleich ziehen zwischen vertraglich gebundenen Ländern –, aber immerhin könnte im Falle einer Internalisation eine friedliche Lage geschaffen werden.

K: Ja erlauben Sie mal, da haben Sie aber wirklich eine eigenartige politische Ansicht! Eine Verbindung ehemaliger Verträge eines Nichteinmischungspaktes würde ja gerade das Gegenteil bewirken!

V: Reden Sie doch keinen solchen Unsinn! Sie brauchen doch nur einmal die Landkarte in die Hand nehmen, und dann deuten Sie mit einem Zeigefinger auf Ägypten und mit dem andern Zeigefinger auf Augsburg, dann wird Ihnen vieles klar werden.

K: Natürlich ist das nicht zu unterschätzen, aber das sind nur Phrasen, an deren Ausführung nie zu denken ist.

V: Unsinn! Sie haben doch den deutlichsten Beweis an der Insel Ceylon. Wer hätte das geahnt, daß Ceylon ...

K: Ja ja, aber Ceylon ...

V: Lassen Sie mich doch ausreden!

K: Bitte –

V: Wer hätte das geahnt, dass Ceylon ...

K: Ja – Ceylon – ...

V: So lassen Sie mich bitte zuerst doch ausreden! Wer hätte das geahnt, daß Ceylon, wie es heute dasteht – na!

K: Ja, das hat allerdings niemand vermutet!

V: Na sehen Sie! – Versteh' ich was von Politik?

K: Ja, Sie reden schon so g'scheit daher! – – – Ihnen könnte man – sekundenlang zuhören!

Heiratsannonce

1940

(Schalterraum-Geräusche, Zeitungblättern)

RUNDFUNKANSAGER: Verehrte Hörerinnen und Hörer! – Wir bringen Ihnen nun einen Hörbericht von einem Schalterraum des »Allgemeinen Stadtboten«. – Wir schalten um! –

V: Verzeihen Sie, Fräulein, bin ich hier am richtigen Schalter? In Ihrer Zeitung stand eine Heiratsannonce: »Einsame Witwe sucht zum 2. Mal ihr Glück in der Ehe, usw.«. Ich habe diese Annonce gelesen – ungefähr – vor 4–5 Wochen in Ihrem Blatte, und die Zeitung ging mir verloren. Oh bitte, sind Sie doch so gut und suchen Sie mir die Zeitung mit dieser Annonce!

K: Ja du lieber Gott, wenn Sie nicht den genauen Datum wissen, lässt sich das schwer machen.

V: Die Annonce war ungefähr 5 cm lang und 3 cm breit. »Einsame Witwe sucht zum 2. Mal ihr Glück usw.«

K: Vor 4 bis 5 Wochen, sagen Sie? – Ja, Sie können doch nicht verlangen, dass ich alle diese Zeitungen, die seit 5 Wochen erschienen sind, durchblättere!

V: Sind Sie doch so lieb! Vielleicht ist es schon in den ersten Nummern enthalten!

K: No – das wäre ein großer Zufall!

V: »Einsame Witwe sucht zum 2. Mal ihr Glück in der Ehe usw.«. Die Annonce ist ungefähr 5 cm lang und 3 cm breit.

K: Das ist doch unmöglich, unter so vielen Zeitungen die Anzeige herauszufinden!

V: Aber es ist dring'standen!

K: Ja, ja, da steht mehr drin!

V: Ja das andere interessiert mich nicht; mich interessiert nur die eine Annonce. Die Annonce ist, wie gesagt, circa 5 cm lang und 3 cm breit, und der Text ist: »Einsame Witwe sucht zum 2. Mal ihr Glück in der Ehe usw.«

K: Ja, so schau'n Sie doch her, das ist jetzt schon die 10. Zeitung; ich habe doch schließlich andere Arbeit auch noch zu machen!

V: Fräulein! Sind Sie doch so nett! Sie helfen mir vielleicht zu meinem Glück! Es hängt alles von dieser Annonce ab, von dieser kleinen Annonce, 5 cm lang und 3 cm breit, »Einsame Witwe sucht zum 2. Mal ihr Glück in der Ehe usw.«

K: Ja, das weiß ich jetzt bereits, wie die Annonce lautet, aber Sie sehen ja selbst – ich finde diese Annonce nicht.

V: Vor 4 bis 5 Wochen habe ich dieselbe selber gelesen: »Einsame Witwe sucht …«

K: Ja, so hören S' doch jetzt endlich einmal auf, mit der einsamen Witwe!

V: *Aufhören*, Fräulein! – *Anfangen* will ich mit der einsamen Witwe, nicht aufhören! Deshalb ersuche ich Sie ja, *so* lange zu suchen, bis wir sie haben! Die Annonce ist ungefähr …

K: … 5 cm lang und 3 cm breit! Solche Annoncen in dieser Größe sind nach den Hunderten in unserer Zeitung.

V: Ja, ja, das glaube ich schon, aber es handelt sich ja bei dieser Annonce nicht nur um die Größe allein, sondern um den Text – »Einsame Witwe sucht zum 2. Mal ihr Glück in der Ehe«.

K: Ja Ehe! – – Ehe wir die Annonce finden, suchen S' Ihnen a andere Witwe! Da gibt's genug in München!

V: *Nein* – ich will nur eine »einsame Witwe, die zum 2. Mal ihr Glück in der Ehe sucht!«.

K: Jetzt mag ich nicht mehr! Da schaun S' her! Jetzt hab' ich *alle* Heiratsannoncen der letzten 5 Wochen durchgeschaut, da ist keine drin. Haben Sie die Annonce auch *bestimmt* in unserem Blatt gelesen?

V: Ja – ganz bestimmt!

K: Vielleicht haben Sie s' im »Landboten« gelesen? Wir sind die Redaktion vom »Stadtboten«.

V: Ja! – Im »Landboten«!

K: Ja, Sie saudummer Hanswu...

RUNDFUNKANSAGER: Wir schalten um!

Des Freundes Brief

1940

MANN: So – Cäcilie – wir werden diesem sauberen Herrn einen Brief schreiben, der sich gewaschen hat! – – Nimm einen Briefbogen! – Hier ist die Tinte – und schreibe, was ich Dir diktiere!
FRAU: Was ham mir denn heut für an Datum?
MANN: Nix Datum, der is' ja gar koan Datum wert!
FRAU: Was soll ich schreiben?
MANN: Datum: den soundsovielten …
FRAU: Also, ich schreib': »Sehr geehrter Herr«.
MANN: Nix geehrter Herr, geehrter weglassen …
Frau: Na hoaßt's ja bloß »Sehr Herr«.
MANN: Dös is' wurscht – – – Schreib jetzt: Es ist schon kaum unglaublich, daß Sie sich erdreisteten, einen Freund, wie wir zu Ihnen sind, vielmehr waren, in so einer unverschä … na, so könna ma net schreib'n – – – nimm an neuen Briefbogen!
FRAU: Dieselbe Überschrift?
MANN: Ja – schreib: Wenn Sie mir binnen – – wenn Sie mir binnen – – hast du's g'schrieb'n?
FRAU: Ja –
MANN: Na – so könna ma a net schreib'n; »binnen« ist eine ganz alte Schreibart. – Nimm an neuen Briefbog'n! – Hast 'n? Schreib: Nix, gar keine Überschrift. – Hinsichtlich Ihres gegen uns erzeugten Benehmens Ihrerseits, wo es sich um Familienein-

mischungsdifferenzen handel*te* – handel*ten*, werden Sie zukünftigerseits gegenseitiges Erachtens – Intrigen ignoriert – – keinesfalls – – – na, da kennt er sich net aus – nimm an neuen Briefbogen!

FRAU: Ja mei, mir ham fei bloß mehr a paar Dutzend Briefbogen daheim!

MANN: Die reichen schon – – – schreib: »Glauben denn Sie, Sie hundsgemeiner Sauhund, daß Sie …«

FRAU: Um Himmels willen, Oskar, so dürf ma ihm net schreiben, der verklagt Di ja sofort wegen Beleidigung!

MANN: Stimmt – ja – dös is etwas zu derb! – Nimm an neuen Briefbog'n!

FRAU: Dös is jetzt schon der 5. Briefbog'n, den mir wegen dem Dreckkerl verpatzt ham!

MANN: No no no, Cäcilie, tu Dich etwas mäßigen in Deinen Ausdrücken, schließlich sind wir ja bessere Leute! – Wir müssen ihm so schreiben, daß er sich sagt: Nach dem Brief nach zu schließen, können das keine gewöhnlichen Menschen sein.

FRAU: Ja – ganz richtig! Schöne Zeilen sollen wir ihm servieren, denn schließlich war er ja doch Dein ehemaliger Freund, und Du hast schon schöne Stunden mit ihm verlebt.

MANN: *(in weinerlichem Ton)* Ja, o mei, da derf i gar net drandenken, da könnt' i glei' weinen …

FRAU: Na na, Oskar, vergiß Dich nicht!!!

MANN: Schreib: Mein lieber, guter, alter Freund! Die Wunde, die mir das so jäh zerrissene Freundschaftsband, welches sich einst um uns geschlungen hat, verursacht hat, blutet heute noch. Auch Du, lieber alter Freund, wirst es nie vergessen, als wir in lauer Sommernacht im Hofbräuhauskeller unter duftenden

Kastanienbäumen unsere Maßen schlürften und wir dann in der Sternennacht schwer beladen, aber selig heimtorkelten. Ein Strauß himmelblauer Vergißmeinnicht sollen das Zeichen unserer Freundschaft wieder … halt, halt, halt, na na nix, ja dös war ja der reinste Liebesbrief! –

FRAU: Ja dös hab i mir a grad denkt!

MANN: Zerreiß sofort den Schmarrn!

FRAU: *(Zerreißt den Brief).* Jetzt wird's aber bald Zeit, daß Du Dich entschließt, was mir ihm eigentlich schreib'n. I hab' ja noch a andere Arbeit auch.

MANN: Jetzt weiß ich, was ich ihm schreib: – kurz und bündig! Nimm an neuen Briefbog'n, und schreib: »Geehrter Herr! Ich beschließe nun mein Schreiben und erachte die ganze Angelegenheit für erledigt. – Hochachtungsvoll!«

Telefonschmerzen [Buchbinder Wanninger]

1940

Handlung: Der Buchbindermeister Wanninger hat auf Bestellung der Baufirma Meisel & Co. zwölf Bücher frisch eingebunden, und bevor er dieselben liefert, frägt er telefonisch an, wohin er die Bücher bringen soll und ob und wann er die Rechnung einkassieren darf. Er geht in seiner Werkstätte ans Telefon und wählt eine Nummer, wobei man das Geräusch der Wählerscheibe hört.
Nachdem der Anschluß hergestellt ist:

FIRMA MEISEL, PORTIER: Hier Baufirma Meisel & Co.

BUCHBINDERMEISTER: Hier ist Buchbinder Wanninger. Ich möchte nur der Firma Meisel mitteilen, daß ich die Bücher fertig habe und ob ich die Bücher hinschicken soll und ob ich die Rechnung auch mitschicken soll – bitte!

PORTIER: Einen Moment!

SEKRETARIAT: Hier Meisel & Co., Sekretariat!

BUCHBINDERMEISTER: Hier ist Buchbinder Wanninger. Ich möchte Ihnen nur mitteilen, daß ich die Bücher fertig habe und ob ich die Bücher hinschicken soll und ob ich die Rechnung auch mitschicken soll – bitte!

SEKRETARIAT: Einen Moment, bitte!

DIREKTION: Direktion der Firma Meisel & Co. hier!

BUCHBINDERMEISTER: Hier ist Buchbinder Wanninger. Ich möchte der Firma Meisel nur mitteilen, daß ich die Bücher fertig habe und ob ich die Bücher hinschicken soll und ob ich die Rechnung auch mitschicken soll – bitte!

DIREKTION: Ich verbinde Sie mit der Verwaltung, einen Moment mal!

VERWALTUNG: Hier Baufirma Meisel & Co., Verwaltung!

BUCHBINDERMEISTER: Hier ist Buchbinder Wanninger. Ich möchte Ihnen nur mitteilen, daß ich die Bücher fertig habe und ob ich die Bücher hinschicken soll und ob ich die Rechnung auch mitschicken soll – bitte!

VERWALTUNG: Rufen Sie doch bitte Nebenstelle 33 an. Sie können gleich weiterwählen. – *(Geräusch der Wählscheibe)*

NEBENSTELLE 33: Hier Baufirma Meisel & Co.

BUCHBINDERMEISTER: Hier ist Buchbinder Wanninger. Ich möchte der Firma Meisel mitteilen, daß ich die Bücher fertig habe und ob ich die Bücher hinschicken soll und ob ich die Rechnung auch mitschicken soll – bitte!

NEBENSTELLE 33: Einen Moment mal! Ich verbinde Sie mit Herrn Ingenieur Plaschek.

INGENIEUR PLASCHEK: Hier Ingenieur Plaschek!

BUCHBINDERMEISTER: Hier ist Buchbinder Wanninger. Ich möchte nur dem Herrn Ingenieur mitteilen, daß ich die Bücher fertig habe und ob ich die Bücher hinschicken soll und ob ich die Rechnung auch mitschicken soll – bitte!

INGENIEUR PLASCHEK: Da weiß ich nichts davon. Fragen Sie doch mal bei Herrn Architekt Klotz an. Einen Moment mal!

ARCHITEKT KLOTZ: Hier Architekt Klotz!

BUCHBINDERMEISTER: Hier ist Buchbinder Wanninger. Ich möchte nur dem Herrn Architekt mitteilen, daß ich die Bücher fertig habe und ob ich die Bücher hinschicken soll und ob ich die Rechnung auch mitschicken soll – bitte!

Architekt Klotz: Da fragen Sie am besten Herrn Direktor selbst. Er ist jetzt nicht in der Fabrik. Ich verbinde Sie gleich mit der Wohnung.

Wohnung: Hier Direktor Hartmann!

Buchbindermeister: Hier ist Buchbinder Wanninger. Ich möchte dem Herrn Direktor nur mitteilen, daß ich die Bücher fertig habe und ob ich die Bücher hinschicken soll und ob ich die Rechnung auch mitschicken soll – bitte, Herr Direktor!

Wohnung, Direktor: Ich kümmere mich nicht um diese Sachen. Vielleicht weiß die Abteilung III Bescheid; ich schalte in die Firma zurück.

Abteilung III: Baufirma Meisel, Abteilung III.

Buchbindermeister: Hier ist Buchbinder Wanninger. Ich möchte nur der Firma Meisel mitteilen, daß ich die Bücher fertig habe und ob ich die Bücher hinschicken soll und ob ich die Rechnung auch mitschicken soll – bitte.

Abteilung III: Einen Moment bitte, ich verbinde mit der Buchhaltung.

Buchhaltung: Firma Meisel & Co., Buchhaltung!

Buchbindermeister: Hier ist Buchbinder Wanninger. Ich möchte nur der Firma Meisel mitteilen, daß ich die Bücher fertig habe und ob ich die Bücher hinschicken soll und ob ich die Rechnung auch mitschicken soll – bitte!

Buchhaltung: So, sind die Bücher endlich fertig – hören Sie zu, dann können Sie ja dieselben [–] Rufen Sie bitte morgen wieder an, wir haben jetzt Büroschluß!

Buchbindermeister: Jawohl – danke – entschuldigen Sie vielmals bitte.

Historisches

1940

Morgen mittag, 3/4 12 Uhr, sind es 200 Jahre, daß der fromme Schwäbbermann von der Neuhauserstraße zusammen mit seinem Freund Columbus den Malzkaffee entdeckte. Lange vorher schon, als König Herodes in einer Wirtschaft dem Grafen Zeppelin zeigte, wie man ein Ei auf die Spitze stellt, kam der Stein ins Rollen, den der Riese Goliath dem David an den Kopf warf. Einige Wochen später sah sich König Barbarossa genötigt, der Hochzeit zwischen der Jungfrau Schneewittchen und dem Bergwerksbesitzer Herrn Josef Rübezahl beizuwohnen. Aber das Hochzeitsmahl wurde jäh unterbrochen durch plötzliche Vorbereitungen zum Dreißigjährigen Kriege. Allein schon die Tatsache, daß die feierliche Eröffnung der Zugspitzbahn auf einen Tag vorher verschoben werden mußte, brachte unter die Zuschauer des großen Fußballländerspieles große Bestürzung. Pfarrer Kneipp, der sich damals zu einer Kaltwasserkur nach Wörishofen begab, um dort Heilung zu finden, die er auch fand, arbeitete damals schon an den Plänen des Walchenseeprojektes. Napoleon Bonaparte, der sich mit seinem Schulkameraden Negus von Abbessinien während einer Verdunkelungsübung den Boxkampf des Weltmeisters Nurmi anhörte, ließ sich von Professor Piccard mit den neu erfundenen Todesstrahlen impfen und hatte es faustdick hinter den Ohren. Dem Edison sein Sohn, der bei einem

Kameradschaftsabend im Beisein von Andreas Hofer im Restaurant zum Fünfwaldstättersee einen Vortrag hielt über den letzten Stratosphärenflug des Motorfahrers Max Schmeling, wurde vom Prälat des oberbayerischen Hopfenzupfer-Syndikats der Nobelpreis für Fingernägelbeißen verliehen. Wenn man nun eine Parallele zieht zwischen den Befreiungskriegen und dem Fortschritt der Farbenphotographie, so verknüpft sich in einem selbst der Gedanke an Maria Stuart, als sie auf der Ruine von Karthago stehend ausrufte: »Ist denn kein Stuhl da für meine Hulda?« Mit Wehmut denkt heute jeder noch zurück, als die Schillers Glocken den Frieden von 1940 einläuteten! Hans Albers gab zehn Minuten hierauf die Anregung, der Münchner Schäfflertanz soll nicht wie üblich im Grunewald, sondern am Äquator abgehalten werden. Doch Kurfürst Max Emanuel trat ihm energisch entgegen und stiftete bei der Hochzeit zu Kanaa zehn Portionen Jopa-Eis, was wieder zur Folge hatte, daß unter den Klängen des Tölzer Schützenmarsches das Volksauto seinen Einzug hielt. Da stiftete nun zum Trotz Kaiser Nero zur Einweihung des Wittelsbacher Brunnens zehn Hektoliter Mangfallwasser. Das ärgerte den alten Diogenes so, daß er sein Faß verkaufte und mit dem Lohengrin seinem Schwan auf dem Rhein vor dem Loreleyfelsen vorbeifuhr und zur Loreley hinaufschrie: »Ich weiß nicht, was soll das bedeuten ...« – Genau wie jeder vernünftige Mensch nach diesem Vortrag sich denken wird: »Ich weiß nicht, was soll das bedeuten!«

Die Friedenspfeife

Lange vor dem Umschein einer verkrümten Nacht, saßen sie zusammen. Wolkenlos ballten sich weiße Nebelschwaden zuhauf. Es kargte an diesem und jenem – so aber ist es. – Wenn der Mensch sich selbst abgibt, dann wird sein Sein betrübt durch seine gewollte Selbstbejahung. – Aber laßt sie alle elendidieren und laßt diese kopflosen alle wieder behaupten. Eines Nachts werden die Hexen nicht zum Ziele kommen, sondern das Ziel kommt zu ihnen.

Und wenn Aafa und Ufa sich zürnend und tobend in die Augenmuscheln schreien, liegt Afuu auf dem satten Rasen und raucht die Friedenspfeife.

Jagdsport

1940

K: So, so, Sie sind auch ein Jäger? Wann geh'n Sie immer auf die Jagd?

V: Ja nicht immer! Hie und da oft sehr selten.

K: Ha, ha, – also ein sogenannter Sonntagsjäger! Haben Sie schon viel geschossen?

V: G'schossen schon viel, – aber wenig getroffen!

K: Wie kommt das?

V: Ja, da bin ich überfragt. – Ich hab ein sehr gutes Gewehr, Munition, an großen Rucksack, ausgerüstet bin ich gut.

K: Ja ja, die Ausrüstung ist Nebensache, die Hauptsache wär der gute Jäger.

V: Was heißt, der gute Jäger! Wenn ein guter Jäger keine Ausrüstung hat, dann kann er nichts machen.

K: Sie verstehn mich falsch; ich meine, der beste Jäger mit der besten Ausrüstung trifft nichts, wenn kein Wild da ist; deshalb ist eigentlich die Hauptsache an der ganzen Jägerei: das Wild, also die Rehe, Hasen, Rebhühner, Gemsen und dergleichen.

V: Ja, das ist klar! Wenn's kein Wild geben würde, dann gäb's auch jedenfalls keine Jäger.

K: Ja, es gibt aber Wild, und Jäger gibt's auch!

V: Ja freilich gibt's Jäger, ich bin ja einer, dös hab ich doch schon g'sagt!

K: Freilich ham Sie mir dös g'sagt, das glaub ich ja auch.

Ich hab nur wissen wollen, ob Sie schon was g'schossen haben!

V: Ja freilich! Karpfen, – Hechte und – Forellen!

K: Waaaaas? – Fische ham Sie g'schossen?

V: Na! Ich bin doch Fischer auch!

K: So, so, Sie sind auch Fischer?

V: Ja! Ich *bin* Fischer! Ich hab amal einen Bekannten g'habt, der *heißt* Fischer – und den hab ich amal g'fragt, warum er eigentlich Fischer heißt, dös hat der gar nicht gewußt.

K: Dös find' ich nicht so eigenartig, wenn der das nicht g'wußt hat, warum er Fischer heißt; da find' ich das viel lustiger, daß Sie ein Fischer *sind!*

V: Was heißt da lustiger? Die Fischerei ist doch nicht lustig, eher langweilig!

K: Ja, dös stimmt; deshalb ist sie ja so lustig, nicht für den Fischer, aber für die andern!

V: Für was für andere?

K: Na ja, für die Zuschauer! Wenn so ein Fischer z. B. fünf Stund lang nach einem Fisch fischt und er zieht dann einen alten Hosenträger raus, oder eine alte Matratzenfeder, dös ist doch lustig!

V: Für uns Fischer nicht! – Und übrigens kommt so etwas ganz selten vor. Und wenn man so altes Zeug raus angelt, so ist da nicht der Fischer schuld, sondern diese andern, die so altes Klump ins Fischwasser hineinwerfen, statt in die Kehrichttonne, die Drecksäue!

K: Ja, wo ham Sie denn Ihr Fischwasser?

V: In der Würm.

K: In der Würm? Und mit was fischen Sie da?

V: Mit Würm'.

K: In der Würm fischen Sie mit Würm'?

V: Nein! *Mit* Würm' fisch' ich in *der* Würm.

K: Dös is doch das Gleiche?

V: Ha, ha! Sie san gelungen! Ich kann doch nicht *die* Würm an d' Angel hinstecken und *in d' Würm* mei' Angel hineinhängen!

K: Ja, also das versteh' ich nicht!

V: Ja, *das* kann ich versteh'n, dass Sie das nicht versteh'n! Ham Sie die Würm noch nicht g'sehn?

K: *Was* für Würm'?

V: Na, *die* Würm!

K: Ja, wieviel Würm meinen Sie denn?

V: Ja, nur *eine!*

K: Was? *Eine* Würm? Das ist doch kein deutsch! Es heißt doch: *die Würmer!*

V: Ja, Sie können doch nicht sagen: durch Gräfelfing fließt die *Würmer!* Die Würm ist doch ein Bach – ein kleiner Fluß!

K: Ja, das wußt' ich nicht, daß in Gräfelfing die Würm durchfließt, denn ich wohn' ja in Planegg!

V: Da fließt ja die Würm *auch* durch!

K: Die*selbe* Würm?

V: Dös weiß ich nicht, – ob das dieselbe ist, – kann sein!

Der überängstliche Hausverkäufer

Schallplattentext von Karl Valentin 1940

VALENTIN: *(zum Käufer)* Guten Tag, Sie wünschen?
KÄUFER: Ich komme wegen dem Haus.
V: Sie meinen wegen dem Häuschen?
K: In der Zeitung steht aber Haus.
V: Nein, es ist ein kleines Haus, ein Häuschen.
K: Ah, ein Häuslein, steht das Häuschen im Freien?
V: Da steht es doch.
K: Ich komme auf das Zeitungsinserat, Sie haben doch das Haus zu verkaufen, ist das hier das Haus?
V: Jawohl! Ich verkaufe es ungern, aber ich bin froh, wenn ich es los bin.
K: Wieviel Stockwerke hat das Haus?
V: Keines, nur Parterre.
K: Ist es bewohnt auch?
V: Momentan nicht, weil ich heraußen stehe.
K: Wieviele Zimmer hat es denn?
V: Nur eins – dafür keine Treppe, kein Stiegenhaus.
K: Ist das hier eine ruhige Gegend?
V: Jawohl, im Winter hören Sie nicht einmal das Auffallen der Schneeflocken, aber dafür gibt es im Sommer viele Ameisen, aber die gehen ganz leise.
K: Wie steht es mit den Toilettenverhältnissen?
V: Klosett ist keines im Haus.
K: Ja, aber wenn man …
V: Der Wald ist fünf Minuten von hier entfernt.

K: Ja, aber bei Nacht?
V: Auch nur fünf Minuten.
K: Wann sind Sie in dieses Haus eingezogen?
V: Einen Tag später.
K: So früh schon – und wie ist es mit der Beleuchtung? Gas oder elektrisch?
V: Im Haus und im Freien überall elektrisch.
K: Ich sehe aber nirgends eine elektrische Leitung.
V: Nur elektrische Taschenlampen, die brennen überall.
K: Wie alt ist das Haus schon?
V: Weiß nicht, hab' noch nicht gefragt.
K: Sind Hypotheken drauf?
V: Nein, nur ein Kamin.
K: Was bedeuten diese vier Zimmerwände?
V: Das sind Stützen.
K: Für was?
V: Fürs Hausdach.
K: Ist Ungeziefer im Haus?
V: Nein ich bin noch Junggeselle.
K: So – So!
V: Jawohl!
K: Legen Sie …
V: Nein – ich nicht.
K: Einen Moment …
V: Bitte!
K: Legen Sie …
V: Nein – aber meine Hühner legen.
K: Legen Sie Wert darauf, daß das Haus bald verkauft wird?
V: Sofort – in sofortiger Bälde.
K: Kaufen Sie sich dann wieder ein neues Haus?

V: Niemals mehr, ich suche ein altes tausend Meter tiefes Bergwerk zu mieten.
K: Was, ein Bergwerk? Und das wollen Sie dann bewohnen?
V: Selbstverständlich!
K: Das ist ja unheimlich.
V: Schon – aber sicher!
K: Vor wem?
V: Vor Meteorsteinen.
K: Ach, so ein Meteorstein fällt doch so selten vom Himmel runter.
V: Ja, die Sicherheit geht in dem Fall über die Seltenheit.

Der Vogelhändler

Schallplattentext von Karl Valentin Oktober 1940

K: Grüß Gott – ah, Sie sind der Ausgeher von der Vogelhandlung.

V: Sind Sie zu Haus?

K: Ich wart schon so lange auf Sie, ich hab schon geglaubt Sie kommen nicht mehr.

V: Da ist der Kanarienvogel samt Käfig und da ist die Rechnung.

K: Das ist recht – wo ist denn der Hansi? – Der Käfig ist ja leer, wo ist denn der Vogel?

V: Der muß schon drinn sein.

K: Was heißt, muß drinn sein, es ist aber keiner drinn.

V: Dös ist ja ausgeschlossen, ich bring Ihna doch net an leeren Käfig.

K: Ja bitte schaun S' doch selber 'nein.

V: Da brauch' ich gar net 'neinschaun, mir ham doch schliesslich a reelles G'schäft, was glauben Sie, was die Kunden sagen täten, wenn wir überall an leeren Käfig hinbringen würden, und noch dazu ohne Vogel? Unsere Kundschaften werden richtig bedient, da fehlt sich nichts.

K: Was heißt, fehlt sich nichts, natürlich fehlt was – der Vogel fehlt.

V: Da müßt er mir beim Transport jetzt ausgekommen sein, daß das Türl offen war.

K: Reden S' doch nicht, das Türl kann nicht offen gewesen sein, das ist ja zu.

V: Dös is zu?
K: Natürlich!
V: Dann muß er drinn sein.
K: Er ist aber nicht drinn.
V: Frau, das ist unmöglich, bei einer geschlossenen Tür kann kein Vogel raus.
K: Aber in dem Fall muß er doch rausgekommen sein, sonst wär er ja drinn.
V: Drinn muß er sein, da gibt's gar koan Zweifel. Schaun S' amal auf d'Rechnung nauf, ob er auf der Rechnung steht.
K: Ja da steht freilich: – – Ein Käfig mit Vogel 13.– Mark.
V: No also, da sehn Sie's, glauben Sie, mein Prinzipal würde Ihnen eine Rechnung schreiben »Käfig mit Vogel 13.– Mark« und würde Ihnen statt an Käfig mit Vogel nur einen Käfig allein liefern? Der Käfig allein nützt Ihnen nichts und der Vogel allein nützt Ihnen auch nichts – das g'hört zusammen wie a Supp'n ohne Salz.
K: Was macht man jetzt da?
V: Ja ich muß die Rechnung einkassieren – 13.– Mark macht alles zusammen.
K: Was heißt da: Alles zusammen?
V: Ja der Käfig und der Vogel.
K: Vogel war doch keiner drinn, ich bezahle doch nicht, was ich nicht vollständig bekommen habe.
V: Ja dann nehme ich die ganze Ware wieder mit.
K: Die ganze Ware ist gut, Sie können ja nur den Käfig mitnehmen, Vogel war ja keiner drinn.
V: Frau, der Vogel muß drinn gewesen sein.
K: Na, wo wär er denn dann hingekommen?
V: Das ist mir gleich, auf der Rechnung steht: Käfig mit Vogel 13.– Mark.

K: Da müssen Sie mir aber zuerst einen Käfig mit Vogel bringen.

V: In diesem Fall nun nicht Frau, da bräuchte ich doch nur mehr den Vogel bringen.

K: Wieso nur den Vogel? Ich brauch doch einen Käfig auch dazu!

V: No ja, an Käfig ham S' doch schon, Sie werden doch nicht behaupten, daß der Käfig auch ausgekommen ist.

K: Reden Sie doch nicht, der Käfig ist freilich da, Sie brauchen mir nur noch den Vogel dazu liefern.

V: Einen Vogel allein liefern wir ja nicht – nur immer zusammen – Käfig mit Vogel.

K: Ja mir haben Sie den Käfig allein geliefert, ohne Vogel.

V: Aber auf der Rechnung steht: Käfig mit Vogel – Bitte Käfig mit Vogel.

K: Ich bin doch nicht verpflichtet, daß ich Ihr saudummes G'schwätz anhör'. *(bum – schlägt die Türe zu)*

V: Jetzt hat s' mir d' Tür vor der Nas'n zuag'haut – ich kanns der Frau auch wirklich nicht verdenken, denn es ist wirklich kein Vogel drinn – aber auf der Rechnung steht tatsächlich: Käfig mit Vogel!

Streit mit schönen Worten

1940

SIE: Mei Ruh laß mir!
ER: Du mir auch!
SIE: Ich weiß schon, wieviel es g'schlagen hat!
ER: Ich auch!
SIE: A anderer Mann geht auf d' Nacht in sein Wirtshaus und kommt in der Früh heim; aber das ist ja Dir alles fremd, Du fühlst Dich ja nur am häuslichen Herd glücklich!
ER: Du hockst ja auch lieber daheim bei mir!
SIE: Ja, wenn Du es nur einsiehst!
ER: Du hast mir noch jede Stunde meines Lebens verschönt!
SIE: Du mir genauso; und wenn ich noch so betrübt war, so warst es Du, der mir jeden Wunsch von den Augen absah!
ER: Ja, weißt Du noch, wie wir damals in jener Sommernacht allein auf einer Bank saßen; Du wolltest noch bleiben und ich wollte noch bleiben, und dann kam der Schutzmann, der uns dann fragte, was wir denn da wollen.
SIE: Ja, und dann warst Du es, der gesagt hat, ach lassen Sie uns doch allein!
ER: Ja, das weiß ich noch, aber Gott sei Dank war der Schutzmann dann vernünftiger und ist gegangen.
SIE: Drum sag ich es tausendmal: Hätte ich nur einen

anderen kennen gelernt als Dich, was hätt' ich denn an einem andern gehabt: nichts als Verdruß und Ärger!

Er: Ach, wenn man Dich so ansieht – – – Du bist ja so eine – – – ach – – – ich kann mich gar nicht ausdrücken – – so ein – – – – – – – – – daß ich Dir gleich stundenlang in die Augen schauen könnte!

Sie: Du kannst natürlich nichts als einem Sachen ins Gesicht schleudern, die leider wahr sind! Aber meine liebe Frau Schwiegermutter ist ja dieselbe wie ihr Herr Sohn; die kann ja auch sonst nichts als mir recht schön ins Gesicht tun, und hinter meinem Rücken lobt sie mich, wo sie mich nur loben kann! Aber da bin ich ihr gut genug, daß ich ihr meine ganze Wäsche waschen lasse, alle Näharbeiten lass' ich ihr zukommen, ohne einen Pfennig zu verlangen; da ist man dann die Schwiegertochter hinten und vorne! Zum Weihnachtsfest alle Jahre hab' ich von ihr die schönsten Präsente angenommen, ohne ein Wort zu sagen; aber das ist, scheint's, alles vergessen!

Er: Aber meiner lieben Schwiegermutter fehlt auch nichts! Wie oft hab' ich einen kleinen Seitensprung gemacht, bei dem sie mich ertappte – nichts hat sie Dir davon gesagt! Verheimlicht hat sie Dir alles!

Sie: Das sind ja unplumpe Vertraulichkeiten! Das sagst Du ja nur zu mir, daß ich Dich noch lieber haben sollte, als ich Dich sowieso schon habe. Mit derlei Sachen kannst Du mich nicht aus der Ruhe bringen, und wenn Du mir's nicht zu bunt machst, dann pack' ich meine sieben Zwetschgen zusammen und bleib' erst recht bei Dir!

Er: Du darfst Dich nicht beklagen, denn so gemeint war es ja nicht, *(haut mit der Faust auf den Tisch)* Ich verbitte mir nun endlich Deine Zudringlichkeiten! Ich hab' Dir heute schon mindestens hundert Küsse gegeben, und mehr braucht eine Frau nicht an einem Tag!

SIE: Das ist eine unverschämte Lüge von Dir; Du bist ein ganz gewalttätiger Mensch; das hat sich an meinem Namenstag gezeigt, als Du mir den teuren Pelzmantel gekauft hast, und ich wollte nur einen gewöhnlichen Lodenmantel.

ER: So, jetzt machst Du mir noch Vorwürfe, aber ich werde es mir merken! Zu Deinem Geburtstag bekommst Du von mir für Deine impertinente Bescheidenheit fünfhundert Mark, dann kannst Du Dir kaufen, was Du willst; dann brauch' ich mich wenigstens nicht mehr freuen über Deine Dankbarkeit!

SIE: Ja ja, jetzt kommt natürlich wieder der Vorwurf, das bin ich ja an Dir schon gewöhnt! Ich verbitte mir ab heute von Dir jede Unzudringlichkeit – sonst werde ich Dir den Himmel kaltmachen, es heißt zwar: die Hölle heißmachen, aber bei Dir ist das alles fruchtlos!

ER: Eleonore, sei doch nicht vernünftig! Wollen wir uns doch wieder vertragen! Wozu immer diese aufregenden Schmeicheleien!? Sagen wir uns doch lieber in aller Ruhe die Gemeinheiten direkt ins Gesicht!

SIE: Ja, Du saudummer Kerl, da hast recht! Da bin ich sofort damit einverstanden!

ER: Na also, Du Rindviech, du deppert's! Siehst, es geht auch so!

Die Vogelausstellung

VAL: Bitte Fräulein was kostet hier in dieser Vogelausstellung der Eintritt?

FRL: 50 Pfennig.

VAL: Und für Kinder?

FRL: Die Hälfte, also 25 Pfennig.

VAL: Machen Sie doch eine Ausnahme, Fräulein, und geben Sie mir eine Kinderkarte zu 25 Pfennig, ich bin zum Beispiel nicht gut bei Kasse.

FRL: Das kann ich nicht – denn wenn Sie am Eingang das Billet vorzeigen – sieht doch der Kontrolleur, daß Sie kein Kind mehr sind.

VAL: Das wird schon gehen, ich benehme mich sehr kindisch – ich nehme die Finger in den Mund verstelle meine Stimme usw. …

FRL: Aber an Ihrer Größe können Sie nichts ändern.

VAL: Doch, ich rutsche auf den Knien, da bin ich dann viel kleiner.

FRL: Aber das sieht doch der Kontrolleur – wegen der lumpigen 25 Pfennig werden Sie doch kein solches Theater machen wollen.

VAL: Ich habe eine andere Idee – wieviel Vögeln sind in Ihrer Ausstellung?

FRL: Circa zweihundert.

VAL: Gut – dann schau ich mir bloß hundert Vögeln an, also die Hälfte – und bezahle dafür die Hälfte Eintritt. – Noch was, Fräulein: Ich bin nämlich Vogelliebhaber – ich versteh' etwas von Vögeln. Ist eine Lerche auch in der Ausstellung?

FRL: Selbstverständlich.

VAL: Und die singt?

FRL: Wahrscheinlich.

VAL: Das glaub' ich wahrscheinlich nicht, denn eine Lerche singt nur hoch oben in den Lüften. Da müßten Sie unbedingt einen zweihundert Meter hohen Käfig haben. – Und die andern Vögel, singen die auch alle?

FRL: Na, garant[ie]ren kann ich natürlich nicht, ob die Vögel singen, wenn Sie die Ausstellung besuchen.

VAL: Ich verlange auch keine Garantie – ich meine nur – wenn ich z. B. in eine Hundeausstellung gehe, da will ich auch die Hunde bellen hören, nicht nur ansehen.

FRL: Na, zwischen Bellen und Singen ist aber doch ein gewaltiger Unterschied, denn ob ein Hund bellt oder nicht, ist doch schließlich ganz egal.

VAL: Sie Fräulein, da haben Sie aber ganz sonderbare Ansichten.

FRL: Na, erlauben Sie mir, es wird doch niemand einen Hund kaufen wegen dem Gebell, denn das Gebell von einem Hund hat doch gar keinen Sinn.

VAL: Doch – Wenn Sie zum Beispiel einen wachsamen Hofhund hätten, der in Ihrem Anwesen einen Einbrecher gefaßt hat – wie würden Sie sich ärgern, wenn der nicht bellen würde.

FRL: Das können Sie auch nicht verlangen, daß ein Hofhund bellt, wenn er einen Einbrecher gefaßt hat.

VAL: Haben Sie e[in]e Ahnung von einem Hofhund.

FRL: Na, das ist doch ganz klar – ein Hofhund kann und

muß bellen, wenn er einen Einbrecher bemerkt, das heißt, er soll den Einbrecher melden, aber, wenn er einen Einbrecher schon gefaßt hat, da hat er doch das Maul voll, da kann er doch nicht mehr bellen.

VAL: Ganz klar, daß er da nicht bellen kann, wenn er s' Maul voll hat, da muß er halt den Einbrecher wieder loslassen.

FRL: Dann läuft er davon, was hat dann der Hofhund für einen Zweck? Und übrigens bin ich nicht verpflichtet Ihnen über Hofhunde eine Aufklärung zu geben, denn wir sind in einer Vogel- und nicht in einer Hundeausstellung – wollen Sie also eine Eintrittskarte für die Vogelausstellung haben?

VAL: Bitte.

FRL: Hier – 50 Pfennig – Danke – Eingang hier bitte.

VAL: *(in der Ausstellung Vogelgezwitscher aller Art) (Valentin kehrt sofort wieder um und geht an die Kasse zurück)* Bitte geben Sie mir mein Eintrittsgeld wieder zurück – das ist keine Vogelausstellung – das ist ein Saustall und keine Vogelausstellung – die Vögel singen und zwitschern ja alle durcheinander.

FRL: Ja, einzeln werden die Vögel Ihnen nichts vorsingen, das können Sie nicht verlangen.

VAL: Verlangen kann ich das nicht – da fehlt es an der Organisation – da gehört alle Tage nur *ein* Singvogel ausgestellt, dann ist das Dazwischengezwitscher ausgeschlossen.

Schwieriger Kuhhandel

1940

BÄUERIN: Da geh mit, da vorn hab' i de Kuah, de i verkaufa will.

VIEHHÄNDLER: *(zur Bäuerin)* Was kost de Kuah?

BÄUERIN: De is net billig!

VIEHHÄNDLER: Was kost, möcht i wissen!?

BÄUERIN: Müasst i z'erscht an Bauern frag'n.

VIEHHÄNDLER: Ja, g'hört de Kuah dir oder an Bauern?

BÄUERIN: De g'hört uns mitanand'.

VIEHHÄNDLER: Ob s' dir alloa g'hört oder an Bauern, oder euch alle zwoa mitanand', des is' mir gleich; i möcht nur wissen, was s' kost'!

BÄUERIN: De g'scheckerte hint war billiger.

VIEHHÄNDLER: Was *de* kost, möcht i wissen!?

KUH: *(muht)* Muuuuuhhhhhh.

VIEHHÄNDLER: Di hab i net g'fragt, die Bäuerin soll mir's sag'n.

BÄUERIN: Wennst heut a Kuah kaufst, derfst as Geld net oschaug'n.

VIEHHÄNDLER: I will ja 's Geld net oschaug'n, i will's ja ausgeb'n, nur muasst ma 's sag'n, wie viel i ausgeb'n muaß für de Kuah!

BÄUERIN: Für de g'scheckerte da hint'n?

VIEHHÄNDLER: Na, für *de* da!

BÄUERIN: I an deiner Stell tat de G'scheckerte kaufa, weil

de is' zwar net so schwar, aber kosten tat s' net so vui als wia de da.

Viehhändler: Ja Bäuerin, i woaß ja no gar net, was *de* da kost', viel weniger de andere da hinten.

Bäuerin: Ja, möchst denn alle zwoa kaufa?

Viehhändler: Na – bloß oane – und zwar de da.

Bäuerin: Warum na grad de teure?

Viehhändler: De teure? Ja Bäuerin, dann muaßt ma ja doch z'erst an Preis sag'n von de zwoa Küah, sonst woaß i doch net, ob de oa teuer is' oder de andere.

Bäuerin: Freili is' de oa teurer als de andere, sonst warn s' ja alle zwoa gleich im Preis.

Viehhändler: Ja der Preis is' ja mir a gleich, i tua ja net handeln, i kauf' dir ja de Kuah um jeden Preis o.

Bäuerin: Um jeden Preis? Ja, jede Kuah hat ja bloß oan Preis.

Viehhändler: Freili ko oa Kuah net zwoa Preis hab'n – so g'scheit bin i selber, es genügt mir ja a, wennst ma bloß oan Preis sagst.

Bäuerin: Den Preis von da g'scheckerten?

Viehhändler: Na! – Von dera do!!!

Bäuerin: I hab' dir's doch g'sagt, von dera woaß i koan Preis, da muaß i warten, bis da Bauer kummt.

Viehhändler: Wann kimmt denn da Bauer?

Bäuerin: Des hat a ma net g'sagt – – des müaßat da Miche, da Knecht, der müaßat's wissen!

Viehhändler: Ja, na frag halt an Michel, wann da Bauer kommt!

Bäuerin: Ja mei, da Miche is' net da, der arbeit im Wald drauß.

Viehhändler: So – – – ja und wann kummt denn da Michel hoam?

Bäuerin: Des woaß i a net – des müaßat a da Bauer wissen.

Viehhändler: So, des woaß a bloß da Bauer? – Und was de Kuah kost, des tat a bloß er wissen! – – – Der woaß eigentlich vui! – – – Schad, daß er nia da is' – – – ja! – – – na kenna ma also koa G'schäft mach …

Bäuerin: Schad!

Viehhändler: Also, na pfüat di Gott, Bäuerin!

Bäuerin: Pfüat di Gott a!

Kurz und bündig

1941

Frau Huber: Ja, Herr Anspann, also wenn Sie den kleinen eisern Ofen kaufen wollen – ungeheizt natürlich, können Sie den Ofen schon haben, aber nur im Sommer, im Winter brauchen wir ihn ja selber. Den Ofen haben wir ober der Hand – vielmehr unter der Hand kauft, weil mein Mann dem sein Bruder, der hat in der Brudermühlstraße bei der Frau Moser g'wohnt, die den Kramerladen verkauft hat in der Zenettistr. Nr. 5. Sie hat verkaufen müssen, da in letzter Zeit 's G'schäft nimmer so guat'gangen is'; sie war immer kränklich, und ihr Sohn, der Martin, is' doch erst vom Motorrad g'stürzt und hat sich a Rippen geprellt. Der Arzt hat g'sagt, er is noch glimpflich weg'komma, a Schädlbruch wär' g'fährlicher g'wesen. Er hat dann sein Rad verkauft an einen Maschinisten um sechzig Mark; ihn selber hat's dreihundert Mark kost. Sie wissen ja selber, wenn man heutzutag was verkauft, kriegst kaum den dritten Teil von dem, was kost' hat, und was kost' heut nix! Wenn man viel Geld hat, geht's ja noch, aber wennst da jeden Pfennig vom Mund wegsparen mußt, dös is' nimmer schön! – Vorige Woch war'n wir in Grünwald – i sag's ja, wia ma nur so zerstreut sein kann – wir sitzen im Schloßkaffee, und grad wia uns d' Kellnerin an Kaffee hinstellt, denk' i mir: Hab jetzt i dahoam 's Gas ab'draht?

Freilich, sagt mein Mann, hast du's ab'draht – na, dann war ich wieder beruhigt. Aber der Kuchen war ausgezeichnet; no, mein Mann macht sich weniger aus'm Kuchen, dem is' a Wurst liaber und a Maß Bier, und dann hätt' ma no bald an Streit auch kriegt. Mein Mann is' ja a guater Lapp' – nicht immer –. Sehn S', einmal auf'm Oktoberfest, das war vor ungefähr fünf Jahr – in dem Jahr war's, wo die Thekla von unserm Hausmeister g'heirat hat, an Schenkkellner hat s' g'heirat von der Wirtschaft, wo mir immer 's Bier hol'n, gleich neben der Strumpftante im Färbergraben 31. Da hab' ich immer ein'kauft – ein sehr reelles Geschäft –, d' Frau Wimmer kauft auch dort ein, die is' mir heut' noch dankbar, daß ich ihr das G'schäft empfohlen hab. Bekannt muß man halt sein! Nur eine Verkäuferin is' drin – wenn s' alt is', is' vielleicht 19 Jahr – ein protziges Ding, g'schnappi, sag ich Ihnen. Ich wenn der Prinzipal wär, ich hätt' die schon lang 'nausg'schmissen, aber wahrscheinlich kann sie's halt recht schön mit 'm Herrn Prinzipal! Seid'ne Strümpf' tragt s', die Fingernägel hat s' rot lackiert; ja ich bitt' Sie, Herr Anspann, wo hätten denn wir früher die Zeit herg'nomma, daß ma uns d' Fingernägel rot lackier[t] hätten, da wär' unser Muatter windig worn, Gott hab' sie selig! Meine Eltern hab'n in Deggendorf eine Ökonomie g'habt, zwei Tagwerk Grund – wir hab'n sieben Stück Vieh g'habt. In einem Jahr sind uns amal drei Stück Vieh an der Maul- und Klauenseuche ein'ganga; ja das war ein Schlag, und heut' ham s' noch kein richtiges Mittel für diese Maul- und Klauenseuche. Hörn S' ma auf, es gibt ja no net amal a Mittel für 'n Katarrh. Vor acht Tag' hab i so einen

Schnupfen g'habt – grad runterg'runna is' mir! Mit an Mückenstift hab' i mir die inneren Nasenwänd eing'schmiert, hat a nix g'holfen; der Katarrh muaß raus, dann hört er von selber auf.

HERR ANSPANN: Ja also, daß ma wieder auf 'n Ofen zurückkomma – was kost' denn der alte Ofen?

FRAU HUBER: Dös woaß i net, dös müassen S' mit mein' Mann ausmacha. – Pfüat Gott, Herr Anspann!

Sisselberger vor Gericht

1940

Richter: Der nächste Fall!!

Gerichtsdiener: *(in den Vorraum schreiend)* Der Fall Sisselberger!! *(führt den Angeklagten herein).*

Richter: Sie sind angeklagt, Ihrem Prinzipal aus der Ladenkasse Geld entwendet zu haben.

Angeklagter: Jawohl –

Karl Valentin und Liesl Karlstadt in dem Theaterstück »Der Firmling« (1923)

RICHTER: Ihr Prinzipal ist aber doch ein ganz kleiner Kaufmann und nach den Akten zu schließen, hat er wirklich selbst nichts Übriges –

ANGEKLAGTER: Das stimmt, aber ich habe noch weniger.

RICHTER: Pfui, schämen Sie sich, das ist doch kein Standpunkt, daß Sie ihm dann, weil er etwas mehr hat als Sie, etwas nehmen –

ANGEKLAGTER: Aber logisch, Herr Richter.

RICHTER: Wie meinen Sie das?

ANGEKLAGTER: Na ja, umgekehrt wär's doch nicht möglich, daß der, der wo was hat, dem andern, der nichts hat, etwas stiehlt –

RICHTER: Ja, das hätt' doch auch der gar nicht im Sinn, der etwas hat –

ANGEKLAGTER: Das stimmt nicht, Herr Richter, wie viele haben schon viel gehabt und haben doch den anderen etwas gestohlen –

RICHTER: Dann muß aber der andere auch etwas gehabt haben!

ANGEKLAGTER: Klar – verwerflich ist nur das Herr Richter, wenn zwei, die gleichviel haben, einander den gleichen Betrag stehlen. Sind die strafbar, Herr Richter?

RICHTER: Wenn jeder dem andern den gestohlenen Betrag wieder zurückgibt, dann nicht. – – Aber jetzt zur Sache! – Wir haben uns hier am Gericht nicht um logische oder unlogische Dinge zu kümmern, sondern um Ihren Fall.

ANGEKLAGTER: Sie meinen, um unsern Fall, wir sind ja zu dritt!

RICHTER: Wieso zu dritt?

ANGEKLAGTER: Ich – mein Chef – und –

RICHTER: Und? Wer noch?

ANGEKLAGTER: Die erbrochene Ladenkasse.

RICHTER: Also Sisselberger, Sie geben zu, daß Sie Ihrem Chef, Herrn Niedermeier, 1.50 Mark aus der Ladenkasse entwendet haben. – Warum haben Sie ihm nur einen so kleinen Betrag gestohlen?

ANGEKLAGTER: Weil das Sprichwort heißt: »Mit Kleinem fängt man an, mit Großem hört man auf.«

RICHTER: Nanu! Sie werden doch nicht am Ende Ihrer Verbrecherlaufbahn Möbelwagen stehlen wollen; aber ich möchte nun unbedingt wissen, warum Sie mit dieser kleinen Diebesbeute zufrieden waren, denn schließlich heißt es doch beim Verbrecher auch: »wenn schon – denn schon«.

ANGEKLAGTER: *(zögernd)* Ich konnte nicht mehr nehmen – –

RICHTER: Was heißt: Sie konnten nicht?! Wurden Sie plötzlich durch irgend jemand bei der Tat gehindert?

ANGEKLAGTER: Nein – ich war ganz allein.

RICHTER: *(schreit wütend)* Und ich will nun endlich wissen, warum Sie wegen lumpigen 1 Mark 50 Pfennig Ihre Ehre aufs Spiel setzen, wenn Sie schon allein waren! Warum haben Sie sich so wenig herausgenommen?

ANGEKLAGTER: *(Pause)* Weil nicht mehr drin war.

Ende

Haben Sie Zeit, gehn S' mit

HERR B: So, heut' hättn S' Zeit? Also gehn S' mit.
VALENTIN: Wohin?
B: Irgendwohin!
V: Ja, da war i scho amal!
B: So?
V: Ja!
B: So, da warn Sie schon amal?
V: Ja, öfters scho!
B: Ja, dann hat's keinen Sinn, i hab g'meint, Sie war'n überhaupt noch nicht dort!
V: Na! Na! Überhaupt scho glei gar net!
B: Da müssn S' scho entschuldigen, des hab' i net g'wusst!
V: Selbstverständlich, des haben S' ja nicht wissen können!
B: No, des will i grad net sag'n – – da Peter war ja a no net drüben!
V: Da Peter a no net?
B: Na!
V: Vom Peter hätt' i des net vermutet. – So, der war a no net dort?
B: Ja – – – i kann's net mit Sicherheit sag'n, – vielleicht war er vorher scho amal dort!
V: Das kann a sein!
B: Der Peter is' eben so a Mensch, wenn der sagt, er geht da und da hin, dann geht er auch hin!

V: I bin genauso, i hätt' schon oft, irgendwohin gehn solln, und im letzten Moment hab i mir dann denkt, a was, gehst doch hin!

B: San S' dann hinganga?

V: Ja – – bin aber net lang dort bliebn!

B: Dös is' lang g'nua!

V: Dös sag' i a – – was hab i denn davon? – – Is' schad um d' Zeit!

B: Des stimmt! – – – Zeit is' Geld!

V: Na – – des stimmt net – – Zeit hab' i g'nua, aber kein Geld! – – Wenn i so viel Geld hätt' wie Zeit, dann hätt' i mehr Geld wie Zeit!

Herr B: Dann hätt'n Sie keine Zeit mehr, daß mit mir wohin gehen!

V: Dann nicht, aber heut' hätt' ich noch Zeit!

(wieder von vorne beginnen)

geht zwei- bis dreimal durch – und dann unterbrechen[:]

Jetzt müss' ma aufhörn, sonst merken 's die Hörer[,] daß des immer wieder von vorn ogeht.

Der Zirkuskauf

Text von Karl Valentin – November 1941
Für W. H. W. angefertigt

Entschuldigen Sie, meine Herrn und Damen, die kleine Störung. Herr Valentin will den Zirkus besichtigen, da derselbe in Bälde verkauft werden soll. – Das Programm geht gleich wieder weiter.

(Fritz Fischer und Karl Valentin betreten zusammen die Manege)

FR FISCHER: Wie Sie wissen, besitze ich die Vollmacht von Herrn Karl Krone über den Verkauf dieses Zirkuses, nicht wahr! Anhand dieses Kaufvertrages kann ich Ihnen die Details des Zirkuses leichter erklären.

Kaufvertrag.

Der Zirkus Krone ist mit allem Komfort der Neuzeit und der Technik eingerichtet.

Stallungen für 120 Pferde und für wilde Tiere befinden sich an der Rückseite des Zirkuses.

Eine Restauration mit Erfrischungsraum und die Garderoben der Künstler sind im Vorraum neben den beiden Haupteingängen.

(Fr. Fischer steigt über den Zirkusrand und bittet Valentin, auch hinüberzusteigen. Valentin scheint aber der Rand zu hoch; er zieht den Meterstab aus der Tasche und mißt die

Höhe des Zirkusrandes ab, dann auch seine Beine und steigt dann erst hinüber.)

20 Scheinwerfer – eine Lautsprecheranlage – Artistengeräte in der Zirkuskuppel, ist alles in dem Verkaufspreis des Zirkuses mit inbegriffen.

(Valentin verliert immer seine Gummigalosche)

VALENTIN: Aber in dem Kaufvertrag ist mir vieles nicht klar!

FISCHER: Wieso?

VALENTIN: Da heißt's zum Beispiel »Der Zirkus hat eine Höhe von 25 Meter«.

FISCHER: Na ja! Das stimmt doch!

VALENTIN: Ach, das sind doch höchstens … soundsoviel Meter! *(zieht den Meterstab aus der Tasche u. will die Höhe abmessen – Spiel mit dem Meterstab und dem Bleistift)*

Na ja, kann sein! – – – Dann fehlt auch im Kaufvertrag, mit was der Zirkus gepflastert ist!

FISCHER: In einem Zirkus gibt's kein Pflaster, da gibt's nur Sägespäne.
(hebt eine Handvoll Sägespäne auf und gibt sie Valentin. Valentin mißt die Sägespäne mit dem Meterstab ab und gibt sie wieder an Fischer zurück – dieser wirft sie weg!)

(ZWISCHENSPIEL: *Fischer schreit [wie üblich auf den Proben] das Zirkuspersonal mit den Worten an:*
»Ruhe! Dahinten! Während ich mit dem Herrn spreche und den Kaufvertrag erkläre! Sie haben ruhig zu sein, merken Sie sich das! Sonst schmeiß' ich sie hinaus!«

(VALENTIN: *Während Fischer so schreit, mißt Valentin ihm mit dem Meterstab die Breite seines Mundes ab.)*

VALENTIN: Außerdem fehlt im Kaufvertrag, wieviel Personen daß der Zirkus faßt!

FISCHER: Da steht's doch! … Der Zirkus faßt fast 4000 Personen.

VALENTIN: Und wieviel Toiletten sind da?

FISCHER: Zehn Stück! Fünf Herrn- und fünf Damentoiletten.

VALENTIN: Zehn Toiletten! Für 4000 Personen! Das ist aber wenig!! Wenn die 4000 Personen alle auf einmal hinausmüssten … das wäre nicht auszudenken! – – – – Übrigens steht im Kaufvertrag auch nicht drin, wie lang der Zirkus …

FISCHER: Das braucht's auch gar nicht! Ein Zirkus ist niemals lang, ein Zirkus ist immer rund.

VALENTIN: Nein, wie lang daß der Zirkus …

FISCHER: Ich sag' Ihnen doch gerade, ein Zirkus kann nicht lang sein, ein Zirkus ist immer rund.

VALENTIN: Sie verstehn mich nicht! Ich mein', wie lang der Zirkus schon auf diesem Platz steht?

FISCHER: Ach so! – Ich glaub', seit 1919.

VALENTIN: Dann steht auch nichts drin, daß der Zirkus versichert ist!

FISCHER: Freilich! Da steht's doch! »Der Zirkus ist gegen Diebstahl versichert.« – – – Aber ich hab' jetzt keine Zeit mehr, wir müssen mit dem Programm weitermachen. Über den Preis sind wir uns ja schon einig! Der Zirkus kostet mit allem Drum und Dran eine Million.

VALENTIN: Besetzt!?

FISCHER: Was meinen Sie da?

VALENTIN: Mit Publikum meine ich!

FISCHER: Was heißt mit Publikum? Ich kann Ihnen doch das Publikum nicht mitverkaufen!

VALENTIN: Ja ohne Publikum kauf ich doch keinen Zirkus! Was tät ich dann mit einem Zirkus ohne Publikum? Ich will ja Geld verdienen!

FISCHER: Sie sind ja verrückt! Einen vollen Zirkus kauft doch niemand!

VALENTIN: Also, ein leerer Zirkus kommt gar nicht in Frage.

(Geht kopfschüttelnd und schimpfend ab. – Kopfschüttelnd geht auch Fischer ab.)

Valentin fährt Straßenbahn

SCHAFFNER I: Hat alles Fahrscheine?

VALENTIN: Nein, ich will mir erst einen kaufen.

SCHAFFNER I: Was heißt kaufen, ob S' einen Fahrschein wollen?

VALENTIN: Freilich will ich einen, sonst wär ich ja net in d' Trambahn eing'stieg'n, wenn ich keinen Fahrschein wollte; dann steig ich in ein Autotaxi, da braucht man Gott sei Dank noch keinen Fahrschein, das wird schon auch noch kommen!

SCHAFFNER I: Ja, wo wollen S' denn hinfahrn?

VALENTIN: Wo fahren Sie denn überall hin?

SCHAFFNER I: Wir fahren am Bahnhof.

VALENTIN: Am Bahnhof? Auf was für einen Bahnhof? Es gibt ja mehrere Bahnhöfe in unserer Stadt.

SCHAFFNER I: Ja, wir fahren mit unserer Linie am Bahnhof vorbei.

VALENTIN: Vorbei? Ja, ich will ja nicht vorbeifahren, ich will ja *zum* Bahnhof fahren.

SCHAFFNER I: Dann müssen S' halt am Bahnhof aussteigen!

VALENTIN: Wann?

SCHAFFNER I: Na ja, wann ma halt draußen sind.

VALENTIN: Wo?

SCHAFFNER I: Am Bahnhof. Und jetzt sag'n S' mir endlich, auf was für einen Bahnhof Sie eigentlich wollen?

Valentin: Ja, was für einen Bahnhof könnten Sie mir denn empfehlen?

Schaffner I: Ich hab Ihnen doch g'sagt, mir fahr'n am Ostbahnhof.

Valentin: Dann geb'n Sie mir lieber ein Billett in Zirkus!

Schaffner I: In Zirkus? – Da müssen S' ja entgegengesetzt fahren mit der 19er-Linie.

Valentin: Wann muß ich da aussteigen?

Schaffner I: Sofort! – In die Linie 19.

Valentin: Danke! *(steigt aus und in die Linie 19 um)*

Schaffner II: *(läutet ab)* Der Wagen ist besetzt; im hintern ist noch genügend Platz.

Valentin: Bitte drücken Sie sich nicht so zweideutig aus. Sie können genausogut sagen: im hintern *Wagen* ist noch genügend Platz, dann gibt es kein Mißverständnis.

Schaffner II: Wohin?

Valentin: Ein Billett in Zirkus!

Schaffner II: Ich hab keine Zirkusbilletten – nur Straßenbahnbilletten!

Valentin: Ein Billett *zum* Zirkus!

Schaffner II: Das hätten S' doch gleich sagen können! – Im übrigen ist das Rauchen hier im vorderen Wagen verboten, deshalb habe ich ja zu Ihnen g'sagt, im hintern Wagen ist noch Platz, da können S' auch rauchen!

Valentin: Nein! Sie haben im Hintern allein g'sagt!

Schaffner II: Mit 'm Hintern hab ich doch den Wagen g'meint!

Valentin: Ob ich in den hintern hineinsteige oder in den vorderen, das kann Ihnen gleich bleiben!

SCHAFFNER II: Wenn S' nicht rauchen, können S' von mir aus im vordern Wagen sein oder im hintern, und jetzt lassen S' mir amal mei' Ruah mit Ihrem Hintern!

DAME: Der Herr hat ganz recht, wenn er sich über Ihre kurze Zurechtweisung aufregt, denn es ist doch keine große Zeitvergeudung, wenn Sie sagen: im hintern Wagen!

SCHAFFNER II: Jessas Maria, jetzt fangt sie aa no o mit 'm Hintern! Mei' Ruah möcht i jetzt bald! – Hat alles Fahrscheine?

2. DAME: Bahnhof!

SCHAFFNER II: Der Schein is ja schon abg'rissen!

2. FRAU: Ja, i bin zuerst im hintern g'sessen!

SCHAFFNER II: Wo san S' g'sessen? Am Hintern?

2. FRAU: Nein! Im Hintern!

SCHAFFNER II: Im hintern *Wagen* meinen Sie, sonst könnt i ja meinen, am Hintern sind S' g'sessen!

2. FRAU: Na, i bin im hintern g'sessen und mei' Tochter im vordern, drum bin i vom hintern raus und in vordern nei.

VALENTIN: Sehn S', Herr Schaffner, jetzt sehn S' doch selber ein, daß man *nie* vom Hintern allein reden soll!

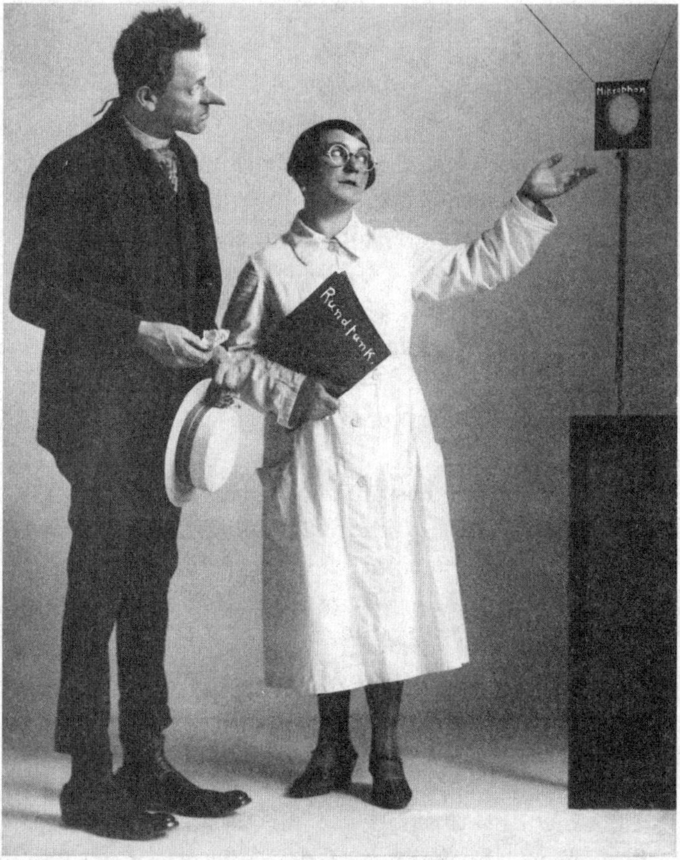

Karl Valentin und Liesl Karlstadt in der Theaterszene »Der Antennendraht« (1926), Foto: Hilbinger

Wie heißt der Notenwart?

1941

Musiker stimmen ihre Instrumente (vier Mann Blechmusik). Ort: ein Wirtschaftsgarten. – Bombardonist: Karl Valentin. C-Trompeter: Herr Rot. Klarinettist: Frl. Karlstadt. Posaunist: Herr …

VALENTIN: Also, spiel' ma wieder oan, dass d' Zeit vergeht!

KARLST: Habt Ihr die Noten schon ausgeteilt?

ROT: Freilich!

VALENTIN: Also los! Lasst die Klänge klingen! *(Jeder von den 4 Musikanten bläst nun ein anderes Stück – der eine einen Mazurka, der andere einen Walzer; der dritte ein Lied und der vierte einen Galopp. – Nach einigen Takten hören alle wieder auf und Valentin sagt:)*

VALENTIN: Ja, was is denn dös für ein Verhau! – Da spielt ja jeder was anders, dös is ja 's reinste vielharmonische Orchester! I sag's ja, seit wir keinen Notenwart mehr hab'n, klappt's bei uns nimmer; schad, daß er nicht mehr bei uns is, der … no – wia hat denn unser Notenwart g'hoaßen … no, der … jetzt fallt mir sein Name nicht mehr ein!

KARLST: Der Gallinger Schorschl!

VALENTIN: Gallinger hat er nicht g'hoaßen – der Gallinger war ja so ein Großer – der Dings war ja nicht groß – – –

Karlst: Wer?

Valentin: No ja, den wo ich meine …

Karlst: Ich *weiß* ja nicht, wen Du meinst …

Valentin: Um das handelt es sich doch, weil wir nicht wissen, wie der heißt.

Karlst: Ja, *ich* weiß doch nicht, wie der heißt!

Valentin: Ja, dös weiß ich schon, daß Du das nicht weißt; wir wissen's ja auch net.

Karlst: Ja, wie könnt ma jetzt dös wissen, wie der heißt!

Valentin: Am sichersten wird's er selbst wissen, wie er heißt. – Wißt Ihr was? Wir schreiben ihm eine Postkarte!

Alle: Ja, dös tun wir!

Valentin: Ja aber – – – wenn wir nicht wissen, wie er heißt, können wir ihm doch net schreiben!

Rot: *(besinnt sich – Pause)* Hat er net Ott g'heißen?

Valentin: Na na, Ott hat er nicht g'heißen; soviel ich mich erinnere, war es ein ganz kurzer Name!

Karlst: Ott *ist* doch ein kurzer Name!

Valentin: Ott ist *zu* kurz; unser Notenwart hat so ähnlich g'heißen wie unser früherer Posaunist, der … jetzt weiß ich dem sein' Namen auch nicht mehr!

Karlst: Eisele.

Valentin: Na na, so hat unser Posaunist nicht g'heißen; das war kein so metalliger Name wie Eisele, im Gegenteil, so ein hölzerner Name!

Alle: *Holzinger!* – Gott sei Dank, daß wir wenigstens dem sein' Namen wissen! – Aber – wie der Notenwart g'heißen hat, ob uns dös noch einfallt!?

Wirt: *(schreit von hinten aufs Musikpodium hinauf:)* Macht doch eine Musik, ich zahl Euch doch net fürs saudumme Daherreden!

VALENTIN: *(schreit zum Wirt hin:)* Es handelt sich um den Namen von unserem früheren Notenwart! – Der Name fällt uns nicht mehr ein – net ums Verrecka!

WIRT: Das ist doch wurscht, wie der g'heißen hat!

VALENTIN: Ja *Ihnen* schon, aber *uns* ist's nicht wurscht! Ihnen is' schließlich auch net wurscht, ob Sie Magdalena oder Blasius heißen!

WIRT: Das Publikum will nicht euer Geschnatter hören, sondern ein Konzert.

VALENTIN: Also, fang ma an! *(Doppeladler-Marsch wird geblasen) – (Mitten unter dem Marsch hört Valentin plötzlich auf und schreit:)*

VALENTIN: Aufhören! – Jetzt is mir's eing'fallen, wie unser Notenwart g'heißen hat! *Pfaffinger* hat er g'heißen!!!

ALLE: *Stimmt!* – Ja, Pfaffinger hat er g'heißen! *(alle blasen wieder weiter)*

WIRT: Weiterspielen!

VALENTIN: *(als der Marsch zu Ende ist, besinnt er sich einige Sekunden und sagt:)* Nein! – Nein! Da hab' ich mich getäuscht! – Pfaffinger hat er *auch* net g'heißen!

ALLE: Jawohl, *Pfaffinger* hat er g'heißen, das wissen wir *ganz* bestimmt!

VALENTIN: – – – Sein *Bruder* hat Pfaffinger g'heißen!

KARLST: *(alle lachen)* Rindviech, wenn sein Bruder Pfaffinger g'heißen hat, dann heißt doch er *auch* Pfaffinger!

VALENTIN: Na!!! – Dös war ja sein *Stief*bruder!!!

Die Handtasche

11. 2. 41

VERKÄUFERIN: Sie wünschen, mein Herr?

VALENTIN: Meine Frau hat Geburtstag, und da möchte ich ihr gern eine schöne Handtasche kaufen.

VERKÄUFERIN: Einen Moment – – das hier wären sehr schöne Taschen!

VALENTIN: Etwas Schöneres! – Haben Sie keine schönere?

Karl Valentin und Liesl Karlstadt in dem Film »Der Sonderling« (1929)

VERKÄUFERIN: Doch, ich habe eine schöne, wollen Sie 's sehen?

VALENTIN: Aber mein Fräulein, welcher Herr würde ein solches Angebot ablehnen!

VERKÄUFERIN: Bitte, hier! Sehn Sie, die schließt sehr schön! *(schnappt)*

VALENTIN: So eine hat meine Frau auch. Die von meiner Frau schließt natürlich nicht mehr so gut. Durch den vielen Gebrauch nützt sich ja so was ab.

VERKÄUFERIN: Ich hab auch eine mit Pelzbesatz.

VALENTIN: Meine Frau auch.

VERKÄUFERIN: Das hier wär was Apartes – riechen Sie mal dran!

VALENTIN: Bitte, was soll ich?

VERKÄUFERIN: Sie sollen mal dran riechen *(schnüffeln)* – – echtes Juchtenleder!

VALENTIN: Die von meiner Frau riecht ja auch – – aber auf Gerüche leg ich wenig Wert. Die Hauptsache ist was zum Strapazieren!

VERKÄUFERIN: Hätten Sie lieber etwas in Schwarz?

VALENTIN: Danke – – meine Frau hat ja eine schwarze.

VERKÄUFERIN: Dann tut's mir leid – – hat der Herr sonst einen Wunsch?

VALENTIN: Ja – – haben Sie Regenschirme? Aber nicht zu teuer, denn ich lasse ihn ja doch wieder irgendwo stehen.

VERKÄUFERIN: Aber mein Herr, Sie sind doch nicht der alte zerstreute Professor, der überall seinen Schirm stehenläßt.

VALENTIN: Die Jungen lassen ihn öfters stehen als die Alten.

VERKÄUFERIN: Das hier wäre ein schöner Regenschirm,

den können Sie niemals mehr stehenlassen, weil Sie denselben an dem gebogenen Griff aufhängen können.

VALENTIN: Das ist immer dasselbe, ob ich ihn stehen- oder hängenlasse.

VERKÄUFERIN: Ich kann ihn weder hängen- noch stehenlassen, weil ich nie einen Regenschirm trage. Will der Herr also den Schirm mit dem gebogenen Griff nehmen?

VALENTIN: Nein – gefällt mir nicht! Und dann regnet es ja heute gar nicht. Was haben Sie denn für eine Auswahl in Herrenhüten?

VERKÄUFERIN: Möchten Sie sich bitte mit mir zur Abteilung 5 bemühen? Soll es so eine Form sein, wie Sie schon haben?

VALENTIN: Nein – nicht so ein schlapper –, ich möchte einmal einen steifen.

VERKÄUFERIN: Steife sind aber gegenwärtig nicht so beliebt wie schlappe.

VALENTIN: Ich möchte aber lieber einen steifen.

VERKÄUFERIN: Hier bitte – darf ich probieren?

VALENTIN: Bitte.

VERKÄUFERIN: Sie haben recht – der steht Ihnen sehr gut – – besser wie ein weicher.

VALENTIN: Meiner Frau gefällt auch ein steifer besser.

VERKÄUFERIN: Und ist eine gute Qualität. Allerdings nach längerer Benützung verliert er ja die Steifheit und wird von selber weich – – 15 Mark – die Kasse ist nebenan. Auf Wiedersehen, mein Herr!

Wir kaufen ein Hotel

Schallplattentext von Karl Valentin. Dezember 1941

HOTELDIREKTOR: *(am Hoteleingang)* Guten Tag, Fräulein Karlstadt, guten Tag, Herr Valentin – ich bin bereits über Ihren Besuch von meinem Chef aus unterrichtet. Es handelt sich doch um die Besichtigung der ganzen Räumlichkeiten unseres Hotels betreffs Ankauf desselben. Das stimmt doch?

VALENTIN: Ja, es soll natürlich keine undirekte Aufdrängerei unsererseits darstellen, sondern zusagen, eventuell sozusagen wollte ich eigentlich sagen …

KARLSTADT: Was redest du da wieder für einen blödsinnigen Unsinn zusammen?

DIREKTOR: Also, Sie wollen, soviel ich unterrichtet bin, Ihren Beruf als Komiker ablegen und einen Hotelbetrieb betreiben.

KARLSTADT: Ja, ich hab ihm abgeraten, er wollte nämlich zuerst einen Zirkus kaufen – oder einen Gaskessel – irgendein rundes Geschäft hätte er kaufen wollen –.

DIREKTOR: Sie meinen wahrscheinlich ein glattes Geschäft, doch kein rundes.

KARLSTADT: Nein, ein rundes wollte er.

VALENTIN: Ja, das darf schon ein viereckiges Geschäft auch sein, wie Ihr Hotel da, vielleicht können wir jetzt Ihre Räumelichkeiten gleich beaugenscheinigen … oder Sie könnten's uns auch telefonieren.

KARLSTADT: Red doch nicht so dumm daher, was man besehen muß, kann man doch nicht telefonieren.

VALENTIN: Warum nicht? Da ist ja ein Telefon.

KARLSTADT: Freilich kann man in dem Raum telefonieren, aber die Räume müssen wir uns schon persönlich anschaun.

DIREKTOR: Gewiß, meine Herrschaften, die Räume können Sie sofort besichtigen. Hier sehn Sie gleich den großen Speisesaal. *(Technik muss Echo einschalten)*

VALENTIN: Der ist aber fast nicht ziemlich groß.

KARLSTADT: Was wird denn da herinnen gemacht?

VALENTIN: Gespeiset!

KARLSTADT: Was wird denn da gespeiset?

VALENTIN: Speisen werden gespeiset.

KARLSTADT: Und dieses Zimmer hier, das ist etwas ganz Aparates, ah, Aparates nein, ich mein', ein apartes Zimmer.

DIREKTOR: Ah, das meinen Sie, das ist das Empfangszimmer.

VALENTIN: So, das ist das Empfangszimmer? Da hat wahrscheinlich das Zimmermädchen drinn empfangen.

DIREKTOR: Was für ein Zimmermädchen?

VALENTIN: Die grad vorbeigegangen ist.

DIREKTOR: Hier, meine Herrschaften, ist das Rauchzimmer, nebenan das Schreibzimmer, dann hier der Konzertsaaal.

KARLSTADT: Ich hör' aber nichts.

DIREKTOR: Was sollen Sie denn da hören? Jetzt ist doch kein Konzert.

VALENTIN: Dann ist's auch kein Konzertsaal – dann ist es eben bloß ein Saal.

Direktor: Die Treppe führt zur Terrasse und zum Garten, und hier ist das Frühstückszimmer, hier wird das Frühstück eingenommen.

Valentin: Und wo wird das Abendstück eingenommen?

Direktor: Abendessen, meinen Sie? Im Speisesaal. Hier ist das Lesezimmer, dann haben wir noch ein Vereinszimmer, ein Bierstüberl und eine Kantine. Solche Badezimmer wie hier befinden sich in jedem Stockwerk zwei, hier der Lift – und in jedem Stockwerk zwei Toiletten. Eine Herrn- und eine Damentoilette, im ganzen Hause zehn Klo.

Karlstadt: Und wieviel faßt das Hotel Gäste?

Direktor: Wenn es ganz besetzt ist, zweihundert.

Valentin: 200? Und nur zehn Toiletten? Das ist eine schlechte Einteilung.

Direktor: Wieso?

Valentin: Na ja stell'n Sie sich vor, die 200 Gäste müßten zufällig einmal alle zusammen auf das Klo das wär' nicht auszudenken.

Direktor: So, nun haben Sie alles gesehen. Die Maschinenräume, Werkstätten, unten im Parterre die Entlüftungsanlage mit dem Exhaustor, soll ich Ihnen das auch noch zeigen?

Valentin: Nein, nein, das ham wir ja g'sehn, wie wir reingangen sind.

Direktor: Was ham S' da gesehn?

Valentin: Das Haustor!

Direktor: Ich hab' doch nichts von einem Haustor gesagt.

Valentin: Freilich, Sie ham g'sagt, unten ist die Entlüftungsanlage neben dem Haustor.

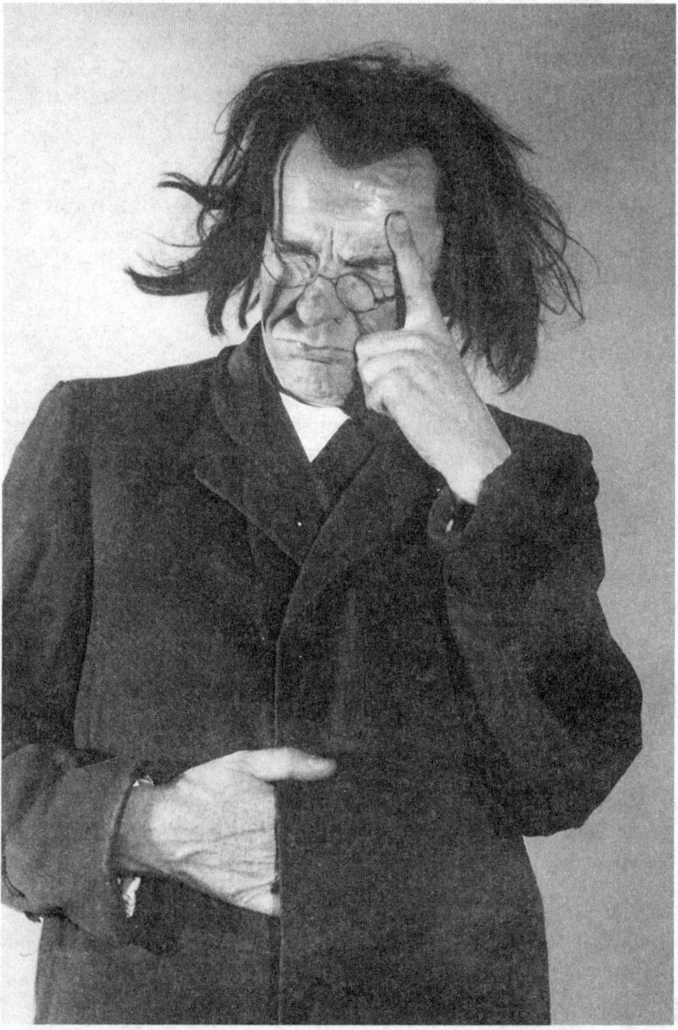

Karl Valentin als »Blitzdichter« in dem Theaterstück »Theater in der Vorstadt« (1915)

DIREKTOR: Nein, ich hab' gesagt, die Entlüftungsanlage mit Exhaustor!

VALENTIN: Ja, is' dös wieder was anders?

DIREKTOR: Ja, das ist ein ganz gewaltiger Unterschied. Ein Exhaustor dreht sich, und ein Haustor …

VALENTIN: Dreht sich auch!

DIREKTOR: Wieso? Ein Haustor kann sich doch nicht drehen?

VALENTIN: Freilich dreht es sich, mir sind doch durch'gangen.

DIREKTOR: Ja, wer dreht sich denn?

VALENTIN: s'Haustor drunt' dreht sich.

DIREKTOR: Nein, nicht das Haustor dreht sich, sondern der Exhaustor dreht sich, und zwar mit 2000 Umdrehungen in der Minute. Da wenn Sie reinkommen oder durchschlüpfen würden, das würde Sie in 1000 Atome zerfetzen.

VALENTIN: Ja, also uns ist nichts passiert, wir sind hintereinand' durch'gangen und ham noch g'lacht auch, weil die ganzen Kanten mit lauter Kleiderbürsten eing'faßt waren.

DIREKTOR: Ach, um Gottes willen, sie meinen ja die Drehtüre am Eingang *(lacht)*. Also, um wieder zur Sache zu kommen, über den Verkaufspreis hat Sie ja unser Herr Besitzer schon informiert.

VALENTIN: Der Herr Besitzer, nein, der war nicht uniformiert, der war in Zivil.

DIREKTOR: Also, soviel ich unterrichtet bin, kostet das Hotel eine Million.

KARLSTADT: Eine Million?

VALENTIN: Besetzt?

DIREKTOR: Was besetzt?

Karlstadt: Mit Gästen, mit Hotelgästen, meint er.
Direktor: Ja, ich kann Ihnen doch die Hotelgäste nicht mitverkaufen.
Valentin: Ja, ohne Hotelgäste kaufen wir kein Hotel. Glauben Sie, wir sind plemplem? Wir wollen doch ein Geschäft machen, wir kaufen doch kein leeres Hotel. Für uns zwei brauchen wir kein so Riesenhotel, uns genügt ein Zimmer mit zwei Betten auch – nur auf ein vollbesetztes Hotel würden wir drauf reflektionieren.
Karlstadt: Nein, nein, ohne Hotelgäste haben wir gar nicht das intimste Interesse an einem Hotel, das kommt gar nicht in Frage.
Valentin: Nein, das kommt nicht in Frage, da sind wir viel zu kaufmännisch veranlagt, um so zu dumm zu sein!

Im Schirmgeschäft

(Ladenglocke: bim – bim)

SCHIRMGESCHÄFTSINHABERIN: Grüß Gott, Herr! – Sie wünschen?

VALENTIN: Ich hätte da einen Regenschirm zum Reparieren!

INHABERIN: An Regenschirm? Na ja! – Da fehlt ja net viel – der kommt in die Werkstatt hinter – da wird er schon fachmännisch behandelt.

VALENTIN: Ja – und wann wird der Schirm fertig?

INHABERIN: Ja – das kommt halt darauf an, wann Sie den Regenschirm brauchen!

VALENTIN: Ja – das kommt darauf an, wann es regnet.

INHABERIN: Das weiß natürlich ich nicht, wann es regnet.

VALENTIN: Ja – von mir können S' dös noch weniger verlangen!

INHABERIN: Bräuchten S' den Regenschirm diese Woche noch?

VALENTIN: Wenn's diese Woche noch regnet, dann schon.

INHABERIN: Mein Gott – diese Woche kann's noch regnen – kann aber auch sein, daß es nicht regnet.

VALENTIN: Soll's also diese Woche nicht regnen, regnet es sicher die nächste Woche, regnet es die nächste Woche auch nicht, ist es nicht sicher, ob es die übernächste

Woche bestimmt regnet, dann hole ich den Schirm einen Tag früher.

INHABERIN: Also an einem Mittwoch.

VALENTIN: Ob es grad ein Mittwoch ist, kann ich nicht sagen.

INHABERIN: Na ja – das sehen wir dann schon.

VALENTIN: Holen tu ich den Sch[ir]m auf jeden Fall, die Hauptsache ist, daß er repariert ist.

INHABERIN: Ja repariert wird er sofort.

VALENTIN: Ja wenn er sofort repariert wird, dann könnt ich ihn ja heut noch holen.

INHABERIN: Freilich könnten Sie ihn heut noch holen, aber heute regnet es ja nicht.

VALENTIN: Dann hat es auch keine Eile mit der Reparatur, nur dann müsst ich ihn halt haben, wenn es zum Regnen kommt.

INHABERIN: Wenn er fertig ist, können Sie den Schirm holen.

VALENTIN: Das ist gar nicht nötig, denn wenn er repariert ist, liegt er bei mir daheim im Kleiderkasten drin, das heißt beim schönen Wetter – aber wenn es schlechtes Wetter wird, ist es natürlich zu spät, wenn man einen kaputten Schirm zum Reparieren bringt.

INHABERIN: Ganz richtig. – Die Hauptsache ist, daß er fertig ist, ob er jetzt bei mir oder bei Ihnen steht. Aber wissen Sie, da kommen oft Kundschaften, wochenlang haben s' einen kaputten Regenschirm daheim, plötzlich kommt a schlechtes Wetter, dann komme s' mit dem alten Regenschirm daher, dann soll der Regenschirm sofort gemacht werden – und ist er dann fertig – und hört's regnen auf, dann komme s' nimmer – über hundert alte Regenschirme haben wir schon auf dem Speicher, die alle nicht mehr abgeholt worden sind – hoffentlich kommt Ihrer nicht auch dazu.

VALENTIN: Nein Sie, da bin ich gewissenhaft – also passen S' auf Frau – ob's jetzt regnet – oder ob's nicht regnet – bis wann könnten Sie den Schirm reperieren?

INHABERIN: Na – sagen wir – bis in – vierzehn Tagen.

VALENTIN: Bis in vierzehn Tagen – gut – Einverstanden – – – Soll's aber in der Zwischenzeit regnen – –

INHABERIN: Unsinn – es regnet doch nicht.

VALENTIN: Nein – ich mein' ja nur – ich setz' den Fall, es tät' regnen.

INHABERIN: Gä!!! – daß ich net lach! – Tät regnen! – Schauen S' doch den schönen blauen Himmel an!

VALENTIN: Ja Frau!!! – – Aber es könnte doch auch ein Gewitter kommen!

INHABERIN: Ah – papperlapapp – a Gewitter wird kommen, jetzt im Juli – da lacht Sie ja jede Kuh aus.

VALENTIN: Frau!!!! – – – – – – Verstehn S 'mich doch endlich – – Ich weiß schon, daß es schön ist – und daß es vielleicht schön bleibt; – mir ist ja doch auch das schöne Wetter lieber, als so ein verdammtes hundsgemeines Sauwetter.

INHABERIN: *(aufgeregt)* Ja was erlauben Ihnen denn Sie? – Da haben S' Ihren alten Regenschirm – und schaun S' daß sofort aus meinen Laden hinauskommen, sonst schmeiß ich Ihnen 'naus! – a so a Gemeinheit, das schlechte Wetter tät' der verfluchen – erlauben Sie mir, von was täten denn wir Regenschirmmacher leben? Wenn's allaweil schön Wetter wäre? *(schlägt die Ladentüre zu)* Merken Sie Ihnen: – Leben und leben lassen.

Karl Valentin beschreibt den Frühling

»Tut mir leid«, sagte darauf Karl Valentin, »aber ausgerechnet über den Frühling weiß ich fast gar nichts. Denn, daß es im Frühling wieder wärmer wird, als es im Winter war, weiß heute jeder gebildete Mensch. Vom Herbst zum Beispiel wüßte ich bedeutend mehr, da gab es auf dem Oktoberfest ein prima Märzenbier, Brathendeln am Spieß, aber das war ja alles im Herbst, während mein Artikel ja nur über den Frühling gehn darf.«

Also der Frühling ist die Jahreszeit der Liebe. Ich hab' zum Beispiel im Frühling meine Frau kennengelernt, aber wenn ich mei Frau im Herbst kennengelernt hätte, wär's noch früh genug gewesen.

Im Frühling 1892 hat der Hausmeister Joseph Huber, Zeppelinstraße 63, seine Stelle als Hausmeister gekündigt – aber was hat denn das mit dem Frühling zu tun? wird der Leser dieses Artikels fragen; ich kann es auch niemand verdenken, aber der Herr Schriftleiter will absolut den Frühling beschrieben haben – na also:

Das Nächstliegende über den Frühling sind natürlich die Frühlingslieder – eines der schönsten heißt:

Frühling ist's, die Blumen blühen wieder – das ist aber nicht wahr, im Botanischen Garten, in den Gewächshäusern, blühen die Blumen das ganze Jahr –, aber wenn man das Lied umändern würde und würde statt Frühling singen: »Gewächshaus ist's: die Blumen blühen immer« – so klingt das nicht so sonnig und dann abgesehen davon, wann die Blumen blühen, ist doch nicht wichtig, die Hauptsache ist, daß sie blühen. Irgend etwas müssen doch die Blumen auch tun, denn dafür sind sie Blumen, sonst wären sie ja nicht wert, daß sie die Sonne bescheint. Und gerade die Sonne ist wieder das Wichtigste am Wachstum, wichtiger noch als der Blumentopf. Denn ohne Blumentopf kann eine Pflanze gedeihen und wachsen, aber ohne Sonne nicht – das sehen wir an den Blumen, die im Freien wachsen. – Stellen Sie sich das vor, wenn jede Blume, die im Freien wächst, einen Topf haben müßte, das ginge in die Billionen Töpfe.

Um beim Frühling zu bleiben. Es gibt auch Blumen, welche im Herbst blühen. Die sogenannte Herbstzeitlose enthält Gift, das sogenannte Kolchizin – Zigaretten enthalten auch Gift, das Nikotin, welches, in großen Mengen geraucht, schädlich auf den Organismus einwirkt. Den Rauchern, die täglich fünfzig Zigaretten rauchen, möge das zur Warnung dienen. Es wäre vorteilhaft, wenn sich jeder Raucher das Rauchen langsam abgewöhnen würde, vielleicht jedes Jahr eine Zigarette weniger rauchen, denn es kann vielleicht einmal eine Zeit kommen, in der er pro Tag nur drei Zigaretten zu kaufen bekommt.

Schon wieder bin ich vom Frühling abgekommen. Wir Münchener haben sogar eine Frühlingstraße. Es kann jedermann den Versuch machen, durch die vier Jahreszeiten zu schreiten. Er geht von der Frühlingstraße hinaus zur Herbststraße – von da aus in die Sonnenstraße und von hier aus durch die Vorstadt Au nach Giesing in die Winterstraße, von da aus kann er dann noch in die Senefelderstraße gehen, aber nur, wenn er will (des Menschen Wille ist sein Himmelreich), Eintritt fünf Mark. Ich möchte

Ihnen noch eine ganz schlüpfrige Sache schildern, was ich mit vier Mädchen im Undosabad erlebte, aber es hat ja keinen Sinn, weil sich das im Sommer ereignet hat, und mein Artikel soll nur vom Frühling handeln – also wieder zum Frühling, der Frühling wächst mir schon bald zum Hals heraus. –

Den Jüngling vergleicht man mit dem Frühling – warum? Der Frühling ist die treibende Kraft der Natur, der Schöpfung – alles sprießt empor, auch beim Jüngling, äußert sich – wenn – also –. Es gibt ein Theaterstück, in welchem bei einem Jüngling – das Stück heißt – »Frühlingserwachen«.

Aus was besteht denn eigentlich der Frühling? Nach wissenschaftlichen Forschungen aus acht Buchstaben: F–r–ü–h–l–i–n–g–

Der Frühling hat die Eigenschaft, daß er auch wandert – er soll auch schon öfters in Wien gewesen sein, was ein altes Wiener Lied durch den Refrain bekundet: »Der Frühling ist wieder in Wien.« – – Daß der Frühling einen Vornamen hat, ist auch nicht allbekannt, er heißt nämlich Lorenz – abgekürzt »Lenz«; es ist erhebend, wenn Hildach in seinem Gesang jubiliert:

Laßt klingen die Glocken, fern und nah,
sie so–o–llen frohlocken,
der L–e–e–e–enz ist da!

Soviel über den Lorenz Frühling – was werde ich in der nächsten Nummer schreiben müssen? Ich hätte ein Thema, Herr Schriftleiter:

»Friede auf Erden«

oder ist das noch zu früh?

Pessimistischer Optimismus

Herr Lang *zu Herrn Valentin:* .... So so, Sie sind Pessimist?
Valentin: Und Sie? – Optimist!
Lang: Ja!
Valentin: Sie sehen also alles rosig.
Lang: Jawohl – alles!
Valentin: Die Rosen auch?
Lang: Na – die werden Sie doch auch rosig sehen!
Valentin: Die schon – aber das ist aber auch das einzige, was ich rosig sehe.
Lang: Wie sehen Sie denn die Welt?
Valentin: Nur unrosig! – Wenn es auch in einem alten Lied heißt: Ja, die Welt ist schön!
Lang: Warum? – Finden Sie die Welt nicht schön?
Valentin: Nein – – Wa[s] soll denn da schön sein? Das Unschöne geht doch schon mit der Geburt an! – Oder ist vielleicht die Geburt etwas Schönes? Fragen Sie mal darüber eine Hebamme oder einen Geburtshelfer – –
Lang: Na gut – – schön ist das nicht, aaber – – es ist halt mal so!
Valentin: Ja – – das – »Es ist halt mal so!« – – ist ja schon nicht schön! Schön wäre nach meiner Ansicht, wenn es nicht so wäre.
Lang: Na – – wenn es nicht so wäre, dann wären Sie ja nicht auf der Welt.

Valentin: Ja, das wäre doch schön!
Lang: Wenn aber alle so denken würden wie Sie, dann wäre doch niemand auf der Welt.
Valentin: Ich sage Ihnen doch – – dann wäre es doch schön.
Lang: Für wen?
Valentin: Für die Menschen, welche nicht auf der Welt sein müßten!
Lang: Menschen, die noch nicht auf der Welt waren, können doch nicht unterscheiden, ob es auf der Welt schön ist oder nicht!
Valentin: Das Schöne ist doch das, daß diese Menschen noch nicht auf der Welt waren!
Lang: Wie meinen Sie das?
Valentin: Ein Beispiel: – – haben Sie schon etwas gehört vom Dreißigjährigen Krieg?
Lang: Gewiß!
Valentin: Was haben die Menschen, die zu dieser Zeit gelebt haben, alles mitgemacht? Können Sie sich das vorstellen?
Lang: Ja, diese Menschen haben Furchtbares erlebt! – – Alle Schrecken des Krieges – – dazu noch Hungersnot und Pestilenzen.
Valentin: Na also – – hätten Sie zu dieser Zeit auf der Welt sein wollen?
Lang: Nein, – gewiß nicht!
Valentin: Sehen Sie – – war das nicht schön, daß Sie zu dieser Zeit nicht gelebt haben?
Lang: Stimmt!
Valentin: Also, daraus ersehen Sie doch, daß es für einen Menschen schön sein kann, selbst wenn er noch nicht gelebt hat – – und genauso schön ist es für den

Menschen, wenn er nach seinem Erdendasein nicht mehr lebt!

Lang: Ja – aber das Leben selbst haben Sie ja ganz übersprungen in Ihrer philosophischen Schilderung.

Valentin: Einen Moment – – – es gibt allerlei Leben – – – es gibt zum Beispiel ein kurzes Leben – – ein Kind wird geboren, und nach einer Stunde schon stirbt es. War das ein schönes Leben?

Lang: Nein! – – – Aber es gibt doch auch ein langes Leben – – – es gibt doch Menschen, die über hundert Jahre lang leben? Und oft wünschen, noch länger zu leben.

Valentin: Gewiß, solche Fälle gibt es, aber was hat so ein alter Mensch noch von seinem Leben, insofern man dieses noch ein Leben nennen kann – völlig verkalkt, schon fast versteinert liegt er da – eine halbe Mumie könnte man sagen – zu nichts mehr fähig als zum Sterben.

Lang: Zu nichts mehr fähig? Sagen Sie? Lesen Sie die Bibel – Abraham wurde siebenhundert Jahre alt und hatte fünfhundert Kinder.

Valentin: Na, na, na, na – Sie übertreiben – vierhundert Kinder soll er nur gehabt haben.

Sendung am 3. Juni 1942

1. Mai 1942

SPIELLEITER: Guten Abend, Herr Valentin! Es freut mich, daß Sie heute bei uns erschienen und unsern Hörern anläßlich ihres Geburtstages etwas Lustiges zum Besten geben.

VALENTIN: Ja – Sie haben mich doch gestern angerufen, ich soll heute in Ihren Senderaum kommen.

SPIELLEITER: Selbstverständlich! Sie sollen uns – weil Sie morgen Geburtstag haben – mit etwas erfreu'n und unsern Hörern – Ihren Freunden – eine Freude machen.

VALENTIN: Ich soll also Ihnen und Ihren Hörern eine Freude machen – – So – – – das versteh' ich noch nicht ganz. – In früheren Zeiten, da war das umgekehrt; da hat man demjenigen irgendeine Freude gemacht, der Geburtstag feierte. Man hat ihm ein Ständchen gesungen oder dgl., und heute ist das umgekehrt. Heut muß der Geburtstagsjubilar den *andern* etwas geben. – – Entschuldigen Sie vielmals, Herr Spielleiter, daß ich das nicht wußte; Sonst hätte ich natürlich sämtlichen Senderaum-Angestellten Blumen mitgebracht, zu *meinem* morgigen Geburtstag.

SPIELLEITER: Nein, nein! So ist das nicht gemeint! Aber Sie könnten uns doch etwas Lustiges erzählen über Ihren Geburtstag.

VALENTIN: Ja, über meinen Geburtstag weiß ich sehr wenig; – was mir halt meine selige Mutter erzählt hat.

Ich persönlich kann mich nicht mehr erinnern. Das ist schon zu lange her! Von der ersten Erblickung der Welt weiß ich gar nichts. Daß ich sofort die Welt erblickt habe, ist nicht gut möglich – höchstens das Geburtszimmer. Ich weiß auch nicht mehr, wie die Hebamme ausg'schaut hat; ob das a ältere Frau war oder eine jüngere Dame, weiß ich auch nicht mehr. Frau Meier hat sie, glaube ich, geheißen.

SPIELLEITER: Ja, von Ihrem *ersten* Geburtstag sollen Sie uns ja auch nichts berichten – sondern von Ihrem morgigen!

VALENTIN: Von meinem morgigen??? Soviel mir bekannt ist, hat jeder Mensch nur *einen* Geburtstag. Sogar Zwilling[e] oder Drillinge. Ich weiß nur das eine, daß ich blutjung war!

SPIELLEITER: Was heißt »blutjung«?

VALENTIN: Na ja, man sagt halt so. Als mein Geburtstag sich zum sechzehnten Male jährte, war ich plötzlich reif geworden. Das war ein wunderbares Gefühl, als ich reif war! Da hab' ich das erste Fräulein geküßt! Dasselbe *war* bereits reif – schon fast überreif; die war schon reifiniert.

SPIELLEITER: Sie meinen raffiniert?

VALENTIN: Auch das – und an meinem einundzwanzigsten Geburtstag war ich plötzlich volljähr*lich* – volljäh*rig*. Da war ich nicht mehr von den Eltern abhängig; da durfte ich machen, was ich wollte, und das habe ich auch sofort getan. Was ich da alles gemacht habe, das führe zu weit, wollte ich Ihnen das schnurstracks erzählen.

SPIELLEITER: Sie kommen schon wieder vom Thema ab! Von Ihrem morgigen Geburtstag soll'n Sie uns etwas erzählen!

Valentin: Vom morgigen? Weiß ich, was morgen los ist? Können Sie mir etwas Bestimmtes von morgen sagen? Nur etwas Gewesenes kann man mit Bestimmtheit sagen, z. B. daß ich an einem Sonntag geboren bin. Das weiß ich bestimmt.

Karl Valentin und Liesl Karlstadt in der Theaterszene »Sturzflüge im Zuschauerraum« (1915), Foto: Hilbinger

Spielleiter: Also ein Sonntagskind!

Valentin: Ja, an einem Sonntagvormittag um einhalbzehn Uhr. Da haben alle Glocken geläutet.

Spielleiter: Aus Anlaß Ihrer Geburt?

Valentin: Nein, Nein! – Jeden Sonntagvormittag einhalbzehn Uhr läuten alle Glocken, und ich bin halt per Zufall unter diesem Glockengeläute zur Welt gekommen. Das war natürlich für meine Mutter ein erhabenes Gefühl.

Spielleiter: Wir sind schon wieder vom eigentlichen Thema abgekommen! Also, Herr Valentin, sind Sie so lieb und singen oder sprechen Sie uns etwas Lustiges ins Mikrophon für unsere Hörer – darf ich bitten? Darf ich jetzt einschalten?

Valentin: *Persönlich* hineinsprechen??? Kommt gar nicht in Frage. Sie haben doch mindestens hundert Schallplatten von mir und Liesl Karlstadt. Da lassen Sie einfach welche laufen – und fertig ist die Laube. – Wir leben doch heute im Zeichen der Technik. Herr Spielleiter. – Auf Wiedersehn!

Spielleiter: Halt! Halt! Bleib'n Sie doch da!

Valentin: Kann leider nicht dableiben – muß sofort nach Hause.

Spielleiter: Was tun Sie denn jetzt zu Hause?

Valentin: Ich will doch auch etwas haben zu meinem Geburtstag!

Spielleiter: Wieso?

Valentin: Zuhören will ich bei mir zu Hause – an meinem Radio – wenn jetzt meine Schallplatten laufen – – – zu meinem Geburtstag!

Die gestrige Zeitung

Sparkassenfilm Nr. 8 von Karl Valentin, Mai 1943

MANN: Du, Frau, hat der Mann, der heute die gestrige Zeitung kaufen wollte, die Zeitung schon bekommen?
FRAU: Dem hab' ich s' schon gegeben.
MANN: Die gestrige?
FRAU: Nein, die heutige.
MANN: Ach! Der wollte doch die gestrige haben!
FRAU: Die gestrige hab' ich nicht gehabt, dann hab' ich ihm die heutige gegeben.
MANN: Wann?
FRAU: Heute. Die gestrige hab' ich ihm für morgen versprochen.
MANN: Ich auch; dann brauchst du ihm die gestrige nicht besorgen, weil ich ihm dieselbe besorge.
FRAU: Die gestrige können wir ihm beide nicht mehr besorgen, weil die Redaktion keine mehr hat. Dann muß halt der Mann eine vorgestrige nehmen!
MANN: Eine vorgestrige wird dem Mann doch nichts nützen!
FRAU: Na, wenn er schon eine alte Zeitung will, dann ist doch eine vorgestrige *noch* älter als eine gestrige!
MANN: Du hast Ansichten! In der gestrigen Zeitung kann aber etwas gestanden sein, was in der vorgestrigen nicht gestanden hat, was nicht einmal in der heutigen steht!
FRAU: Ja, ja! Das hat ja der Herr gesagt, und dann hat er

mir die heutige abgekauft und hat gesagt: Auweh!, da steht's nicht drin! Wahrscheinlich ist das gestern dringestanden! – – *Was* dringestanden sein soll, das hat er mir nicht gesagt!

MANN: Das steht dann sicher in der gestrigen drin!

FRAU: Was?

MANN: Was der Mann in der heutigen g'sucht hat.

FRAU: Das glaub' ich nicht, denn solche Sachen stehn oft gar nicht in der Zeitung!

MANN: Was für Sachen?

FRAU: Na ja, so geheime Sachen!

MANN: Woher weißt du denn, daß der Herr eine geheime Sache sucht?

FRAU: Na, wenn das nichts Geheimes wär', dann hätt' er mir doch gesagt, was er sucht!

MANN: Was er sucht! – Wasersucht! – Wassersucht ist doch nichts Geheimes, das ist eine Krankheit. Natürlich liest man auch in der Zeitung von Heilmitteln. Vielleicht steht's in der morgigen Zeitung!

FRAU: Die morgige gibt's doch heute noch nicht!

MANN: Aber morgen gibt's die heutige!

FRAU: Aber der Mann will doch die gestrige!

MANN: Ach! – Du machst mich noch ganz wirr! Der Mann war doch gestern da, nicht heute! Und gestern wollte er die gestrige, also ist das in diesem Falle die vorgestrige!

FRAU: Nein! – – – Das hat der Herr nur vermutet; er hat gemeint, wenn es nicht in der gestrigen steht, dann könnte es eventuell in der vorgestrigen stehen.

MANN: Du verstehst mich nicht! Sagen wir, der Mann wäre erst morgen gekommen und hätte die gestrige Zeitung wollen, dann wäre die heutige Zeitung die gestrige gewesen und die gestrige die vorgestrige. In Wirklichkeit aber wäre die vorgestrige die gestrige gewesen; hast du das verstanden?

FRAU: *(ganz laut)* Ja nicht im geringsten!

MANN: *(zornig)* Das ist ja auch gar nicht wichtig! Der Herr braucht *die* Zeitung, wo das drinsteht.

FRAU: Dann muß er *doch* in der vorgestrigen nachschauen!

MANN: Ja, steht's denn in der vorgestrigen?

FRAU: Ja, das weiß doch *ich* nicht, der Mann weiß es ja selbst nicht!

MANN: Ja wenn's er selber nicht weiß, was drinsteht, wie solln's denn wir dann wissen!

FRAU: Natürlich weiß er das, was drinstehen soll, nur wo es drinsteht, in was für einer Zeitung, das weiß er nicht! Zu mir hat er g'sagt, in der gestrigen ... Hallo! Hallo! – Sie Herr! – Du, da ist der Herr! – Sie, die gestrige Zeitung hab' ich leider nicht mehr bekommen, wo das drinstehn soll, was Sie suchen ...

HERR: Ach, das ist nicht so wichtig! Ich brauch' die Zeitung nicht mehr. Ich wollte nur wissen, ob die Sparkasse für eisernes Sparen auch nachmittags geöffnet ist.

Zeuge Winkler

Ort der Handlung: im Gerichtssaal

PERSONEN: *Hanns Winkler – Fensterputzer (Zeuge)*
Der Richter – norddeutscher Herkunft.

RICHTER: Sie sind in der Beleidigungsklage Johann Wimmer gegen Egide Lindner (Pflasterer) vorgeladen. *(Hier folgen die üblichen Gerichtsfragen – – –)* Der Herr Wimmer hat den Herrn Lindner am Biertisch im Gasthaus »Zum Juligarten« beleidigt. Und Sie waren dabei Zeuge!

ZEUGE WINKLER: Woaß i! Der Wimmer is' mei Freund, und da Lindner Egide a. Und von dene zwoa mog i nix pfeiffa.

RICHTER: Sie soll'n auch nicht pfeiffen, sondern Sie sollen aussagen, wie diese Beleidigung zustande gekommen ist.

ZEUGE WINKLER: Ja mei *(deutet mit dem Finger)* i bin da g'sess'n und da Lindner Egide is' da g'sess'n, und da Wimmer Hanse da und da hat – glab i – da Lindner Egide an Wimmer Hanse 's Bier ausg'suffa.

RICHTER: Was heißt: »Glab' i«? – Haben Sie denn das nicht bestimmt beobachtet?

ZEUGE WINKLER: Bestimmt? – Wenn mir so beinanderhocka, da sauft amal der und dann sauft wieder der andere – da hätt' i vui z'toa, wenn i da oiwei Obacht geb'n müassat, ob oana vom andern sein Bier sauft.

RICHTER: Aber wegen der Sauferei is' doch diese Beleidigung gefallen! Der Herr Wimmer soll doch zum Herrn Lindner gesagt haben, daß er irrtümlich von seinem Bier getrunken habe, und hat ihn deshalb einen Schlawiner genannt.

ZEUGE WINKLER: Naa, er hat nur zu eahm g'sagt *(Wimmer zu Lindner):* Schlawina, dreckata, wennst' no amal dein Saurüass'l in mein Bierkelch einihängst, na hau' i dir mit der Handfläch'n oane auf dei Haupt 'nauf, daß alle Wiederbelebungsversuche erfolglos bleiben.

RICHTER: Und was hat der Lindner drauf erwidert?

ZEUGE WINKLER: Nix! Dös werd ja a guat g'wen sei, denn wenn der Wimmer Hanse warm werd, san d' Sanitäter in der Näh!

RICHTER: Also, das heißt »Dann wird's gefährlich«!

ZEUGE WINKLER: Ja, aber lebensgefährlich! Wenn der Hanse in Stimmung is', is' die Gaststätte auf koan Fall mehr splitterfrei!

RICHTER: Also kurz gesagt, »er ist ein Raufbold, wie man so sagt«?

ZEUGE WINKLER: Naa, er hat ja net g'rafft mit 'n Lindner Egide, er hat 'n ja nur an Schlawiner g'hoaßn!

RICHTER: Na, aber wenn er irrtümlich von einem fremden Bierglas nippt, ist er doch nicht gleich ein Schlawiner.

ZEUGE WINKLER: Genippt? Der hat schon richtig ozog'n!

RICHTER: Was heißt »ozog'n«?

ZEUGE WINKLER: A Quartl hat a eahm sicher rausg'saugt – ja wenn der nur genippt hätt', war ja an Hanse der Barometer net g'stiegen!

RICHTER: Gut! Aber der Streit hat sich doch dann auf der Straße fortgesetzt.

ZEUGE WINKLER: Ja, mia san dann alle ganga, und dann hat der Wimmer Hanse zum Wirt g'sagt: »Wenn der Boll'nhund no oamal daherin verkehrt, geh i in die Wirtschaft nimmer nei.«

RICHTER: Ja, was is denn das schon wieder für ein Ausdruck? Was ist denn das für ein Hund, ein Boll'nhund? So einen hab' ich ja noch nicht einmal im Zoologischen Garten gesehen. Ich hab' schon von einem Windhund, von einem Wolfshund, von einem Hühnerhund gehört, aber noch nie von einem Bollenhund? Der ist mir unbekannt.

ZEUGE WINKLER: Ja, sehn S' Herr Richter, wenn's schon koan Boll'nhund gibt, wia Sie behaupten, dann braucht doch der Aff deszweg'n net beleidigt sei!

RICHTER: Ja, der Lindner Egide fühlt sich aber grad wegen dem Boll'nhund beleidigt.

ZEUGE WINKLER: Na ja, na soll er halt beleidigt sei! D'Ausdrück tean doch net weh! Der soll froh sei, daß er eahm koane g'stiert hat!

RICHTER: Ja was ist denn das schon wieder! Was heißt den[n] »gstiert«?

ZEUGE WINKLER: »G'stiert«?? – g'stiert hoaßt, wenn er eahm a Schell'n geb'n hätt'!

RICHTER: Aber eine Schell'n kann er ihm ja nur beim Tarocken geben!

ZEUGE WINKLER: Ja, dös stimmt, Herr Richter, da gibt's aa Schelln. Aber die Schell'n, dö i moan, de gibt ma oan nur mit der Hand.

RICHTER: Ja, die Schell'n beim Kartenspielen gibt man ja auch mit der Hand, oder haben Sie schon Kartenspieler gesehen, die mit den Füßen tarockt haben?

Zeuge Winkler: O mei, Herr Richter, wenn Sie die Münchner Ausdrück net verstehen, dann g'höret halt zu solchene Verhandlungen a Dolmetscher her oder … ma soll halt in München Münchner Richter ham, oder wenigstens bayrische Richter, dann wär' vui Zeit und Geld daspart!

Die Maus

1943

Sie: *(zum Gatten)* Weißt du schon das Neueste? – In unserem Schlafzimmer ist seit einigen Tagen eine Maus.

Er: Ja, warum läßt denn eine Maus in ein Schlafzimmer hinein?

Sie: Blödes Geschwätz! Niemand hat sie hineinlassen, die wird halt von selbst hineingekrochen sein.

Er: Gekrochen??

Sie: Na ja! Hineingeflogen wird sie nicht sein.

Er: Wenn es sich um eine Fledermaus handelt – muß sie fliegen – eigentlich flattert eine fliegende Fledermaus – handelt es sich aber in unserem Falle um eine gewöhnliche Maus ohne Fleder, dann ist die Maus in unser Schlafzimmer hineingelaufen. Also – Maus oder Fledermaus – das muß zuerst festgestellt werden, wegen der Fangart. Also was war das für eine Maus?

Sie: Das weiß doch ich nicht, ich habe doch die Maus nicht gesehen.

Er: Ja, wie kannst du dann behaupten, eine Maus ist in unserem Schlafzimmer?

Sie: Na, weil ich sie gehört habe.

Er: Gehört! – Ja, das ist doch nicht schlimm, wenn du eine Maus nur hörst – denn das Hören einer Maus tut doch nicht weh – weh tut es, wenn dich eine Maus beißt.

SIE: Das könnte doch sein, daß die Maus zu mir ins Bett kriecht.

ER: Ha! Wer wird zu dir noch ins Bett kriechen?

SIE: Sei nicht unverschämt – ich meine, wenn die Maus zu mir ins Bett hineinkriecht und beißt mich?

ER: Dann hast du die Maus nicht gehört, sondern gespürt – und wenn sie beißt, dann schreist du mir sofort. Dann komme ich mit dem Holzbeil und schlage die Maus tot – sollte ich aber von meinem Stammlokal noch nicht zu Hause sein, dann lasse die Maus ruhig an deinem edlen Körper weiternagen und danke deinem Schicksal, daß es kein Königstiger ist.

Sie weiß nicht, was sie will

Von Karl Valentin
(An einem Schalter des Arbeitsamtes)

Beamter*: (zu einem Dienstmädchen)* Nun haben Sie mir Ihr Anliegen schon dreimal erklärt, und ich bin noch nicht im Bilde, was Sie eigentlich wollen. Sie haben, wenn ich Sie recht verstehe, drei Arbeitsplätze als Zugeherin und wollen nun dafür eine Stelle annehmen in einem Altersheim.

Dienstmädchen: Nein, ich bin gegenwärtig schon in Stellung, aber die Stellung im Altersheim, in die ich erst kommen möchte, da bin ich noch nicht, weil die Frau Lorenz, bei der ich schon nicht ganz fünf Jahre bin, die sagt auch, wenn Sie beim Arbeitsamt noch nicht waren, da[nn] können S' immer noch die Stellung, wenn die Frau Assessor, wo ich auch einen Zugehplatz habe, damit einverstanden ist, annehmen.

Beamter: Sie wollen also statt drei Arbeitsplätze eine Stellung haben in einem Altersheim.

Dienstmädchen: Nein, das muß nicht sein, weil ich mich nicht so schnell entschließen kann, denn die Frau, wo ich wohne, hat gesagt, über[le]gen S' Ihnen das reiflich, so ein Schritt ist sehr riskant, der ihr Mann ist auch beim Magistrat und kennt die Fälle, und der hat auch gemeint, wenn Sie sich verbessern können, warum nicht?

Beamter: Was hat da der Magistrat damit zu tun, dafür ist doch das Arbeitsamt da? Aber Sie stehen doch in

Karl Valentin als »Frosch« in einer Aufführung von Johann Strauß' »Fledermaus« am Gärtnerplatztheater in München (1939)

Arbeit, und einen Stellungswechsel müssen Sie bei mir anmelden, aber ich versteh' noch nicht recht, wollen Sie am 1. des Monats in drei Arbeitsplätzen kündigen?

DIENSTMÄDCHEN: Nein, das muß nicht sein, weil ich vorderhand noch bleib', ein Platz wäre mir halt bedeutend lieber als drei Arbeitsplätze.

BEAMTER: Ja, wenn's nicht sein muß, was wollen Sie dann am Arbeitsamt?

DIENSTMÄDCHEN: Die Frau Pfeiffer hat aber zu mir gesagt, da müssen Sie Ihnen ans Arbeitsamt wenden.

BEAMTER: Ja, was wollen Sie denn eigentlich wissen?

DIENSTMÄDCHEN: Die Frau Pfeiffer hat gesagt, am Arbeitsamt kriegt man jederzeit Auskunft.

BEAMTER: Ich kann Ihnen doch nur eine Auskunft erteilen, wenn ich weiß, um was es sich handelt. Sie wissen aber, scheint selber nicht, was Sie eigentlich wollen.

DIENSTMÄDCHEN: Jawohl!

BEAMTER: Was, jawohl?

DIENSTMÄDCHEN: Ich weiss nur nicht, ob ich kündigen soll.

BEAMTER: Na, wenn Sie die Stellung im Altersheim annehmen, dann müssen Sie die anderen Plätze kündigen, ohne Kündigung können Sie nicht einfach davonlaufen.

DIENSTMÄDCHEN: Ich kündige ungern. Schließlich ist das im Altersheim nicht das Richtige für mich, und wenn ich aber gekündigt habe, dann muß ich die Stellung annehmen, ob ich will oder nicht.

BEAMTER: Aber Sie sagten doch vorhin, Sie wollen lieber einen Platz als drei Arbeitsstellen.

DIENSTMÄDCHEN: Wenn's ein guter Platz ist, dann

schon, außerdem bleibe ich lieber, wo ich bin, weil das sehr nette Leute sind, und wenn ich da kündigen tu, da verklagen die mich, und so was lass' ich mir nicht bieten.

BEAMTER: Na, wenn das nette Leute sind, die Sie nicht weglassen wollen, dann sind doch die Leute mit Ihnen zufrieden.

DIENSTMÄDCHEN: Das schon, ich will mich nur mit den Leuten nicht verfeinden.

BEAMTER: Na, dann bleiben Sie doch, wo Sie sind.

DIENSTMÄDCHEN: Die Frau Pfeiffer hat aber gemeint, ich soll mir das reiflich überlegen, denn Arbeit gibt's überall, weil, wenn, mein Bräutigam, der mich vielleicht heiratet, der hat zur Frau Finkenzeller g'sagt, wenn wir verheiratet sind, dann brauch' ich überhaupt nimmer in Stellung gehn.

BEAMTER: Na also! – Dann heiraten Sie doch!

DIENSTMÄDCHEN: Heiraten? Nein. Da denk' ich noch gar nicht dran, schließlich passen wir gar nicht z'samm, dann muß ich doch wieder in Stellung gehn. – Da bleib' ich schon lieber allein.

BEAMTER: Na, dann bleiben S' allein, und wenn Sie heiraten woll'n, dann müssen S' aufs Standesamt und nicht aufs Arbeitsamt gehen.

DIENSTMÄDCHEN: Mein Bräutigam will aber absolut heiraten!

BEAMTER: Na, gut! Dann heiraten Sie ihn halt »absolut«!

DIENSTMÄDCHEN: Heiraten tu ich auf jeden Fall, weil ich mir sag', lieber ein eigenes Heim, als bei fremden Leuten schuften.

BEAMTER: Mein liebes Fräulein, nun aber zur Sache! Wir

kommen da von einem Quatsch in den anderen, was wollen S' denn eigentlich?

DIENSTMÄDCHEN: Im Altersheim hab' ich mich schon vorgestellt, und da hat die Frau Oberin g'sagt, daß es sehr viel Arbeit gibt, aber mir is' keine Arbeit zuviel, und ich kann, wenn ich gekündigt habe, schon am Ersten anfangen, aber das fällt mir ja gar nicht ein, ich bin doch nicht aufs Hirn g'fall'n.

BEAMTER: Nun sagen Sie wieder, Sie woll'n *nicht* ins Altersheim?

DIENSTMÄDCHEN: Schon – aber binden lasse ich mich nicht.

BEAMTER: Das wird ja immer schwieriger mit Ihnen!

DIENSTMÄDCHEN: Die Frau Pfeiffer hat auch g'sagt, das Altersheim ist städtisch. Wer da drin is', der is' drin, der kommt so schnell nimmer raus.

BEAMTER: Sind S' doch froh, wenn S' wo drin sind, mir ist es ja egal, ob S' drin sind oder heraußen, jetzt sagen S' mir amal endlich, was Sie woll'n.

DIENSTMÄDCHEN: Ich will die Bescheinigung vom Arbeitsamt.

BEAMTER: Ja, was woll'n Sie denn für eine Bescheinigung? Eine Bestätigung meinen Sie vielleicht?

DIENSTMÄDCHEN: Ja, ob ich die Stelle annehmen muß, wenn ich kündigen tu.

BEAMTER: Sie brauchen doch erst zu kündigen, wenn Sie sich entschlossen haben, daß Sie einen Stellungswechsel vorhaben, begreifen Sie denn das nicht?

DIENSTMÄDCHEN: Bis wann soll ich das vornehmen?

BEAMTER: Bis wann? – Das weiß doch ich nicht – das müssen doch Sie wissen.

DIENSTMÄDCHEN: So schnell will ich mich noch nicht

entschließen, weil ich nicht weiß, ob's mein'm Bräutigam recht ist, weil, wenn der sagt, ich soll die Stellung unbedingt annehmen im Altersheim, dann kann ich immer noch tun, was ich will.

BEAMTER: Jetzt wird's allmählich Zeit, daß Sie zu einem Entschluß kommen, denn ich hab' ja schließlich auch noch was anderes zu tun.

DIENSTMÄDCHEN: Muß ich dann der Frau Pfeiffer sagen, daß ich am Arbeitsamt war?

BEAMTER: *(schreit sie an)* Ja, sagen Sie's ihr!

DIENSTMÄDCHEN: Ich überleg' mir's halt jetzt noch mal, was ich tun soll, und dann komm ich wieder zu Ihnen.

BEAMTER: Um Gottes willen!!! – Dann überleg'n Sie's Ihnen lieber nicht.

Transportschwierigkeiten

Ein Zwiegespräch

BICHLBAUER: *(zu seinem Knecht Michl)* Spann schnell ein und fahr mit 'n Leiterwag'n zum Berger Pauli nach Olching 'nüber und hol die alten Kisten, die er mir no net z'ruckgeb'n hat!

MICHL: Kist'n soll i hoin – ja, da woaß ja i no gar nix davo.

BAUER: Dös glaub i scho, daß du da no nix davo woaßt, drum sag i dir 's ja.

MICHL: Woaß dös da Berger Pauli, daß i de Kist'n hol'n soi?

BAUER: Woher soll er denn dös wiss'n, desweg'n schick i di ja 'nüber, daß du eahm sag'n sollst, daß du de Kist'n hol'n sollst.

MICHL: Wenn aber der Berger Pauli net dahoam is?

BAUER: Wenn da Berger Pauli net dahoam is, kannst du 's eahm natürli net sag'n aber sei Frau werd scho da sei.

MICHL: Soll i 's dann da Frau Berger sag'n?

BAUER: Freili!

MICHL: D' Frau werd halt net wiss'n wo de Kist'n san.

BAUER: Dös woaß i natürli a net, ob s' de woaß.

MICHL: Was soll i dann doa, wenn 's de net woaß?

BAUER: Dös woaß i a net, dann muaßt hoit warten, bis da Berger Pauli kimmt.

MICHL: Wenn aber der Berger Pauli net kimmt, soll ich dann sei Frau frag'n, wia lang i warten soll?

Bauer: Frag'n kannst ja.

Michl: I moan, es is besser, i fahr morg'n 'nüber, da is der Pauli vielleicht sicherer dahoam als heit.

Bauer: Red doch net so saudumm daher, morg'n kann er vielleicht noch weniger dahoam sei als heit.

Michl: Jetzt kenn i mi nimmer aus, soll i heit fahr'n oder morg'n?

Bauer: Einspanna tust jetzt und fährst 'nüber, und wennst de Kisten net kriagst, dann fährst mit 'n leeren Wag'n wieder hoam.

Michl: Na! Dös dua i net, denn wenn i scho eispann und 'nüberfahr, dann nimm i d' Kist'n auf alle Fälle mit. Spazier'nfahr'n dua i net.

Bauer: Spazier'nfahr'n brauchst ja a net, denn wenn der Berger Pauli oder sei Frau dahoam san, dann kriagst ja d' Kist'n, denn de Kist'n san ja mei Eigentum.

Michl: Woaßt was, Bauer, i spann net ei, i geh zuerst persönli 'nüber zum Berger Pauli und frag'n, ob er dahoam is. Sagt er ja, dann geh i hoam, spann ei, fahr 'nüber und hol d' Kist'n.

Bauer: Dös is ganz vakehrt, wennst scho 'nüber gehst, dann kannst do glei 'nüber fahr'n! Denn wenn da Pauli dahoam is, kriagst ja d' Kist'n, na stehst da und hast koan Wag'n dabei und trag'n kannst de groß'n Kist'n net.

Michl: Ja, ja, da hast du scho recht, Bauer, aber wia g'sagt, da Pauli kannt ja a net dahoam sei, was nacha?

Bauer: Ganz einfach! Wann er wirkli net dahoam is, nacha steckst eahm an Zettl an Tür hin, dann woaß der Pauli, daß du da warst.

Michl: Dös mit dem Zettl versteh i net recht, weil,

wenn doch der Berger Pauli net dahoam is, ko er doch den Zettl net lesen!

BAUER: Ja, Rindvieh saudumms, freili kann er den Zettl net lesen, wenn er net dahoam is, aba wenn er kimmt, kann er'n doch lesen!

MICHL: Ja, wenn er kimmt, brauch i doch koan Zettl, da kann is eahm doch glei selber sag'n, weg'n de Kisten.

BAUER: Ja, blöda Hund, du kannst doch net so lang wart'n, bis er kimmt!

MICHL: Ja mei, dös kummt drauf o, wo er hinganga is, der ko lang ausbleib'n, konn aber a sofort wieder da sei.

BAUER: Paß auf, Michl, de G'schicht is ganz einfach, mia schreib'n jetzt an Zettl. Gib den Fetzen Papier her, der da auf'm Boden liegt, so da schreib'n ma jetzt drauf: »War da, zweg'n den Kist'n holen«, so und jetzt spannst ei und fährst zum Berger Pauli 'nüber, is er dohoam, dann is recht, is er net dahoam, is d' Frau dahoam, is d Frau auch net dahoam, steckst den Zettl an d' Tür oni.

Michl: Dös is a net 's Richtige, weil wenn s' alle zwoa dahoam san, dann hab'n mia den Zettl umsunst g'schrieb'n.

BAUER: Sakrament, an dös hab i net denkt.

MICHL: Woaßt was Bauer, schenk eahm doch de paar alt'n Kist'n, mir hab'n ja so so vui so Glump.

BAUER: Guat, i schenk s' eahm.

MICHL: Und an Zettl?

BAUER: Den zreißt!

MICHL: *(ffffffffffschd).*

Karl Valentin bei Tonaufnahmen (1940)

Expressionistischer Gesang

Überliterearischer Gesang von Karl Valentin 1948

Wie die Maler heute malen
Wie der Dichter heute dicht'
So will ich jetzt humoristeln
Ob es gut ist oder nicht.

Kanapee glüht Meeresfreiheit
Lippen blau aus Abendrot
Stille Nacht in Marmelade
Edle Kunst, behüt' dich Gott.
A – b – c – d – e – f – g – h
I – k – l – m – n – o – p
Qu – r – s – – t – u – v – w – x
Ypsilon – z – f – f – f *(drei Pfiffe)*

La la la la la la la la
La la la la la la li
Li li li li li li li li
Li li li li li li la.

In der Nacht die Sterne funkeln
Und der Rundfunk funkelt auch
Funkeln tun auch die Karfunkeln
Und ein funkelnagelneuer Anzug auch.

Wer will unter die Soldaten
Der muß haben ein Gewehr
Das muß er mit Pulver laden
Und so weiter und so wei – ter.

Ein Gewitter ist im Anzug
Dieses leuchtet mir nicht ein
Ein Gewitter in der Hose
Das könnt' leichter möglich sein.

Leiser Sturmwind heult in Strömen
Wenn die Katze kikerikiet
Und der Vater melkt die Enten
Wenn der Limburger blüht.

Wenn die Blätter leise klappern
Und das Bächlein fließt bergauf
Saust das Dampfschiff durch die Wälder
D' Gmütlichkeit hört sich dann auf.

Wenn die Ringelnatter ringelt
Und die Fischlein geh'n zu Fuß
Hört! Die Osterglocken pfeifen
Was sein muß, das muß sein muß.

Hundekuchen frißt die Katze
Und ein Kompaß singt Tenor
Und es sinkt der Barometer
Das kommt jedem spanisch vor.

Wenn die Reblaus rebiglauselt
Und das Dünnbier ist zu dünn

Billige Heimat sei gegrüßet
Mei' Vaterl war a Weanerin.

Suerkraut ist kein Getränke
Denunzieren tut ein Schuft
'S beste Flugzeug wär' ein Unsinn
Gäb's im Freien keine Luft.

Ob es heiß ist oder kälter
Ob es warm ist oder weit
Ob es kühl ist oder lustig
Ja, so ändert sich die Zeit.

In Berlin, in Prag und Hamburg
Auch in Bremen und Bayreuth
Auch in Salzburg und am Chiemsee
Und auch in Holzapfelskreut.

Und zum Schlusse muß ich schlusseln
Nehmet eure Händ' in d' Hand
Schlagt dieselben oft zusammen
Das wird dann Applaus genannt.

Im Hutladen

Schallplattenaufnahme von Karl Valentin in Radio München, Januar 1946

(Ladenglocke)

VERKÄUFER: *(im Herrenhutgeschäft)*: – – Guten Tag – Sie wünschen?

VALENTIN: Einen Hut.

VERKÄUFER: Was soll das für ein Hut sein?

VALENTIN: Einen zum Aufsetzen.

VERKÄUFER: Ja, anziehen können Sie einen Hut niemals! Einen Hut muß man immer aufsetzen.

VALENTIN: Nein, immer nicht. In der Kirche zum Beispiel kann ich den Hut nicht aufsetzen.

VERKÄUFER: In der Kirche nicht – – aber Sie gehen doch nicht immer in die Kirche.

VALENTIN: Nein! Nur da und hie!

VERKÄUFER: Sie meinen: nur hie und da!

VALENTIN: Ich will einen Hut zum Auf- und Absetzen.

VERKÄUFER: Jeden Hut können Sie auf- und absetzen! Wollen Sie einen weichen oder einen steifen Hut?

VALENTIN: Nein – einen grauen!

VERKÄUFER: Nein! Ich meine, was für eine Fasson!

VALENTIN: Eine farblose Fasson!

VERKÄUFER: Sie meinen eine schicke Form – wir haben allerlei schicke Formen in allen Farben!

VALENTIN: In allen Farben? Dann hellgelb!

VERKÄUFER: Aber hellgelbe Herrenhüte gibt es nur im

Karneval, einen hellgelben Herrenhut können Sie doch nicht tragen!

VALENTIN: Ich will ihn ja nicht tragen, sondern aufsetzen!

VERKÄUFER: Mit einem hellgelben Hut werden Sie ja ausgelacht!

VALENTIN: Aber Strohhüte sind doch hellgelb!

VERKÄUFER: Ach, Sie wollen einen Strohhut?

VALENTIN: Nein, ein Strohhut ist mir zu feuergefährlich!

VERKÄUFER: Asbesthüte gibt es leider noch nicht! – – Schöne weiche Filzhüte hätten wir.

VALENTIN: Die weichen Filzhüte haben den Nachteil, daß man sie nicht hört, wenn sie einem vom Kopf auf den Boden fallen.

VERKÄUFER: Na, dann müssen Sie sich einen Stahlhelm kaufen, den hört man fallen!

VALENTIN: Als Zivilist darf ich keinen Stahlhelm tragen!

VERKÄUFER: Nun – müssen Sie sich aber bald entschließen, was Sie für einen Hut wollen.

VALENTIN: Einen neuen Hut!

VERKÄUFER: Ja, wir haben nur neue.

VALENTIN: Ich will ja einen neuen.

VERKÄUFER: Ja, aber was für einen?

VALENTIN: Einen Herrenhut!

VERKÄUFER: Damenhüte führen wir nicht!

VALENTIN: Ich will auch keinen Damenhut!

VERKÄUFER: Sie sind sehr schwer zu bedienen, ich zeige Ihnen jetzt mehrere Hüte!

VALENTIN: Was heißt, mehrere, ich will doch nur einen, ich habe ja auch nur einen Kopf.

VERKÄUFER: Nein – zur Auswahl zeige ich Ihnen mehrere.

VALENTIN: Ich will keine Auswahl haben, sondern einen Hut, der mir paßt!

VERKÄUFER: Natürlich muß ein Hut passen, wenn Sie mir Ihre Kopfweite sagen, dann werden wir schon einen passenden finden.

VALENTIN: Meine Kopfweite ist bei weitem nicht so weit, wie Sie denken! Ich habe Kopfweite Nummer 55 – will aber Hutnummer 60 haben.

VERKÄUFER: Dann ist Ihnen ja der Hut zu groß.

VALENTIN: Aber, er sitzt gut! Habe ich aber einen um fünf Minuten kleiner, der fällt mir runter.

VERKÄUFER: Das hat auch keinen Sinn, wenn man Kopfweite 55 hat, dann muß auch die Hutnummer 55 sein, das war schon von jeher so.

VALENTIN: Von jeher! – – Das ist ja eben das traurige, daß die Geschäftsleute an den alten Sitten und Gebräuchen hängen und nicht mit der Zeit gehen!

VERKÄUFER: Was hat denn die Hutweite mit der neuen Zeit zu tun?

VALENTIN: Erlauben Sie mir: Die Köpfe der Menschen bleiben doch nicht dieselben! Die ändern sich doch fortwährend!

VERKÄUFER: Innen – – aber außen doch nicht. Wir kommen da zu weit.

VALENTIN: Ja, Sie wollten doch die Weite wissen!

VERKÄUFER: Aber, doch nicht von der neuen Zeit, sondern von Ihrem Kopf!

VALENTIN: Ich habe Ihnen nur erklären wollen, daß die Menschen in der sogenannten früheren Zeit andere Köpfe hatten als heute.

VERKÄUFER: Das ist Quatsch – natürlich hat jeder Mensch, so lange die Welt besteht, seinen eigenen

Kopf, aber wir reden doch nicht von der Eigenart, sondern von der Größe Ihres Kopfes – also lassen Sie sich von mir belehren, nehmen Sie diesen Hut hier, Nummer 55, der Hut kostet fünfzehn Mark, ist schön und gut und ist auch modern.

VALENTIN: Natürlich lasse ich mich von Ihnen belehren, denn Sie sind Fachmann – also der Hut ist modern, sagen Sie?

VERKÄUFER: Ja, was heißt heute modern! Es gibt heute Herren, sogenannte Sonderlinge, die laufen im Sommer und Winter, bei Schnee und Eis, ohne Hut im Freien herum und behaupten, das sei das modernste.

VALENTIN: So – – keinen Hut tragen ist das modernste? Ja, dann kauf' ich mir keinen! Auf Wiedersehen!

Karl Valentin in seinem Couplet »Karre, rauch doch nicht diese Zigarre«

Nein

V: Kennen Sie meinen Schwager?
B: Nein!
V: Den *kennen* Sie nicht?
B: Nein.
V: So. Ich hab' geglaubt, Sie kennen ihn?
B: Nein.
V: Überhaupt nicht?
B: Nein.
V: Gesehen haben Sie ihn auch nicht?
B: Nein.
V: Aber Sie wissen doch, daß ich einen Schwager hab'?
B: Nein.
V: Ja, was is dös!
B: Nein.
V: *Was*, nein – möchten Sie meinen Schwager kennenlernen?
B: Nein.
V: Meine Schwägerin auch nicht?
B: Nein.
V: Haben Sie auch einen Schwager?
B: Nein.
V: Schwägerin auch nicht?
B: Nein.
V: Geschwister auch nicht?
B: Nein.

V: Zwillinge?
B: Nein, nein.
V: Haben *Sie* Kinder?
B: Nein.
V: Wie viele?
B: Nein.
V: Sie haben ja gar nichts?
B: Nein.
V: Kein Haus auch nicht?
B: Nein.
V: Haben Sie kein Geld auch nicht?
B: Nein.
V: Wenn S' *kein* Geld *nicht* haben, dann haben Sie ja eins!
B: Nein.
V: Sagen Sie zu allem nein?
B: Nein.
V: *Ja* sagen Sie überhaupt nicht?
B: Nein.
V: Aber, daß der Krieg aus ist, das freut Sie schon?
B: Nein.
V: Was? Dann sind Sie ja Kriegsgewinnler?
B: Nein.
V: Dös san S' a net?
B: Nein.
V: Ja, *irgend*was müssen S' doch sein?
B: Nein.
V: Ein Neinsager sind Sie doch auf jeden Fall?
B: Nein.
V: Ein Mensch, der zu allem ja sagt, sind Sie aber auch nicht?
B: Nein.
V: Ja, dann sind Sie ja ein Depp!

B: Nein.

V: A net?

B: Nein.

V: Jetzt werd mir Ihre Neinsagerei zu dumm – einmal *müssen* Sie »ja« sagen. – Nun stell' ich an Sie noch zwei Fragen: Sind Sie Pg.?

B: Nein.

V: Haben Sie alle Ihre Fragebögen gewissenhaft ausgefüllt?

B: Selbstverständlich!

V: Moana Sie, der hätt' »ja« g'sagt? – »Auf Wiedersehn«, hat er g'sagt und is ganga!

Gespräch am Springbrunnen

Dezember 1946

A: *steht am Sendlingertorplatz in München und betrachtet sich den Springbrunnen, und meint zu einem neben ihm stehenden Herrn.* So ein Springbrunnen ist doch etwas Herrliches.
B: Wenn er springt, is er sehr schön.
A: Was heißt springt, wenn er nicht springen würde, wär's ja kein Springbrunnen.
B: Was wär's dann für ein Brunnen?
A: Dann wär es keiner.
B: Gar keiner?
A: Nein! Gar keiner nicht, es wäre halt dann ein Brunnen, der nicht springt.
B: Aber *da* is er schon.
A: Freilich is er da.
B: Aber sehn tut mer ihn nicht.
A: Wenn er nicht springt – nicht.
B: Hören tut mer ihn auch nicht.
A: Wenn er springt, schon, dann rauscht das Wasser.
B: Rauschen tut er und springen zu gleicher Zeit.
A: Der Springbrunnen rauscht nicht, nur das Wasser.
B: Ohne Springbrunnen?
A: Nein, mit Springbrunnen.
B: Kann man so einen Springbrunnen kaufen?
A: Nein.

B: Woher hat dann unsere Stadtverwaltung den Springbrunnen?

A: Der wurde gestiftet.

B: Springend?

A: Nein – da mußte zuerst das Wasserbassin betoniert werden, dann wurden die Rohre gelegt und die Blumenanlagen, und dann wurde ein Geländer herum gemacht.

B: Und dann?

A: War er fertig.

B: Aber gesehen hat man ihn noch nicht.

A: Wem?

B: Den Springbrunnen selbst.

A: Nein, erst als er aufgedreht wurde, dann ist der Wasserstrahl in die Höhe gesprungen.

B: Vor Freude?

A: Na – das ist doch ein Naturgesetz, wenn man einen Wasserhahn aufdreht, springt das Wasser immer in die Höhe.

B: Immer nicht, in unserer Küche zu Hause, wenn man den Wasserhahn aufdreht, springt das Wasser hinunter.

A: Eine Küche und der Sendlingertorplatz ist auch zweierlei.

B: Aber nützlich ist ein Springbrunnen nicht.

A: Nutzen hat er keinen.

B: Warum baut man dann Springbrunnen?

A: Nur zur Zierde – zum Anschauen.

B: Für wen?

A: Für die Bewohner unserer Stadt.

B: Wie lange existiert der Springbrunnen schon?

A: Ich glaube, seit 1860, also fast hundert Jahre lang.

B: Nun dann müssen ihn doch alle Münchner schon gesehen haben.

A: Das ist Geschmackssache, was Schönes kann man sich zwei- und dreimal ansehen.

B: Zwei- bis dreimal schon, aber so alte Münchner oder gar die, die am Sendlingertorplatz wohnen, müssen sich doch schon an dem Springbrunnen sattgesehen haben.

A: Für die Münchner allein is er auch nicht gemacht worden, sondern hauptsächlich für die Fremden.

B: Nein, das stimmt nicht, die Fremden kommen nicht wegen dem Wasser, sondern wegen dem Bier zu uns nach München.

A: Das stimmt.

B: Mich hat noch nie ein Fremder gefragt: »Sagn's Sie mal, wo kann man hier einen Springbrunnen sehen?« – Alle haben mich gefragt: »Wo ist hier das Hofbräu?«

A: Natürlich kommt kein Mensch wegen dem Wasser nach München, und keiner wird aus dem Springbrunnenbassin Wasser saufen wollen.

B: Warum haben s' dann einen eisernen Zaun drumrum gemacht?

A: Daß man nicht naß wird, wenn man zu nahe an den Springbrunnen hingehen würde.

B: Aber im Winter?

A: Im Winter? Da springt er ja nicht.

B: Wenn aber ein Fremder im Winter den Springbrunnen sehen will?

A: Das kann er nicht, da muß er schon warten, bis es wieder Sommer wird.

B: Muß er dann solang in München bleiben?

A: Nein, der fahrt wieder heim und soll im Sommer wiederkommen.
B: Wenn er aber nicht mehr kommt?
A: Dann sieht er ihn nicht.
B: Da hat's der Münchner leichter, der sieht ihn immer.
A: Im Winter aber nicht?
B: Warum springt er nicht im Winter?
A: Da tät der Springbrunnen einfrieren.
B: Das ist nicht wahr, laufendes Wasser friert nie ein.
A: Da haben Sie recht, das hat mir auch einmal ein Installateur gesagt, das wissen vielleicht die Herren Stadträte gar nicht.
B: Das muß man den Stadträten sagen, die sind einem vielleicht dafür dankbar, dann könnte man sich doch die Arbeit mit dem Zudrehen ersparen.
A: Gewiß, hieraus sieht man, daß der Laie auch manchmal eine gute Idee haben kann.
B: Nur eines ist mir nicht klar, der Springbrunnen springt in die Höhe, dann fällt das Wasser wieder herunter und sammelt sich in dem Wasserbecken und läuft dann zum Ablaufrohr wieder hinaus.
V: Ganz klar, der Ablauf ist wichtiger als der Springbrunnen selbst, denn wenn da kein Ablauf wäre und das Wasser hätte seit dem Jahre 1860 nicht ablaufen können, da wäre vielleicht heute ganz München – ganz Bayern – ganz Deutschland – vielleicht ganz Europa überschwemmt – was wäre das für eine gewaltige Katastrophe, wenn einer aus Mutwillen das Ablaufrohr verstopfen würde?
B: ... Ah!!! ... jetzt weiß ich, warum daß man um diesen Springbrunnen ein Geländer gemacht hat.

Es dreht sich um Karl Valentin – Ausschnitt: Sendung III am 16. 9. 1946

S[endung] III

W: *(wählt die Telefonnummer eintausendeinhunderteinundeinzig) (Telefonscheibe klirrt fünfmal)*

V: Karl Valentin dort! Wer hier?

W: Machen Sie keine Witze – was ist denn los? – sind Sie noch zu Hause? Die Sendung hat bereits begonnen, die Hörer von ganz Deutschland warten schon nervös, und Sie sind noch zu Hause?

V: Komme gleich – die Hörer sollen einstweilen in Deutschland Platz nehmen.

W: Machen Sie keine so blöden Witze, kommen Sie sofort ins Rundfunkhaus, alles wartet auf Sie.

V: Der Hausmeister auch?

W: Ach der Hausmeister, wir im Senderaum warten. Mill. von Hörern warten ebenfalls auf Sie.

V: Bei den Mill. von Hörern kann doch ein Hausmeister dabei sein.

W: Da können viele Hausmeister dabei sein.

V: Der vom Rundfunk auch?

W: Das weiß doch ich nicht.

V: Aber Sie telefonieren doch vom Rundfunkaushaus … haus aus, dann müssen Sie doch wissen, ob Ihr Hausmeister auch horcht?

W: Lassen Sie mir doch endlich meine Ruhe mit dem blöden Hausmeister.

V: Das sag' ich ihm.

W: Nein, das sagen Sie ihm bitte nicht, unser Hausmeister ist nicht blöd.

V: Aber Sie haben's gesagt.

W: Ich habe es nur in der Eile gesagt, weil Sie immer wieder vom Hausmeister sprechen, statt daß Sie sich in ein Auto setzen und ins Rundfunkhaus kommen.

V: Wann?

W: Jetzt.

V: Später meinen Sie.

W: Nein jetzt.

V: Jetzt, wär ja sofort.

W: Ja, Sie sollen ja sofort kommen!

V: Nicht jetzt?

W: Ja jetzt!

V: Ja soll ich jetzt und sofort zu gleicher Zeit kommen?

W: Das ist ja zum Kotzen.

V: Vielleicht haben Sie was Unrechtes gegessen.

W: Herr Valentin, das ist zum Verzweifeln mit Ihnen.

V: Zuerst kotzen Sie, dann verzweifeln Sie, Sie sind ja sehr vielseitig.

W: Wenn Sie nicht sofort ins Rundfunkhaus kommen, müssen wir die begonnene Sendung unterbrechen.

V: Was sagen Sie zur Atomenergie?

W: Na, das ist ja die Höhe, ich bin in höchster Aufregung, und da fragen Sie mich nach der Atomenergie, mit Ihnen wird man nicht fertig, ich schicke Ihnen sofort ein Auto in Ihre Wohnung.

V: In Gottes willen, unsere Möbeln, das Auto soll lieber vor meinem Haus warten.

W: Warten auch noch – – unmöglich! – Sie müssen schon vor Ihrem Haus bereitstehen, wenn das Auto kommt.

Karl Valentin in dem Film »Die Erbschaft« (1936)

V: Das Haus gehört nicht mir, ich wohne nur drin.

W: Das ist doch egal.

V: Nein das ist nicht egal – wenn das Haus mir gehören würde, würde ich zu meinem Hausmeister sagen, er soll vor meinem Haus warten, bis das Auto kommt. – Aber der hätte gewiß um diese Zeit keine Zeit, weil der sicher am Radio horchen würde, daß er mich hört.

W: Ja das ist doch heute der Fall.

V: Wieso? Ich bin doch noch gar nicht im Rundfunk drin.

W: Das weiß ich ja, deshalb schick' ich Ihnen ja den Hausmeister – – a das Auto wollt' ich sagen, ich bin schon halb verrückt.

V: Das sagen Sie mir? Das müssen Sie einem sagen, der das noch nicht weiß.

W: *schreit in den Hintergrund* – Hallo Herr … bestellen Sie sofort eine Taxe für Herrn Valentin.

NN: Jawohl Herr Regisseur, wird besorgt.

W: Also das Auto ist besorgt, inzwischen lass' ich von Ihnen einige Schallplatten spielen, bis Sie kommen.

V: Tun Sie das, viele Hörer und Ihr Hausmeister werden sich drauf freuen.

W: Gut, auf Wiederhören.

V: Danke, gleichfalls.

(Herr Wilhelm spielt nun einige Schallplatten in 7-Minuten-Dauer, bis zur Ankunft von Karl Valentin.)

(Herr Valentin ist im Senderaum eingetroffen.)

V: Gud'n Abend.

W: Gott sei Dank, dass Sie da sind.

V: *(ganz aufgeregt)* Ich danke!!! – – – Das war die tollste Fahrt, die wir jetzt erlebten.

W: *Wir,* sagen Sie? Ist noch wer mitgefahren?

V: Ja, der Coffeur, ohne ihn wäre ich ja noch nicht hier, ich kann doch nicht Auto fahren, nur Straßenbahn.

W: Ist was passiert?

V: *(ganz erregt)* Wir fahren von meiner Wohnung weg, – fahren die Dingstraße entlang – überqueren den Dingplatz sausen in 20-Meter-Kilogrammtempo bei der Ding vorbei, biegen in eine Kurve ein. Bei der Straßenbahnhaltestelle kommt ein Lastauto mit Anhänger, hat den Richtungszeiger vorschriftsmäßig nach links gestellt, wir fahren hinter dem Lastauto vorbei zum Rundfunkplatz zum Rundfunkhaus – der Coffeur bremst – der Wagen steht, ich steig aus, greif in meine Tasche –
und hab kein Pfennig Geld bei mir.

W: Die Fahrt geht doch auf unsere Kosten.

V: Ach sooo! – – das ist was anderes – ja – und was machen wir jetzt?

W: Was wir jetzt machen? Jetzt sind Sie da, jetzt erzählen Sie uns mal was Geistreiches, z. B. die Geschichte vom Aquarium.

V: Ja, die erzähl ich Ihnen, aber da muß ich etwas vorausschicken. Das Aquarium war mein erster Vortrag im Jahre 1910. Das habe ich einmal im Deutschen Theater-Varieté vorgetragen, es war ein Gelächter, daß ich bald selber mitgelacht hätte. – Aber als Komiker selber soll man ja nicht lachen, sondern ernst bleiben, nur das Publikum soll lachen. – Nach meinem Auftreten war zehn Minuten Pause. Zwei Musiker standen auf der Bühne und unterhielten sich über mich – bemerkten aber nicht, daß ich hinter ihnen stand, und da sagte ein Posanist zu seinem Kollegen: »Hast ’n g’heart, an Karl Valentin, de Komiker dean se leicht, stell'n se auf d' Bühne 'nauf, macha a saudumm's Gsicht, redn zehn Minuten lang an rechten Blödsinn daher und kriang für de zehn Minuten so vui Geld, ois mia fürs Musimacha an ganzn Monat.« Ich klopfte diesem Musikus von hinten auf die Schulter und sagte zu ihm: »Lieber Herr Posanist! Bis heute gibt es kein Gesetz, daß ein Musiker keinen Komiker machen darf; ich an Ihrer Stelle würde statt ins Orchester auch auf die Bühne gehen, recht dumm dreinschauen – und zehn Minuten lang dem Publikum an richtigen Blödsinn erzählen«; – – – Er hat meinen gut gemeinten Rat nicht befolgt, denn nach einigen Jahren sah ich denselben Musiker auf der Straße gehen, er trug seinen schwarzen Posaunenkasten bei sich, ich grüßte ihn freundlich und sprach so im Vorbeigehen – – – »Noch immer Trompetenblasen?«

W: *Der* hat sich ausgekannt. Ja es ist aber über dieses zu sagen, daß einer, der absichtlich dumm daherredet, nicht dumm ist, sondern vielleicht das Gegenteil.

V: Danke schön, sehr schmeichelhaft, hier eine Zigerette.

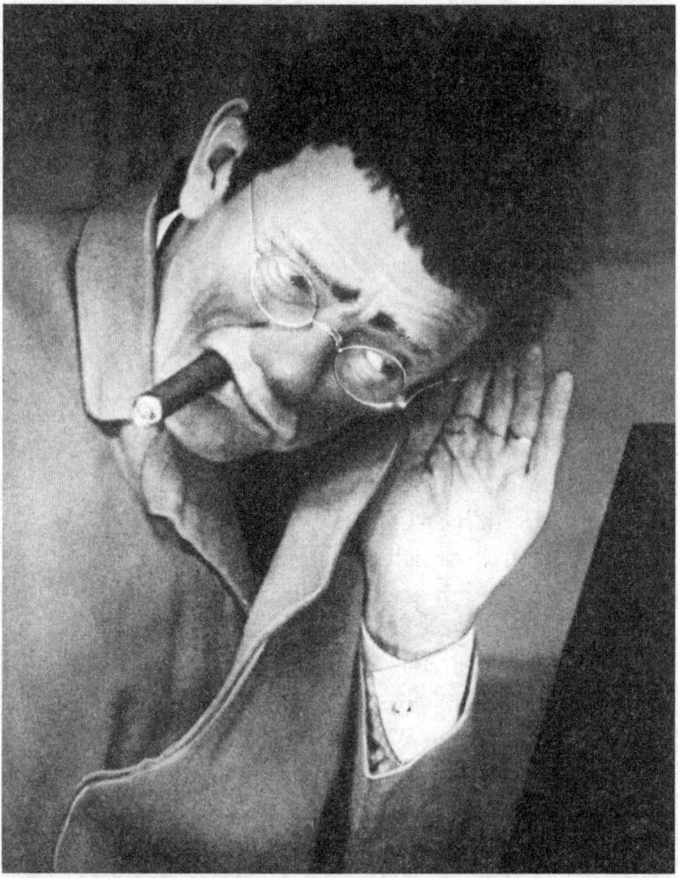

Karl Valentin in der Theaterszene »Im Schallplattenladen« (1933)

Geht in die Wälder – holt euch Holz

B: Servus Valentin – wie gehts?
V: Danke – bin zufrieden.
B: Warst Du auch dabei?
V: Nein – warst Du dabei?
B: Auch nein.
V: Na also.
B: Was machst Du im kommenden Winter?
V: Ich friere.
B: Wieso? Hast Du keinen Ofen im Zimmer?
V: Ofen schon, aber nur zwei Ster Holz.
B: Na also, dann hast Du ja Holz zum Einheizen.
V: Schon, aber wenn ich das Holz einheize, dann verbrennt es – mit was soll ich dann einheizen?
B: Ja mit Holz.
V: Ich sag Dir doch, das Holz heiz ich nicht ein, das spar ich mir für den nächsten Winter.
B: Aber den nächsten Winter mußt Du doch auch heizen.
V: Ja, aber nur, wenn's kalt ist.
B: Unsinn! im Winter *ist* es doch kalt.
V: Aber nur im Freien, aber doch nicht in den Wohnungen.
B: Wenn Du in der Wohnung nicht heizt, ist es doch auch kalt.
V: Schon, aber nur, wenn man *nicht* einheizt.

B: Du sagst doch, daß Du nicht einheizen willst, weil Du das Holz bis nächsten Winter aufsparen willst.

V: Ja nur dann, wenn ich im nächsten Winter kein Holz bekomme.

B: Nächsten Winter bekommst Du doch Holz genug, weil wir da hoffentlich wieder Kohlen bekommen.

V: Wenn es wieder Kohlen gibt, brauchen wir selbstverständlich kein Holz mehr.

B: Holz mußt Du immer im Vorrat haben, im Falle es mit der Kohlenlieferung nicht klappt, dann mußt Du in den Wald gehen und Dir Holz holen – Brennholz.

V: Was für eines? Buchen- oder Tannenholz?

B: Tannenholz von den Tannenbäumen.

V: An was kennt man die Tannenbäume?

B: An den Blättern.

V: Der Tannenbaum hat doch keine Blätter.

B: Selbstverständlich hat der Blätter, es heißt doch in dem Volkslied »Oh Tannenbaum, oh Tannenbaum, wie grün sind deine Blätter«.

V: Ja, nur im Lied hat der Tannenbaum Blätter, aber im Wald draußen hat er Nadeln.

B: Ja, ja – aber man kann doch nicht singen »Oh Tannenbaum, oh Tannenbaum, wie grün sind deine Nadeln«. – – Es ist ja auch egal, Du sollst Tannenholz holen im Wald, daß Du eine warme Wohnung bekommst.

V: Meine Meinung ist, daß man auch ohne geheizte Wohnung leben kann, im Freien draußen ist doch auch nicht eingeheizt – die Leute leben auch[;] wenn man sich warm anzieht, kann einem doch nicht frieren.

B: Aber Du kannst doch in der Wohnung zu Hause keinen Pelzmantel anziehen.

V: Warum nicht, die Eskimos machen es doch auch so – die können doch auch nicht in den Wald gehen und können sich Brennholz holen, weil's am Nordpol keine Wälder gibt, sondern nur Schnee und Eis.

B: Was die Eskimos machen, kann uns doch egal sein – wir leben in Europa, und deshalb müssen wir im Winter einheizen.

V: Die Menschen sind eben zu verwöhnt, wer kümmert sich denn um die Tiere im Winter, zum Beispiel um die Vögel?

B: Ja die Vögel haben am ganzen Körper Federn und Federn machen warm und wir Menschen haben leider keine Federn, sondern Haare.

V: Das wäre natürlich vorteilhaft, da müßten wir aber *überall* behaart sein wie zum Beispiel ein Hofhund – aber wenn wir überall behaart wären, dann müßten wir im Sommer furchtbar schwitzen oder nackend rumlaufen, dann bräuchten wir keine Kleider mehr, und die Kleiderfrage wäre gelöst.

B: Und die Schneider?

V: Die wären allerdings arbeitslos.

B: Das sind sie sowieso, weil wir keine Kleiderstoffe haben zur Anfertigung von Kleidern.

V: Kleiderstoff haben wir nicht, aber Stickstoff – Sauerstoff – Wasserstoff haben wir.

B: Sie können sich doch keinen Anzug aus Wasserstoff machen lassen.

V: Höchstens einen Taucheranzug – fürs Regenwetter.

B: Wir sind nun wieder ganz von unserem eigentlichen Thema abgekommen – vom Holz im Walde holen.

V: Ja, da muß ich jetzt dazwischen hinein einmal dumm fragen – wenn alle Menschen in Walde Holz abschneiden, dann gibt es bald keinen Baum mehr, wo setzen sich dann die Vögel hin? Wo bauen sie ihre Nester?

B: Na, a paar Bäume werden schon noch stehenbleiben.

V: Auweh – dann heißt es auch bei den Vögeln, wie zur Zeit bei den Menschen – – näher zusammenrücken!!!

Die Atombombe

Ein tiefsinniges Gespräch,
belauscht von Karl Valentin

FRAU HUBER: Na, Frau Maier, was sagn jetzt Sie über die neue Atombombe?

FRAU MAIER: Ja – dö soll ja furchtbar sein.

HUBERIN: Furchtbar? Dö soll nicht nur furchtbar sein, das soll das Katastrophalste sein, was je erfunden wurde.

MAIERIN: So, das Katrophalste, wie ham S' gsagt?

HUBERIN: Das Ka-ta-stroh-stroh-fall-steh, das is schwer zum Ausdrücken.

Maierin: Was is denn eigentlich so ein Katastrophal?

HUBERIN: Ein Katastrophal ist eine Art Energie, und wenn die exeplidiert, dann geht's los, dann is dö ganze Welt hi.

MAIERIN: Geht dann die Atombombe los oder die Energie?, wie Sie vorhin gsagt ham.

HUBERIN: Na, na, der Kern geht los, net der Amtom selber.

MAIERIN: So, so, nur der Kern. – Wo is der?

HUBERIN: Der is innen drin im Amtom, genau wia bei de Zwetschgn, da is aa der Kern innen drin.

MAIERIN: Ja stimmt, dös is erst kurz in der Zeitung gstandn von dieser Amtombombenkernzertrümmerung.

HUBERIN: Ja, ja, des is des, stelln's Ihna vor, so ein Amtomkern is so klein, daß man net amoi mit dem größtn Fernrohr siecht, und wenn der Kern zertrümmert werd, entstehen daraus lauter noch kleinere Molikühle – de san um aa Drionstel mal kleiner, als wia der winzigste Amtomkern selber.

Maierin: Ja was is dös – da muaß aber der Arbeiter, der den winzig klona Amtomkern mit 'm Hammer zertrümmert, no guate Augn ham.

Huberin: O mei, Frau Meier, in der Philophiserie lassn Sie hübsch zu wünschn übrig, Sie stelln eahna diese Zertrümmerung so kindisch vor! Die zertrümmert sich ja selbst, wenn die Amtombombe vom Flugzeug aus hinabwärts auf den Boden fällt.

Maierin: Wenns aber auf an woachn Boden fällt, in an sogenannten Lettn oder Batz, oder gar ins Wasser, was nacha?

Huberin: Dann aa.

Maierin: Aa nacha, wenns naß werd? Löschts da net aus?

Huberin: A woher, die Amtombombe is ja wasserdicht, de werd überhaupts net naß, bis de naß werd, gehts ja scho los, da is ja die Katastrophe schon exeplodiert.

Maierin: Ja wia Sie dös alles wissn.

Huberin: Kunststück – i bin immer auf dem laufenden und noch dazu sehr belesen.

Maierin: Und was is nacha mit den kleinen Maniküren, wie Sie vorher gsagt habn.

Huberin: Maiküren? – Sie meinen die Molikühlen – dö zreißts aa.

Maierin: Einesteils könnt man sich ärgern, weil s' solche Sachen erfinden, aber für an gwöhnlichen Kartharr, da gibts no nix.

Huberin: Ja, ja, Frau Maier, Sie dürfen auch an Kartharr net mit der Amtombombe in Einklang bringen.

Maierin: Na, na, des steht mir fern, i moan ja nur.

Huberin: Schaug'n S', wenn diese Amtomenergiekernzertrümmerungsmethode einmal zu nützlichen Sachen Verwendung findet, dann ist das doch ein wahrer Segen für uns und für die ganze Menschheit.

Karl Valentin als »Lustiger Ehemann« in der Szene »Ehescheidung vor Gericht« (1933)

Maierin: Ja ja, schon, aber wenn doch vor der nützlichen Verwendung die schädliche Verwendung angewandt wird, dann ist doch nach meiner Ansicht die nützliche Verwendung nicht mehr anwendbar, weil mir doch scho alle hi san.

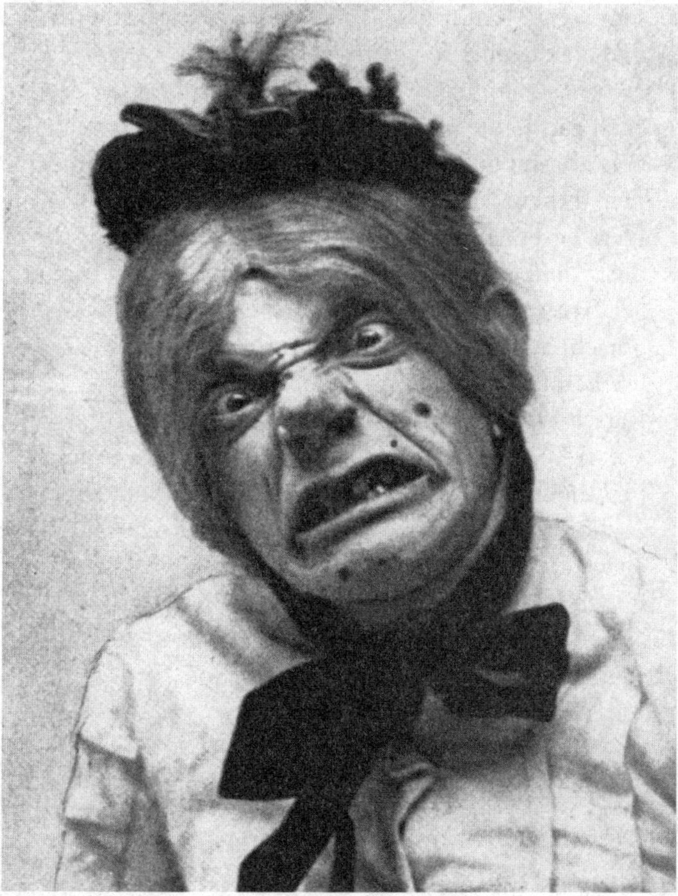

Karl Valentin als »Hausdrachen«

HUBERIN: Na, so gfährli werds net wern. Im Krieg hats ja auch gheiß'n, jede Kugel trifft net, und da ists dasselbe, denn so genau als wia mit einem Gwehr oder einer Kanone könnas' mit der Amtombombe niemals zielen.

MAIERIN: Ja, i hab ja von all den neuen Erfindungen sehr wenig Kenntnisse, aber i muaß grad so staunen, daß Sie des alles so wissn, Frau Huaber.

HUBERIN: Mei, Frau Meier, von Ihnen kann man das auch gar nicht verlangen, und wie gsagt bin ich sehr belesen und außerdem hat mi unser Zimmerherr, der Herr Lorenz, über vieles Technische aufgeklärt. Der Herr Lorenz is nämlich Möbelpacker bei der Speditionsfirma Fey und Falk und außerdem is er ein tüchtiger Bastler. Der hat vorige Woch einen Hasnstall gmacht aus lauter alte Kistnbrettln. Entzückend, sag ich Eahna. Ja, jetzt muaß i aber geh, vor lauter Ratschn kriag i sonst koa Milli mehr.

MAIERIN: Ja, i muaß aa geh, aber interessant war des heit, hoch- und wissenschaftlich, Eahna is grad guat zuzhörn, Frau Huber, de andern Weiber redn nur allaweil, was soll i denn heit kocha, und vielleicht kriag i doch no an Bezugschein und so weiter.

HUBERIN: Ja mei, Frau Meier, es gibt halt solche und Gott sei Dank andere aa. Also pfia Gott, Frau Maier.

MAIERIN: Pfia Gott, Frau Huber!

Vater und Sohn über den Krieg

1947

SOHN: *(zehn Jahre alt)* Du, Vata, gell, der Krieg is was Gefährliches?

VATER: Freili, dös is das Gefährlichste, was es gibt!

S: Warum wird dann immer wieder Krieg g'führt, wenn er so gefährlich is'?

V: Ja, mei! – Es heißt halt – – solange es Menschen gibt – gibt es Kriege!

S: Gell, Vata, wenn a König oder a Kaiser an König oder an Kaiser von einem andern Land beleidigt, kummt a Kriag?

V: Na, na – – so einfach is dös nicht, da müssen schon die Kriegsminister und der Kriegsrat a gfragt werdn.

S: Wenn dann der Herr Kriegsrat den Krieg will, dann kommt a Kriag?

V: Nein – dann wird erst vorher noch der Reichstag einberufen und die Parteien entscheiden dann über Krieg oder Frieden!

S: Sind das solche Parteien, wie die bei uns im Haus wohnen?

V: Hah! Dummer Bua – das sind politische Parteien, die vom Volk gewählt wurden!

S: Wird dann das Volk auch gfragt, ob wir an Krieg wolln oder nicht?

V: Nein! 's Volk wird nicht gfragt, denn das Volk sind ja die Parteien, weil das Sechzig-Millionen-Volk im

Reichstaggebäude keinen Platz hätte – – deshalb hat das Volk seine Vertreter!

S: An Hämmerle Maxe sei Vata is a a Vertreter!

V: Na, Bua – das is ja nur a Vertreter von einer Zigarettenfabrik.

S: Kriagst von dem koane Zigaretten?

V: Na! In Kriagszeiten braucht man keinen Vertreter, weil die Waren knapp sind.

S: Du, Vater, werdn die Soldaten auch gfragt, obs an Kriag wolln?

V: Na! Die Soldaten werden nicht gfragt, die müssen in den Krieg ziehn, so bald er erklärt ist – – mit Ausnahme der Freiwilligen.

S: Müssen die Freiwilligen auch schießen im Krieg?

V: Nein – ein Freiwilliger muß nicht, der schießt halt, weil im Krieg gschossen werden muß.

S: Dann müssen's ja doch!

V: Aber nur freiwillig muß er!

S: Gell, Vata, die Gewehre – die Kanonen, die Fliegerbomben und alle die Kriegswerkzeuge, die laßt alle der Kaiser machen?

V: Natürlich!

S: Die sind teuer, gell, Vata?

V: Die sind freilich teuer, die kosten viele, viele Milliarden!

S: Der Kaiser kanns aber leicht zahln, weil er reich is.

V: Der is freili reich, der Kaiser is der reichste Mann im ganzen Land.

S: Von was is denn der Kaiser so reich worn, Vata?

V: Durch sein Volk – – durch die vielen Steuern.

S: Aber dem Kaiser sei Volk is net reich.

V: Nein – das nicht – – aber das macht die Masse – –

wenn z. B. von den sechzig Millionen Menschen nur jeder eine Mark Steuer im Jahr zahlt, sind es schon 60 Millionen Mark.

S: Ghörn die sechzig Millionen dann dem Kaiser?

V: Nein, die gehören dem Staat, und vom Staat kriagt der Kaiser dann auch etwas, aber vielleicht nur fünf Millionen, so viel, daß er halt mit seiner Familie gut auskommt.

S: A paar Millionen? Gell, Vata, so viel verdienst du als Arbeiter nicht?

V: Na – i verdien im Jahr net ganz zweitausend Mark.

S: Aber als Rüstungsarbeiter hast scho mehra verdient?

V: Ja, das war aber nur während dem Krieg!

S: Gell, Vata – wegen dem Verdienst wär der Krieg scho recht?

V: Eigentlich schon – – aber –

S: Was: aber – – ?

V: Lieber weniger verdienen und im Frieden leben wär halt doch schöner.

S: Ja, Vata, wennst du und deine Arbeitskameraden nie in einer Rüstungsfabrik arbeiten tätst, dann gäb es doch keine Waffen – dann wär doch immer Frieden, weil man ohne Waffen keinen Krieg führen kann.

V: Ja, ja – da hast du scho recht – aber das müssen alle Arbeiter auf der ganzen Welt beherzigen.

S: Warum tuast das nicht?

V: Mei, Bua – du bist noch so jung – das verstehst noch nicht, wenn ich dir das auch erklär – die Arbeiter werden von den Kapitalisten überlistet.

S: Was ist dös – überlistet?

V: Überlistet? Es wird künstlich eine Arbeitslosigkeit erzeugt – – wenn die Arbeitslosigkeit nach einigen

Jahren den Höhepunkt erreicht hat, steht schon im Hintergrund der Krieg – –

S: Was is nacha?

V: Dann werden wieder Arbeiter gesucht –

S: Dann werden die Arbeiter wieder froh sein, wenns a Arbeit kriegen.

V: Viele Millionen Arbeiter arbeiten dann wieder in Fabriken und machen die Teile für fünf Millionen Nähmaschinen.

S: Nähmaschinen? Du, Vata, zu was braucht man denn beim Krieg Nähmaschinen?

V: Dös wird den Arbeitern nur vorgetäuscht – – in Wirklichkeit werden es lauter Maschinengewehre.

S: Glauben dös die Arbeiter? Wie is dös dann bei den riesen Kanonenrohren?

V: Da wird den Arbeitern vorgetäuscht, das werden lauter Fernrohre für die Sternwarte.

S: Geh – Vata – – so einen plumpen Schwindel kann man doch keinen Arbeiter vormachen.

V: Freilich ist das nicht faßbar – aber die Kanonenrohre sind da, also habens die Arbeiter doch gmacht!

S: Hast du auch den Schwindel geglaubt?

V: Ha – ha – ich hab sofort gemerkt, daß das Waffen werden für den Krieg.

S: Warum hast du dann nicht gestreikt?

V: Ich allein kann doch nicht streiken – – wenn schon – dann müssen alle Arbeiter der ganzen Welt sofort in den Streik treten und keine Waffen mehr machen, dann wäre gleich Schluß mit den unseligen Kriegen.

S: Warum tun das dann die Arbeiter nicht?

V: Mei, Bua, redst du dumm daher, wenn damals nach der großen Arbeitslosigkeit ich net in der Rüstungsfabrik gearbeitet hätte, wären wir, ich, die Mutter und du, verhungert und die anderen Arbeiter auch.

S: Ja, du hast ja doch gearbeitet und trotzdem müssen wir heute auch bald verhungern.

V: Na – na – so schlimm wirds nicht werden.

S: Wenn aber wieder a Krieg kommt, tätst du dann auch wieder für die Rüstung arbeiten?

V: Ja – mei – – wenn s' uns wieder überlisten, dann geht's uns wieder genauso wie beim letzten Krieg.

S: Aber Vater, wenn das so ist, wie du mir das alles erklärst, gibt es ja niemals einen ewigen Frieden auf der Welt.

V: Niemals – deshalb heißt es ja doch: Solange es Menschen gibt, gibt es Kriege.

S: Menschen? Nein, Vater – in dem Fall müßte es heißen: Solange es Arbeiter gibt, gibt es Kriege.

V: Nein, es muß heißen, solange es solche Schwindler gibt, die die Arbeiter immer wieder anschwindeln, so lange gibt es Kriege.

S: Dann ist ja der Schwindel schuld an den Kriegen.

V: Ja, so ist es – und diesen Schwindel heißt man internationalen Kapitalismus.

S: Kann man den denn ausrotten?

V: Nein! Höchstens mit Atombomben, die die ganze Welt vernichten!

S: Gell, Vater – aber der wunde Punkt is halt der: Wer macht zum Schluß diese Atombomben?

V: Natürlich auch wieder die Arbeiter.

S: Wenn sich aber die ganzen Arbeiter auf der Welt einig wären, gäb's dann auch noch an Krieg?

V: Nein – dann nicht mehr – das wäre der ewige Friede.

S: Aber gell, Vater – die werden nie einig.

V: Nie.

Frau Meier und Herr Huber

Der ewige Frieden

V: War'n S' beim Einkaufen?

K: Was heißt »Einkaufen« – beim Anstellen war ich. Drei Stund hab' ich mich umsonst ang'stellt beim Bäcker.

V: Dann war'n Sie also eine Angestellte beim Bäcker. – Hab'n S' dann auch was bekommen?

K: Nix hab' i kriagt – da schaun S' rein in mei leere Tasch'n! Kein Stückl Brot ham mir z' Haus. – Es ist zum Verzweifeln.

V: Was heißt »zum Verzweifeln« – »zum Verhungern« wär' eigentlich der richtige Ausdruck; – aber das is nur der Übergang. – Dös dauert vielleicht noch zehn bis zwanzig Jahr, bis die gesprengten Brücken wieder alle neugebaut sind, dann gibt's wieder alles[.]

K: So! Dann müss'n ma also noch zwanzig Jahr lang hungern?

V: Kann scho sei, aber dafür schmeckt's uns dann um so besser; oder ham Sie noch nie das Sprichwort g'hört: »Hunger ist der beste Koch«?

K: Dös is' a net[t]es Sprichwort – und im Gebet heißt's: »Unser täglich Brot gib uns heute« – da müßt ma dann eigentlich beten »Unser tägl. Brot gib uns in zwanzig Jahren«.

V: Na, es wird net so g'fährlich wer'n. – Nur ein Beispiel: Mein Neffe ist heute fünfzehn Jahr – er steht vor der Berufswahl – was soll ich den Buben lernen lassen? »Hungerkünstler« soll er wer'n – er hat auch sehr viel Talent dazu – da muß ma grad staunen, wie der schon hungern kann, und das ist noch dazu ein sehr einträglicher Beruf. Der ehemalige Hungerkünstler »Sukki« hat in München im Jahre 1913 im Mathäser ein Gastspiel gegeben. Da hat er zweiundvierzig Tage gehungert und hat über 15 000 Mark verdient – in dieser kurzen Zeit. Der Mann ist durch das Hungern ein reicher Mann geworden.

K: Ja, ja, dös kann schon sein, das sind halt Ausnahmen – jeder kann das nicht.

V: Was heißt »jeder«? Wir trainieren uns doch schon alle unfreiwillig auf diesen Beruf ein!

K: Na, na, Herr Huber, Sie sehn zu schwarz. – D'Amerikaner bringen jetzt schon was her – bei denen geht's schnell – oder ham Sie vielleicht schon a amerikanisches Auto g'seh'n, dös langsam g'fahr'n is?

V: Ja, Frau Meier, da sind Sie nicht ganz im Bild: Mit den Autos könnten die natürlich sehr schnell zu uns Lebensmittel rüberfahrn, im 200-Kilometer-Tempo sogar, aber die Lebensmittel müssen doch auch übers Meer mit den Schiffen rübertransportiert werden, und die Schiff fahr'n ja viel langsamer als die Autos, und das is' der wunde Punkt.

K: Aber Deutschland, hab' i g'hört, kommt erst an letzter Stelle dran.

V: Na ja, dö andern Länder war'n an erster Stelle dran mit 'm Hungern, dös muß ma halt auch wieder bedenken.

K: Aha! So is' dös – So was woaß halt unsereiner net.

V: Ja, und dann kommt noch dazu, daß im Meer noch

Millionen von Minen umanand'schwimma, da müass'n die amerikanischen Schiffe jeder Mine ausweichen, also drumrum fahrn; was glaub'n Sie, was die oft für einen Umweg machen müss'n, bis die in Europa landen können.

K: Aha! So is dös – von so was hat natürlich unsereiner keine Ahnung. Aber wenn dös so is, wia Sie sagen, dann wär es doch das einfachste, wenn man diese schwimmenden Minen aus dem ganzen Meer rausfischen tät, damit die großen Transportdampfer nicht mehr gehindert wären.

V: Ja, ja, dös wird ja schon seit Kriegsende getan.

K: Soo – na ja, dann wern ma ja bald was kriag'n – dauert dös lang, bis diese Minen allso rausg'fischt san?

V: Ja, dös kann viele, viele Jahrzente dauern, weil die unter Wasser schwimmen – die sieht ma ja gar net, das ist möglich, daß solche Minen in hundert Jahr noch im Meer herumschwimmen.

K: Und so lang müss'n ma no hungern? – Ja, warum ham's denn die Minen ins Meer rein g'schmiss'n?

V: Sehr einfach! Damit die Schiffe an die Minen hinstoßen sollen und in die Luft fliegen.

K: Was, die Schiffe fliag'n in der Luft? Wia der Zeppelin?

V: Der Zeppelin kan weiterfliag'n, aber die Schiffe fallen wieder ins Meer und versinken.

K: Mit den ganzen Nahrungsmitteln, die für Europa bestimmt sind?

V: Natürlich!

K: Ja, wer hat denn dann diese gefährlichen Minen erfunden?

V: Das könnt ich Ihnen momentan nicht sag'n – aber

das könna S' in Meiers Konversationslexikon Band »M« schon herausfinden.

K: Mir ham sogar Meiers Konflimati[o]nslexikum dahoam, da schaug i heut gleich nei', wia dieser edle Erfinder hoaßt. – Dem schreib ich aber! So an Brief hat der noch net g'les'n.

V: Reg'n S' Ihnen doch net auf, Frau Meier – schreib'n S' dem nicht, der diese Wasserbomben erfunden hat – erstens lebt dieser Mann wahrscheinlich nicht mehr, und zweitens hat der's ja nur gutg'meint.

K: Was gut g'meint? – Wenn einer so eine grausame Waffe erfindet! Bravo, Sie ham saubere Ansichten!

V: Das verstehn Sie auch wieder nicht, Frau Meier – das ist aber so – das sehn Sie jetzt wieder an der Erfindung der Atombombe – das ist doch eine wunderbare Sache. Diese Erfindung, die könnte uns den ewigen Frieden bringen.

K: Ja, san denn Sie überg'schnappt, Herr Huber – ham denn Sie in der Zeitung net g'lesen, von der furchtbaren Wirkung, die nur *eine* Atombombe verursacht. – Wenn tausend solche Atombomben zu gleicher Zeit losgehn, da wär' ja die ganze Welt in Trümmer und alles Leben von Mensch und Tier erloschen.

V: Na also, Frau Meier, dann stimmt es doch – dann hat uns der Erfinder dieser schrecklichen Waffe den ewigen Frieden gebracht.

Lebensstationen von Karl Valentin und Liesl Karlstadt

von Gunter Fette

1882

am 4. Juni wird der spätere Karl Valentin in der Münchner Vorstadt Au als Sohn eines Vaters aus dem hessischen Darmstadt und einer Mutter aus dem sächsischen Zittau geboren, also in einem höchst unbayerischen Elternhaus mit dem Familiennamen Fey. Der Vater betreibt ein kleines Speditionsunternehmen. Die Eltern geben ihrem vierten Kind, das als Einziges die damals unter Kindern grassierenden Diphtherieerkrankungen überleben sollte, den Namen Valentin Ludwig. Als er im Alter von zehn Jahren mit seinem Spielkameraden auf der zugefrorenen Isar einbricht, entgeht er knapp dem Tod, während der andere Junge sein Leben verliert. Als lebenslängliche Erinnerung daran bleibt Valentin Ludwig ein Asthmaleiden, das auch auf sein Wesen und seine psychische Grundeinstellung einen maßgeblichen Einfluss haben wird.

1888–1896

geht Valentin Ludwig zur Schule, was er später in seinen Erinnerungen als siebenjährige Zuchthausstrafe beschreibt. Die Lehrer dürften es andererseits aber auch nicht leicht mit ihm gehabt haben, denn nach den von Karl Valentin später selbst erzählten »Jugendstreichen des

Karl Valentin als Clown im Fasching mit neun Jahren (1891)

Knaben Karl« war er als Kind und Jugendlicher »der Schrecken von der Au«, dem Stadtviertel seines Elternhauses. »Der Fey-Bua kommt«, schrien die Kinder oft und flüchteten panikartig in die Häuser oder in sonstige Schlupfwinkel, um sich vor den manchmal geradezu sadistischen Misshandlungen und Attacken des jungen Valentin Ludwig Fey in Sicherheit zu bringen – so die eigene schuldbewusste Erzählung des erwachsenen Karl Valentin. Die leidgeprüften Eltern wollten ihrem einzigen überlebenden Kind, das sie wie ihren Augapfel behüteten und umsorgten, nicht die gebotene strenge Erziehung angedeihen lassen.

1897–1899
erlernt er das Schreinerhandwerk und zeigt dabei erhebliche Fähigkeiten und großes Geschick. Er schließt seine Lehre mit dem Gesellenbrief ab.

1899
kommt das hübsche 18-jährige Dienstmädchen Gisela Royes aus der Oberpfalz in sein Elternhaus, in die sich der ein Jahr jüngere Valentin Ludwig sogleich verguckt, was später Folgen haben wird.

Beruflich möchte er Volkssänger werden – eine damals in München sehr verbreitete künstlerische Betätigung, die auf unzähligen Bühnen in Wirtshäusern und in Singspielhallen zur Unterhaltung der kleinen Leute beiträgt. Bereits ab 1897, also mit 15 Jahren, tritt er vereinzelt in Münchner Gastwirtschaften als »Vereinshumorist« auf. Sein Vater unterstützt diese Ambitionen seines einzigen Sohnes und lässt ihn 1902 für gutes Geld vier Monate lang eine renommierte Münchner Varietéschule besuchen.

Karl Valentin mit seiner Mutter (um 1900)

Karl Valentin als genialer Künstler (1906)

1901
benutzt er erstmals den Namen Karl Valentin als Künstlernamen, wobei er den Bestandteil »Karl« wohl in Erinnerung an seinen gleichnamigen Bruder ausgewählt hat, der mit acht Jahren verstorben ist.

1902
hat er seine ersten professionellen Auftritte auf der bekannten Münchner Kleinkunstbühne von »Papa Benz« und im Nürnberger Varieté »Zeughaus«.

Der plötzliche Tod des Vaters am Ende des gleichen Jahres bereitet seiner angestrebten künstlerischen Laufbahn jedoch ein jähes Ende, da er nun mit seiner Mutter das väterliche Speditionsgeschäft weiterführen muss. Das schöne Dienstmädchen Gisela bleibt weiter im elterlichen Haushalt – und der Sohn des Hauses ihr weiterhin verbunden.

1905
bringt Gisela eine Tochter zur Welt, deren Vater Karl Valentin ist. Das Kind bekommt den Vornamen der Mutter und wächst bei deren Eltern in der Oberpfalz auf.

1906
ist die väterliche Speditionsfirma von Karl Valentin und seiner verwitweten Mutter nicht länger zu halten und muss mit Grundstück und Elternhaus verkauft werden. Nach Ausgleich der Hypothekenbelastungen bleiben der Witwe noch ganze 6000 Mark. Der Münchner Wohnsitz wird aufgelöst, und die Witwe geht mit ihrem Sohn in ihre Heimatstadt Zittau in Sachsen zurück. Er wird nun wieder als Humorist aktiv und baut sich einen mechanischen

Gisela Royes, die Braut und spätere Ehefrau Karl Valentins (um 1905)

Musikapparat, auf dem er 20 Instrumente nahezu gleichzeitig spielen kann – ein sechs Zentner schweres Monstrum, mit dem er ein vielfältiges, teilweise aber wohl auch schauerliches Musikprogramm darbietet, von idyllischen Weisen über Militärmärsche bis hin zu »Schlachten-Potpourris«, wie berichtet wird.

1907
endet seine erste Deutschlandtournee (unter anderem Leipzig, Halle, Berlin) mit diesem »Orchestrion« unter dem neuen Künstlernamen Charles Fey als wirtschaftliches Desaster. Manchmal wird er schon nach seinem ersten Auftrittsabend wieder hinausgeworfen. Nachdem auch sein zweiter Versuch erfolglos bleibt, kehrt er völlig mittellos nach München zurück, wo er im Gasthof »Stubenvoll« unterkommt und ein letztes Mal mit seinem musikalischen Monsterapparat für 50 Pfennig am Abend auftritt. Schließlich zertrümmert er in einem »Löwenbräubierriesenrausch« sein »Orchestrion« mit einer Axt, womit das Künstlerdasein von Charles Fey als »Musikal-Fantast« beziehungsweise »Musikal-Clown« endet. Der Münchner Gastwirt Ludwig Greiner bietet ihm in dieser Notsituation eine Unterkunft an.

1908
hat er erste Auftritte als »Skelettgiggerl« – eine Figur, die er aus seiner extremen Magerkeit entwickelt hat –, und es beginnen seine Engagements beim »Frankfurter Hof« in München mit ersten Erfolgen – nun endgültig unter dem Künstlernamen Karl Valentin. Sein Vortrag vom »Aquarium« bringt für ihn den Durchbruch, und seine wirtschaftliche Not hat ein Ende. Er bekommt nun eine Gage

von vier Mark pro Auftritt. Daraufhin holt er seine Mutter zurück nach München und nimmt mit ihr eine Wohnung.

1909
wird Karl Valentin von der Münchner Bühne »Wien-München« im Hotel Wagner bereits als »Münchens populärster Humorist« angekündigt. Er ist an mehreren Münchner Bühnen fast durchgehend engagiert und gilt als »Blödsinnskönig«, wie er sich manchmal auch selbst nennt.

1910
tritt er im Hotel Wagner schließlich schon als »Humorist mit eigenem Repertoire« auf.

Im gleichen Jahr wird Karl Valentin zum zweiten Mal Vater. Die Mutter seiner zweiten Tochter Bertl ist wieder Gisela Royes, das ehemalige Dienstmädchen aus seinem Elternhaus.

1911
lernt Karl Valentin während seines Engagements als »Schwerer Reiter« im »Frankfurter Hof« die dort als Soubrette auftretende 19-jährige Elisabeth Wellano kennen. 1892 in München als fünftes Kind eines Bäckers in ärmlichen Verhältnissen geboren und aufgewachsen, hat sie eine Lehre als Textilverkäuferin absolviert und ist inzwischen im Kaufhaus Tietz angestellt. Sie möchte jedoch auf die Bühne und hat ein Engagement innerhalb einer Münchner Volkssängertruppe im »Frankfurter Hof« erreicht, worauf sie sehr stolz ist. Karl Valentin sagt ihr jedoch, dass sie dafür kein Talent habe, aber sehr komisch

Karl Valentin (um 1908/1910)

Liesl Karlstadt (ca. 1912)

sei. Er schlägt ihr eine Zusammenarbeit vor und schreibt ihr ein Lied, das sie nur widerwillig für einen Auftritt annimmt, damit aber auf Anhieb wirklich großen Erfolg hat, nicht zuletzt wohl auch wegen der komischen Art ihrer Darbietung. Karl Valentin und Elisabeth Wellano verlieben sich auch ineinander, aber am 31.7.1911 heiratet er die Mutter seiner beiden Töchter. Die private und künstlerische Beziehung wird von Karl Valentin und Elisabeth Wellano gleichwohl fortgesetzt, wofür Karl Valentin seiner neuen Partnerin, in Erinnerung an den von ihm verehrten und in ganz Deutschland bekannten Humoristen Karl Maxstadt, den Künstlernamen Liesl Karlstadt gibt.

Karl Valentin als stolzer Vater (1910), (»Karl Valentin, Vater von seinem eigenen Kinde«)

1912
richtet Karl Valentin in München das erste Filmstudio ein und beginnt mit Filmaufnahmen, wobei er aber von technischen – manchmal ungewollt bühnenreifen – Pannen verfolgt wird. Es entstehen nur einige kurze Stummfilme.

1913
beginnt mit einem ersten gemeinsamen Bühnenauftritt (»Alpensänger-Terzett«) eine jahrzehntelange erfolgreiche Zusammenarbeit von Karl Valentin und Liesl Karlstadt, bei der sich beide Partner kongenial ergänzen. Dazu gehört allerdings auch die immerwährende äußerst schwierige Balance zwischen den beiden Frauen Karl Valentins, von denen jede für ihn lebensnotwendig ist und die sich deshalb – nach seinen Vorstellungen – gegenseitig tolerieren müssen, was nicht immer gelingt.

1914–1918
bleibt München von den Kriegsereignissen weitgehend unberührt, und die Auftritte des Komikerduos Karl Valentin und Liesl Karlstadt setzen sich auf verschiedenen Münchner Bühnen fort. Sie haben allerdings auch zahllose wohltätige (kostenlose) Auftritte in Münchner Lazaretten, sehr zur Freude der verwundeten Soldaten, denen diese humoristischen Darbietungen verständlicherweise viel besser gefallen als das zum Heldentum animierende offizielle Unterhaltungsprogramm. Aus der intensiven Zusammenarbeit des Künstlerpaares entsteht eine Vielzahl von Bühnenstücken, Dialogen, Monologen und Couplets. Karl Valentin und Liesl Karlstadt sind zusammen nahezu ununterbrochen engagiert.

1915
wird Karl Valentin die Direktion der Bühne »Wien-München« im Hotel Wagner in München übertragen.

1919
beginnt das Künstlerduo mit Schallplattenaufnahmen, die dann ab 1928 intensiviert fortgesetzt werden. Bis 1947 entstehen für Schallplatten- und Rundfunkveröffentlichungen rund 170 Tonaufnahmen mit Originaltexten von und mit Karl Valentin und Liesl Karlstadt.

1922
kommt es im August, nach langer Überredungskunst von Liesl Karlstadt, zum ersten Auslandsgastspiel in der Züricher »Bonbonniere«. Bei der stürmischen Fahrt über den Bodensee sieht sich Karl Valentin, entsprechend seiner

Karl Valentin mit Ehefrau Gisela (um 1920)

Voraussage, dem Tod durch Ertrinken nahe *(»... jetzt ersaufen wir alle«)* und schwört, niemals wieder an Bord eines Schiffes zu gehen.

1923–1930
geben Karl Valentin und Liesl Karlstadt neben den ständigen Auftritten auf verschiedenen Münchner Bühnen diverse, zum Teil längerfristige Gastspiele in Wien, Zürich und vor allem in Berlin (im Operettenhaus am Schiffbauerdamm und dann immer wieder im »Kabarett der Komiker« des legendären Kurt Robitschek). Mit großen Erfolgen und höchstem Kritikerlob treten sie vor meistens ausverkauftem Haus auf. Berühmte Theaterdirektoren jener Zeit, wie zum Beispiel Max Reinhardt vom Deutschen Theater in Berlin, verehren und umwerben (erfolglos) das Künstlerpaar. Zu den Bewunderern gehört auch der junge Bert Brecht, der sich ihnen in München anschließt, um von Karl Valentin viel über das Theatermachen zu lernen, wie er später wiederholt schriftlich festhält. Dadurch verhilft Karl Valentin ihm zu seinen ersten Bühnenerfolgen an den Münchner Kammerspielen.

In dieser Zeit erhalten Karl Valentin und Liesl Karlstadt auch mehrfach Einladungen in die USA. Aufgrund seiner panischen Reiseangst ist es für Karl Valentin natürlich eine völlig undenkbare Vorstellung, mit dem Schiff mehrere Tage über den Atlantik und in ein fremdes Land zu fahren. Liesl Karlstadt würde die lange Reise schon auf sich nehmen, und Karl Valentins Ehefrau wäre sogar bereit, dafür das Haus in Planegg zu verkaufen und Deutschland zu verlassen, wie die Enkeltochter Anneliese Kühn zu berichten weiß. Nur Karl Valentin verweigert sich hartnäckig. Und so enden die Berichte über ihn in großen amerikanischen Tageszeitungen mit der abschließenden Feststellung und der Empfehlung an die Leser, dass sie nach München reisen müssen, um diesen deutschen Charlie Chaplin zu erleben.

1929
nimmt Karl Valentin mit seiner Partnerin Liesl Karlstadt seine Filmtätigkeit wieder auf und gründet in München die »Karl Valentin Filmproduktion«. Es entstehen bis 1937 sowohl seine bekannten (über 26) Kurzfilme nach eigenen Vorlagen (Bühnenszenen) als auch mehrere Langfilme nach fremden Drehbüchern und unter anderen Regisseuren wie Max Ophüls, Erich Engels und Hans Deppe

Liesl Karlstadt (Anfang der 20er-Jahre)

Karl Valentin mit Tochter Bertl (um 1928)

(denen Karl Valentin aber nur sehr widerwillig oder gar nicht folgte, wie verschiedentlich überliefert ist).

1930
nimmt Liesl Karlstadt Schauspielunterricht und geht ein Einzelengagement an den Münchner Kammerspielen unter Otto Falckenberg ein. Dort spielt sie in »Sturm im Wasserglas« mit und ist anschließend auch noch auf anderen Münchner Bühnen zu sehen. Sie hat als Schauspielerin großen Erfolg, was von Karl Valentin allerdings gar nicht geschätzt wird. Und so besteht er darauf, dass sie nach ihrer Vorstellung in den Kammerspielen jeden Abend sofort zu ihm kommt, um weiterhin mit ihm in der Nachtvorstellung des »Kolosseums« aufzutreten.

1931
droht Karl Valentin – »Deutschlands größter tragischer Komiker«, wie es in der Presse heißt – München für immer

zu verlassen. Wieder einmal fühlt sich Karl Valentin, wie schon so oft zuvor, von der Münchner Obrigkeit (der Feuerpolizei, der Polizeidirektion) in seiner künstlerischen Arbeit schikaniert. Diesmal war an einem öffentlich ausgestellten Szenenfoto einer Bühnenaufführung des »Firmling« Anstoß genommen worden, weil es angeblich das katholische Sittlichkeitsgefühl verletze, und es wurde ihm nahegelegt, das beanstandete Foto zu entfernen beziehungsweise durch ein unverfängliches, etwa ein Szenenfoto der »Raubritter vor München«, zu ersetzen. In einem der Münchner Presse hierzu gegebenen Interview verkündet Karl Valentin daraufhin wütend:

»Jetzt ham mer's satt: Im September gehn wir nach Berlin. Ja, München sieht uns nicht mehr!«

Geblieben ist er aber dann eben doch in München.

1934

eröffnet Karl Valentin im Münchner Hotel Wagner sein »Panoptikum« – ein Kuriositäten- und Gruselkabinett, in das er zum großen Teil sein eigenes und Liesl Karlstadts Vermögen investiert. Denn für die Einrichtung seines »Panoptikums« hat Karl Valentin sprichwörtlich »keine Mühen und Kosten gescheut«. Er verwendet dafür insbesondere zahlreiche Wachsplastiken des Münchner Universitätsplastikers Eduard Hammer, dessen Vater als der Erfinder der lebensgroßen Wachsfiguren gilt. Karl Valentin übernimmt 40 bis 50 Kisten aus dessen altem Lagerbestand und lässt damit neu und sehr wirklichkeitsnah das wächserne Inquisitionstribunal sowie »erschröckliche« Folterszenen entstehen. Daneben gibt es einen »lehrreichen« Teil mit Valentins Einfällen, zum Beispiel »der Apfel, in den Adam biß«, »der Stein, auf dem Mariechen

Karl Valentin mit Ehefrau Gisela und Tochter Bertl in Berlin (1924)

saß«, »die Hosenknöpfe von Goliath und David im Vergleich«. Dieser Teil des »Panoptikums« ist damit unverkennbar von Karl Valentin als Persiflage auf die in bürgerlichen Kreisen beliebten Nippessammlungen gedacht. In einem kleinen Kinozuschauerraum sitzen plastische Zuschauer lebensgroß und warten auf den Beginn des Films, der nie gezeigt wird. Diese Einrichtung entstammte wahrscheinlich Valentins Frust darüber, dass ihm keine Gelegenheit gegeben wurde, die Filme zu machen, die er immer machen wollte. Dem »Panoptikum« war ein Restaurant mit dem sinnigen Namen »Hölle« angeschlossen.

Selbst die Münchner Obrigkeit hat diesmal nichts an dieser neuen Einrichtung Valentins auszusetzen. In der Polizeiakte zur Überprüfung des »Panoptikums« heißt es, dass sich kein Anlass zu nennenswerten Beanstandungen ergeben habe. Es wurde lediglich die Entfernung eines Kreuzes vom Tisch des Femegerichts und die Verdeckung der Brust einer halb nackten Frauenfigur verlangt.

Trotz der Berühmtheit Karl Valentins bleibt diesmal das Publikum – und damit der Erfolg – aus. Im November 1935 erfolgt die endgültige Schließung mit einem totalen finanziellen Desaster, das heißt dem Verlust der gesamten finanziellen Investition von Karl Valentin und Liesl Karlstadt.

1935

gerät die Partnerschaft von Karl Valentin und Liesl Karlstadt, die sich in letzter Zeit sowohl im privaten als auch im künstlerischen Bereich immer schwieriger gestaltet, in eine schwere Krise, die bei Liesl Karlstadt schließlich im April einen Selbstmordversuch (Sprung in die Isar) auslöst. Liesl Karlstadt wird zwar gerettet, ist aber seelisch schwer angeschlagen und muss sich monatelang in der Münchner Nervenklinik an der Nussbaumstraße behandeln lassen. Karl Valentin ist durch den Selbstmordversuch seiner Partnerin und ihren nun auch ihm offenbar gewordenen psychischen Zustand sehr geschockt. Er schreibt ihr Briefe voller Selbstvorwürfe, Selbstmitleid und Versprechen für die Zukunft. So klagt er etwa:

»Es ist eine harte Zeit für mich ohne meiner kleinen Lisi, die mir in allen Dingen auf der Welt behilflich war. Meine einzige Zerstreuung ist nur die Arbeit …«,

und ein andermal:

»Ohne Dir ist die Welt für mich völlig inhaltlos. Du hast für mich schon so viel Geduld aufgebracht, warum sollst Du es nicht für Dich selbst können. Eine Firma wie Valentin-Karlstadt muss noch lange lange für München erhalten bleiben so Gott will und ›ER‹ will, das hat er gezeigt. Halte aus! Halte aus! Halte aus im Sturmgebraus, Dein treuester Kamerad auf der Welt Valentin.«

Und Anfang 1936 schreibt Karl Valentin an Liesl Karlstadt:

»… ich bitte Dich mit aufgehobenen Händen, verzeihe mir alles, was ich getan habe, ich will so werden, wie Du es willst, ich wusste ja nicht, dass ich so bin. Ich bleibe in Zukunft die eine treue Seele. Ich verlange mir so lange Du lebst nichts anders mehr als Dich, und ich werde für Dich sorgen, wie eine Mutter für ihr Kind. Du hast mir oft gesagt, ich bin ein guter Mensch, nur in deiner Krankheit hast Du das alles anders empfunden. Schreibe mir sofort, dass Du mir wieder so gut bist wie Du es immer warst. Liebe gute Lisi, schreibe mir sofort, dass wir wieder zusammen gehören, krank oder gesund, ich verlasse Dich niemals und arbeite nur mit Dir allein oder gar nicht. Liebe

liebe Lisi – schreibe mir sofort. Ich tue alles für Dich, Du mußt wieder gesund werden, es geht nicht anders. Nun liebe liebe gute Lisi, schreibe mir sofort, daß wir wieder zusammengehören wie ehedem ... Dein Valentin. Bitte mit Flugpost. Liebe liebe Lisi! Lebe für mich, ich bitte Dich von ganzem Herzen, Gott sei mein Zeuge!«

Tatsächlich geben Karl Valentin und Liesl Karlstadt im Dezember 1935 und Januar 1936 wieder zusammen ein längeres Gastspiel in Berlin im »Kabarett der Komiker«.

1936
entstehen zusammen noch sechs Kurzfilme (darunter sinnigerweise ein Film mit dem Titel »Beim Nervenarzt«, in dem Liesl Karlstadt jedoch nicht den Patienten, sondern den Nervenarzt spielt) und zwei Langfilme (»Straßenmusik« und »Donner, Blitz und Sonnenschein«). Außerdem absolvieren sie weitere Gastspiele in Berlin.

1937
finden nur noch Auftritte auf der Kleinkunstbühne »Benz« in München-Schwabing statt, wobei der Inhaber Benz oftmals die Rolle von Liesl Karlstadt übernimmt. Am 2. 10. 1937 sind Karl Valentin und Liesl Karlstadt zum ersten Mal im Radio zu hören.

1938
befindet sich Liesl Karlstadt wieder in nervenärztlicher Behandlung, und Karl Valentin spielt mit Benz anstelle von ihr weiter auf dessen Kleinkunstbühne. Im Dezember bestreiten Karl Valentin und Liesl Karlstadt ein letztes gemeinsames Gastspiel in Berlin.

1939
kommt es zur endgültigen Trennung in der Zusammenarbeit von Karl Valentin und Liesl Karlstadt.

Karl Valentin eröffnet in München die »Ritterspelunke«, eine Mischung aus Kabarett, Kellerkneipe und dem erfolglos gebliebenen »Panoptikum«. Er selbst, inzwischen 57 Jahre alt, spielt dort täglich mit einer neuen, 21-jährigen Partnerin namens Anne-Marie Fischer (mit der er auch ein privates Verhältnis hat) sein neues Bühnenstück »Ritter Unkenstein«. Vereinzelt gastiert Karl Valentin alleine auch im Gärtnerplatztheater und spielt dort unter anderem den Gefängniswärter Frosch in der Operette »Die Fledermaus«.

1940
gibt es nur noch wenige Auftritte Karl Valentins außerhalb der »Ritterspelunke«, so unter anderem wieder als Frosch in der »Fledermaus«-Aufführung im Münchner Gärtnerplatztheater. Nachdem sich im Sommer mit den ersten Luftangriffen der Krieg auch in München bemerkbar gemacht hat, wird von Karl Valentin die »Ritterspelunke« geschlossen.

»Es ist eine Schand', wir dean daheim Kasperl spielen und draußen verliern die Leut eahna Lebn. Schluß is – aus is – ich kann nicht mehr – wann da Krieg vorbei ist, dann spieln ma wieder«,

soll Karl Valentin spontan bei der letzten Vorstellung gesagt haben.

Es gibt bis 1947 fast keine öffentlichen Auftritte von Karl Valentin mehr. Allerdings macht er – nun wieder zusammen mit Liesl Karlstadt – von 1940 bis Januar 1941 rund 30 Rundfunk- und Schallplattenaufnahmen, darunter die »Semmelnknödeln«, »Die Fremden« und den »Buchbinder Wanninger«.

1941
zieht Karl Valentin mit seiner Familie in sein Haus nach Planegg bei München. Er lebt dort von seinen letzten übrig gebliebenen wenigen Ersparnissen sowie von kleinen Schreiner- und Drechselarbeiten für die Nachbarschaft. Im Übrigen verfasst Karl Valentin immer noch Texte, die allerdings nicht mehr von seinem unnachahmlichen Humor, sondern von Verbitterung und Depression über die »jetzige Lage« geprägt sind – und die bot nun wirklich wenig Anlass zum Humor.

1941 – 1943
verdingt sich Liesl Karlstadt bei den Gebirgsjägern in Ehrwald/Tirol als »Obergefreiter Gustav« und ist dort für die Pflege der Mulis der Gebirgsjäger zuständig. Gleichzeitig hat sie aber immer noch einzelne Auftritte in München. Sie nennt dies später die glücklichste Zeit in ihrem Leben.

Karl Valentin schreibt ab Februar 1942 monatlich Artikel für die Militärzeitung »Münchner Feldpost«, die erstaunlicherweise abgedruckt werden, obwohl Karl Valentin darin nun ganz und gar nicht zum »Endsieg« ermuntert. Damit verdient Karl Valentin ganze 75 Reichsmark pro Monat. Der Karl-Valentin-Biograf Michael Schulte schrieb dazu in seiner 1982 erschienenen Valentin-Biografie:

»Valentins Beiträge sind in zweierlei Hinsicht bemerkenswert: einerseits bewies er Mut, diese Arbeiten, in denen er aus seiner pazifistischen Gesinnung nicht den geringsten Hehl machte, überhaupt einzusenden. Andererseits ist es erstaunlich, dass sie auch veröffentlicht wurden.«

1944

lässt sich Karl Valentin wieder einmal, wie schon zu Beginn seiner Karriere, als »lebende Karikatur« fotografieren: sein nackter rappeldürrer Körper, lediglich mit einer lächerlichen gestreiften Badehose bekleidet, mit einem Papierhelm auf dem Kopf und einem Holzschwert in der Hand – eine wahrhaft jämmerliche Figur. Für diese Fotos

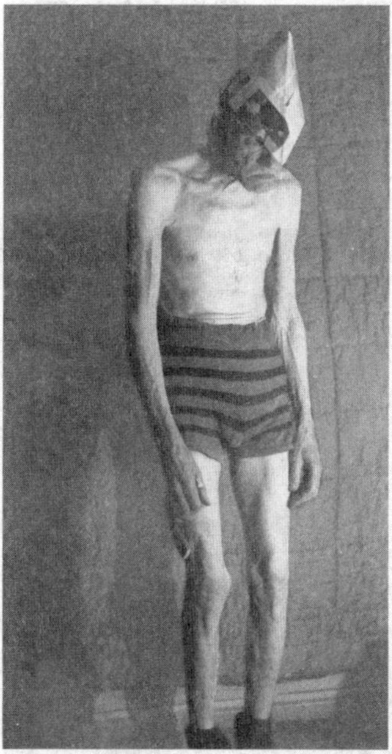
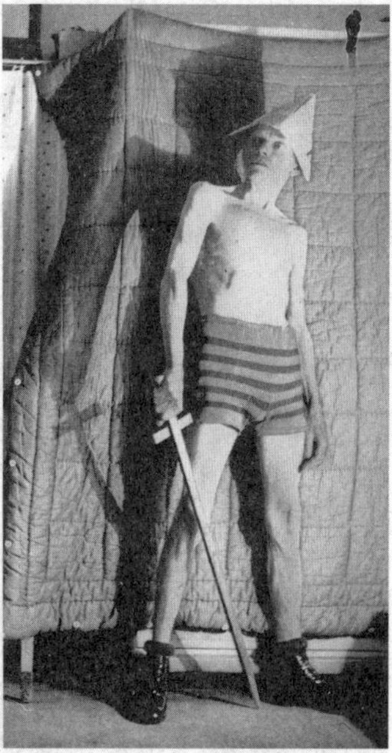

Links »Das letzte Aufgebot« und rechts »Auf zum Endsieg«
Karl Valentin als lebende Karikatur (1944)

verfasst er die Bildunterschriften »Das letzte Aufgebot« und »Auf zum Endsieg«. Diese Bilder verschickte er auch zur Veröffentlichung, was der Adressat jedoch in richtiger Erkenntnis der Brisanz dieser Fotos unterlassen hat. Andernfalls hätte dann wohl auch Karl Valentins Popularität ihn nicht mehr vor einer Haftstrafe wegen »Wehrkraftzersetzung« und staatsfeindlicher Äußerungen, wie es damals hieß, bewahrt.

1946
bekommt Karl Valentin nach vielen vergeblichen Anläufen schließlich Gelegenheit zu Auftritten in einer Sendereihe, die den Titel »Es dreht sich um Karl Valentin« trägt und von Radio München unter der Mitarbeit von Kurt Wilhelm initiiert wird. Es kommt jedoch zu massiven Hörerprotesten, da die Münchner Karl Valentin mit sei-

Karl Valentin (1946)

nen neuen Texten über Krieg, Hungersnot, die Atombombe und Weltuntergang so nicht mehr hören wollen:

»Aufhören – schickt's den Depp'n hoam«, heißt es in den Hörerreaktionen auf die Valentin-Sendungen. So wird die Sendereihe nach der fünften Folge abgesetzt, und Münchens berühmtester Humorist wird wegen Humorlosigkeit entlassen.

1947

kommt es im Oktober und Dezember wieder zu gemeinsamen Auftritten von Karl Valentin und Liesl Karlstadt. In der geschlossenen Silvesterveranstaltung des Münchner Künstlerlokals »Simplizissimus«, kurz »Simpl« genannt, hat das legendäre Künstlerpaar vor 250 geladenen illustren Gästen (von Erich Kästner über Lale Andersen bis hin zum bekannten Kritiker der Süddeutschen Zeitung, Gunter Groll) die Schlussnummer. Um auch dabei sein und Karl Valentin erleben zu können, hat der damals noch ziemlich unbekannte junge Schauspieler Gerd Fröbe vier gut bezahlte Silvesterengagements ausgeschlagen. Er will die Gelegenheit wahrnehmen, um festzustellen, was der große Schauspieler Erich Ponto mit seinem Satz »Fröbe ist ein junger Valentin« gemeint hatte. Gerd Fröbe hat mit seinem Auftritt einen Riesenerfolg und wird vom Publikum frenetisch gefeiert. Es verlangt von ihm Zugaben, die Fröbe jedoch ablehnt unter dem Hinweis, das alte Jahr solle doch mit Karl Valentin ausklingen, einem Künstler, den er noch nie gesehen habe und auf den er sich sehr freue. So geschah es dann auch. Gerd Fröbe berichtet später darüber:

»Er war unvergleichlich … seine Pointen ließ er so nebenher fallen, als wisse er nicht, dass es welche waren.

Liesl Karlstadt als Kapellmeister in dem Theaterstück »Orchesterprobe« und Portrait (um 1925) als Fotomontage

Karl Valentin (1946)

Von der Bühnenseite aus habe ich ihn und die Liesl Karlstadt beobachtet. Es war so großartig, was die Beiden machten, dass ich nur einen Wunsch hatte, mit diesen beiden einzigartigen Kollegen das erste Glas im neuen Jahr, das in wenigen Minuten begann, zu trinken.«

So kam es dann auch, und Gerd Fröbe berichtet weiter von seinem denkwürdigen ersten und einzigen Zusammentreffen mit Karl Valentin und Liesl Karlstadt sowie von der Ermunterung Valentins an den jungen angehenden Komiker weiterzumachen – an seiner Stelle. Auf Fröbes Einwand, das könne er nicht, er sei doch kein Bayer, bekommt er von Karl Valentin die für ihn verblüffende Antwort: »I ja a net«, und weiter:

»Ob Du ein Bayer bist, is wurscht. Hauptsach a Narr bist. Und Du bist doch a Narr!«

Diese Aussage von Karl Valentin wird von Gerd Fröbe als eine Art Ritterschlag empfunden (zitiert nach Gerd Fröbe: »Auf ein Neues, sagte er … und dabei fiel ihm das Alte ein. Geschichten aus meinem Leben«, 1988).

1948
im Januar folgen weitere Auftritte, gemeinsam mit Liesl Karlstadt im »Simpl« und im »Bunten Würfel«, zuletzt am 31. 1. 1948. An diesem Abend wird er aus Versehen nach dem Ende der Vorstellung eingeschlossen und muss die Nacht in der ungeheizten Garderobe – nur mit ein paar Kostümteilen zugedeckt – verbringen. Davon erholt sich der körperlich völlig geschwächte und seit Monaten kränkelnde Karl Valentin nicht mehr. Er stirbt am 9. 2. 1948 im Alter von 65 Jahren in seinem Haus in Planegg – es ist Rosenmontag. Beerdigt wird er auf dem Waldfriedhof in Planegg am Aschermittwoch – ohne offizielle Anteil-

nahme seiner Heimatstadt München. Überliefert ist jedoch das Beiwohnen des heutigen Papstes Benedikt des XVI., der als junger Student an der Theologischen Fakultät in München zu Valentins Beerdigung nach Planegg pilgert, um dem von ihm hoch geschätzten Künstler die letzte Ehre zu erweisen. Auf den Vorhalt seines Studienfreundes Georg Lohmeier, Karl Valentin sei doch evangelisch, erwidert der damalige katholische Theologiestudent Joseph Ratzinger, ein so großer Humorist stehe doch über den Konfessionen. Wie es heißt, verehrt er Karl Valentin bis zum heutigen Tag und zitiert oft seine Sprüche.

Als Anekdote wird von dem Versprecher des Pfarrers beim Gebet des Psalmverses berichtet:

»*Der Herr behüte dich,*
der Herr ist dein Schatten über deiner rechten Hand,
dass dich des Tags der Mond nicht steche,
noch die Sonne des Nachts.«

Von seiner jahrzehntelangen Partnerin sowohl auf der Bühne als auch im Leben hatte sich Karl Valentin – wohl schon in der Vorahnung seines baldigen Todes – einige Wochen zuvor mit einem letzten Gedicht verabschiedet:

»*An Liesl Karlstadt*

Wer da je geliebt hat, wie ich Dich
der trägt solche Liebe innerlich
als Geheimnis seiner tiefen Seele
daß sie ihm an keinem Orte fehle.

Daß sie ihm an keinem Orte fehle,
trägt er sie in seiner tiefen Seele
ewig wird sie ihm Gefährtin sein
und so ist er nirgends ganz allein.«

Karl Valentin

Karl Valentin und Liesl Karlstadt (1947)

1953
muss Karl Valentins Witwe den gegenständlichen Nachlass verkaufen, um zu überleben. Da die Stadt München dafür kein Geld aufbringen kann und will, wird der Nachlass von einem Sammler, dem Kölner Theaterwissenschaftler Professor Carl Niessen, für 7000 Mark erworben und geht nach Köln. Die Witwe und die Tochter Bertl können sich aber das Valentin-Häusl in Planegg erhalten, wo die Valentin-Familie heute noch lebt.

Liesl Karlstadt gelingt eine Solokarriere als beliebte Schauspielerin an verschiedenen Münchner Theatern, beim Bayerischen Rundfunk und auch im Film.

1960
stirbt Liesl Karlstadt mit 68 Jahren in Garmisch.

Gunter Fette, München 2011

Karl Valentin

Mein komisches Wörterbuch

Sprüche für alle Lebenslagen. Herausgegeben von Dieter Wöhrle. 144 Seiten. Piper Taschenbuch

Die ganz besondere Enzyklopädie: 263 Sprüche aus Valentins Texten, Stücken und Filmen – von Anfang bis Zufall, von Arznei bis Velozipedistik. Aus Valentins Gesamtwerk hat Dieter Wöhrle einschlägige Stellen herausgefischt und augenzwinkernd verschlagwortet. Mit dabei sind geflügelte Worte wie die Episode von den Semmelnknödeln, die berühmte Vereinsrede »Meine lieben Gäste und Gästinnen« oder die Zukunft, die früher auch besser war, aber auch unbekanntere Fundstükke.

»Karl Valentin ist für mich einer der Größten.«
Christoph Schlingensief

05/1918/02/L

Karl Valentin

Gar ned krank is a ned g'sund

Ein Erste-Hilfe-Lesebuch. Mit 22 Abbildungen. 304 Seiten. Piper Taschenbuch

Karl Valentin ist einer der bedeutendsten deutschen Autoren des Grotesken und Absurden. In seinen besten Monologen und Szenen zum Thema Gesundheit entpuppt er sich überdies als ausgemachter Hypochonder, der sich in gewohnter Manier selbst parodiert. Ein wunderbar witziges Geschenkbuch für alle Valentin-Fans.

Herausgegeben von Gunter Fette.

05/0000/01/R

Christian Ude

Meine verfrühten Memoiren

192 Seiten. Piper Taschenbuch

München bleibt auch nichts erspart! Als ich am 2. Mai 1990 zum Bürgermeister einer gleichwohl sehr renommierten süddeutschen Großstadt gewählt wurde, begann ich sofort mit der Niederschrift meiner Memoiren. Der eine oder andere Leser – und vor allem der typische Nichtleser! – wird sich vielleicht fragen: Muß das sein? Und dann noch so früh? Ich nehme diese Frage nicht übel. Mehr noch: ich habe sie mir selbst vorgelegt. Nach längerem Grübeln kam mir die erlösende Erkenntnis: Diese Frage ist falsch gestellt worden!

»Mit dem koketten Charme der Selbstironie und einer gehörigen Portion Schadenfreude deckt er die kleinen und großen Schwächen im politischen Tagesgeschäft und die Machtspielchen der Krämerseelen auf.«
Abendzeitung

05/1059/02/L

Otto Schenk (Hg.)

Sachen zum Lachen

Ein Lesebuch. 224 Seiten.
Piper Taschenbuch

Erst als Vortragsprogramm, danach als Video-Kassette, schließlich als Buch: Otto Schenks »Sachen zum Lachen« wurden in jeder Form zu einem riesigen Publikumserfolg. Das liegt (neben dem grandiosen Vortrag natürlich) vor allem auch an der Qualität der ausgewählten Texte, die ausnahmslos zu den Meisterwerken der humoristischen Literatur, selbstverständlich speziell der wienerischen, gehören. Peter Altenberg und Alfred Polgar, Roda Roda, Egon Friedell, Robert Neumann und der große Karl Kraus vertreten diese Spielart der »Sachen zum Lachen«. Aber Goethe und Schiller, die großen Klassiker, sind ebenso präsent wie die Spötter Heinrich Heine, Wilhelm Busch und Kurt Tucholsky.

»Wem dieses Buch nicht mindestens ein Schmunzeln entlockt, bei dem ist Hopfen und Malz verloren.«
Münchner Merkur

05/1060/03/R

PIPER

Bruno Jonas

Gebrauchsanweisung für Bayern

Illustrierte Ausgabe. Mit 26 Fotografien von Rudolf Klaffenböck. 208 Seiten. Gebunden

Die Welt glaubt Bayern zu kennen. Seine großen Errungenschaften: Bier, BMW und FCB. Seine beliebten Sportarten: Fingerhakeln, Schuhplatteln, Schafkopfen und Fensterln. Das Paradies schlechthin: Buckelwiesen, Barockklöster und Biergärten. Aber was versteht der Nicht-Bayer von all dem, wenn er sich mit dem südlichen Gemüt nicht auskennt? Bruno Jonas' erfolgreiche Gebrauchsanweisung für das liebste Urlaubsland der Deutschen leitet an zur Begegnung mit der grantelnden und zwideren Bevölkerung und zeigt – jetzt mit Fotografien seines Kabarettkollegen Rudolf Klaffenböck – hinterkünftiges Bilderbuchbayern.

01/1880/01/R

PIPER

Thomas Grasberger

Gebrauchsanweisung für München

208 Seiten. Gebunden

Manche glauben, München bestehe nur aus Dallmayr und Maximilianstraße, Käfer-Zelt und Schickimicki, Freizeitspaß im Voralpenland und einer Stadtsilhouette ohne Hochhäuser. Aber München ist mehr. Hinter den Kulissen der Film- und Bierstadt gibt es Skurriles und Vielfältiges zu entdecken, nicht nur im Englischen Garten oder an den Stammtischen der bayerischen Grantokratie. Thomas Grasberger ergründet das kulturelle Leben jenseits von Oktoberfest, Gasteig und Tollwood; er erkundet die Seele des »echten« Münchners, seine Föhnfühligkeit und andere Hinterfotzigkeiten des lokalen Wetters. Und er führt uns in eine Zeit, als Schwabing noch Bohème bedeutete und Giesing noch ein Arbeiterviertel war.

01/1047/02/R